TRANZLATY

Language is for everyone

Мова для всіх

Folk Tales of Bengal

Народні казки Бенгалії

Part One
Частина перша

1 / 2

Lal Behari Day

English / Українська

Life's Secret
Секрет життя

Once upon a time there was a king.

Колись давно жив собі король.

This King had married two Queens.

Цей король одружився з двома королевами.

The two queens were called Duo and Suo.

Двох королев звали Дуо та Суо.

Both of the queens were childless.

Обидві королеви були бездітними.

One day a Faquir came to the palace gate.

Одного разу до воріт палацу прийшов факір.

The Faquir had come to ask for alms.

Факір прийшов просити милостиню.

Queen Suo went to the door.

Королева Суо підійшла до дверей.

And she gave him a handful of rice.

І вона дала йому жменю рису.

The mendicant asked her a question.

Жебрак поставив їй запитання.

"Do you have any children?"

«У вас є діти?»

The queen had no children.

У королеви не було дітей.

"I wish had children, but I have none"

«Хотів би я мати дітей, але в мене їх немає»

The holy man refused to take alms from her.

Святий чоловік відмовився приймати від неї милостиню.

In these times there were different traditions.

У ті часи існували різні традиції.

And the people believed many different things.

І люди вірили в багато різних речей.

Don't take charity from the hands of a childless woman.

Не бери милостиню з рук бездітної жінки.

Such hands were ceremonially unclean.

Такі руки вважалися церемоніально нечистими.

The mendicant offered her a medicine.

Жебрак запропонував їй ліки.

This medicine was to remove her barrenness.

Ці ліки мали позбавити її безпліддя.

She expressed her willingness to take the medicine.

Вона висловила готовність приймати ліки.

The mendicant told her how to take the medicine.

Жебрак розповів їй, як приймати ліки.

"This is the potion you must swallow"

«Це зілля, яке ти мусиш проковтнути»

"Prepare the juice of a pomegranate flower"

«Приготуйте сік з квітки граната»

"Swallow the medicine with the juice"

«Ковтай ліки разом із соком»

"If you do this, you will soon have a son"

«Якщо ти це зробиш, то скоро у тебе народиться син»

"Your son will be exceedingly handsome"

«Ваш син буде надзвичайно гарним»

"His complexion will be beautiful"

«Його колір обличчя буде прекрасним»

"He will have the colour of pomegranate flowers"

«Він матиме колір квітів граната»

"And you shall call him Dalim Kumar"

«І ти називатимеш його Далім Кумар»

"But he will also have enemies"

«Але в нього також будуть вороги»

"They will try to take your son's life"

«Вони спробують позбавити життя вашого сина»

"But there is a secret to his life"

«Але в його житті є таємниця»

"And I will tell you this secret"

«І я розповім тобі цей секрет»

"In front of your palace is a pond"

«Перед твоїм палацом є ставок»

"In that pond there is a big Boal fish"

«У тому ставку є велика риба боал»

"Your son's life is connected to that fish"

«Життя вашого сина пов'язане з цією рибою»
"In the heart of the fish is a small box"
«У серці риби є маленька коробочка»
"This small box is made of wood"
«Ця маленька скринька зроблена з дерева»
"In the box of wood is a necklace of gold"
«У дерев'яній скриньці золоте намисто»
"That necklace is the life of your son"
«Це намисто — життя твого сина»
The mendicant gave her the medicine.
Жебрак дав їй ліки.
And they said their farewells.
І вони попрощалися.

Soon all in the palace whispered of an heir.
Невдовзі всі в палаці шепотіли про спадкоємця.
Great was the joy of the King.
Велика була радість Короля.
He had visions of an heir to the throne.
Йому снилися видіння спадкоємця престолу.
A never-ending succession of powerful monarchs.
Нескінченна низка могутніх монархів.
He dreamt of how they perpetuated his dynasty.
Він мріяв про те, як вони увічнюють його династію.
These ideas floated before his mind.
Ці ідеї промайнули в його голові.
It made him the happiest he had ever been.
Це зробило його щасливішим, ніж будь-коли.
Many ceremonies were performed for the occasion.
З цієї нагоди було проведено багато церемоній.
The people of the kingdom played loud music.
Люди королівства грали гучну музику.
The birth of a prince was a truly special event.
Народження принца було справді особливою подією.
Soon queen Suo gave birth to a son.
Невдовзі королева Суо народила сина.
He was more beautiful than anyone had imagined.

Він був красивішим, ніж хтось міг собі уявити.
The King saw his son's face.
Король побачив обличчя свого сина.
And his heart leaped with joy.
І його серце забилося від радості.
Soon the child ate his first rice.
Невдовзі дитина з'їла свій перший рис.
Mukhe bhaat was celebrated with great joy.
Мукхе бхаат святкували з великою радістю.
And the whole kingdom was filled with gladness.
І все царство сповнилося радістю.

Dalim Kumar grew up to be a fine boy.
Далім Кумар виріс гарним хлопчиком.
There was one activity he particularly liked.
Було одне заняття, яке йому особливо подобалося.
He loved playing with the pigeons.
Він любив гратися з голубами.
However, the pigeons often flew to Queen Duo.
Однак голуби часто прилітали до Queen Duo.
Nobody knows why they did this.
Ніхто не знає, чому вони це зробили.
And they flew into her apartment.
І вони влетіли до її квартири.
So Dalim Kumar often met Queen Duo.
Так Далім Кумар часто зустрічався з Queen Duo.
At first, she happily gave the pigeons back.
Спочатку вона з радістю повернула голубів.
But later she wasn't as willing to return the pigeons.
Але пізніше вона не була такою охочою повертати голубів.
She gave the pigeons up with some reluctance.
Вона відмовилася від голубів з деяким небажанням.
She felt she could use this to her advantage.
Вона відчувала, що може використати це собі на користь.
She naturally hated the child.
Вона, природно, ненавиділа дитину.
Since Dalim's birth the king had neglected her.

З моменту народження Далім король нехтував нею.
And the King idolized the mother of Dalim.
А король обожнював матір Даліма.
Somehow, she had heard of the mendicant.
Якимось чином вона почула про жебрака.
She heard he had given queen Suo a medicine.
Вона чула, що він дав королеві Суо ліки.
She had also heard about what he had said.
Вона також чула про те, що він сказав.
There was a secret to the prince's life.
У житті принца була таємниця.
She had heard his life was bound to something.
Вона чула, що його життя з чимось пов'язане.
But she did not know what his life was bound to.
Але вона не знала, з чим пов'язане його життя.
She was determined to get the secret.
Вона була сповнена рішучості розгадати таємницю.

Of course, the pigeons came back to her.
Звісно, голуби повернулися до неї.
And the pigeons flew into her room again.
І голуби знову залетіли до її кімнати.
This time she refused to give the pigeons back.
Цього разу вона відмовилася повертати голубів.
"I won't just give you your pigeon back"
«Я не просто так поверну тобі твого голуба»
"First, you have to tell me something"
«Спочатку ти маєш мені дещо сказати»
"What do you want, aunty?" the boy asked.
«Що ти хочеш, тітонько?» — спитав хлопчик.
"Oh, my darling, do not worry"
«О, люба моя, не хвилюйся»
"It's just a small thing I want"
«Це просто дрібниця, якої я хочу»
"I want to know where your life is hidden"
«Я хочу знати, де заховане твоє життя»
The boy was very confused by this.

Хлопчика це дуже збентежило.

"What is that, aunty?"

«Що це, тітонько?»

"Where can my life be, except in me?"

«Де ж може бути моє життя, як не в мені?»

"No, child, that is not what I meant"

«Ні, дитино, я не це мав на увазі»

"A holy mendicant told your mother a secret"

«Святий жебрак розповів твоїй матері таємницю»

"Your life is bound up with something"

«Твоє життя з чимось пов'язане»

"I wish to know what that thing is"

«Я хочу знати, що це за річ »

The boy was confused by what she said.

Хлопчика збентежили її слова.

"I never heard of any such thing"

«Я ніколи не чув про щось подібне»

But Queen Duo insisted it was true.

Але Queen Duo наполягали, що це правда.

"Promise to find out from your mother"

«Пообіцяй дізнатися від своєї матері»

"Ask her where your life is hidden"

«Запитай її, де заховане твоє життя»

"Then I will let you have the pigeons"

«Тоді я віддам тобі голубів»

"Otherwise, I will keep the pigeons"

«Інакше я залишу голубів собі»

The boy wanted his pigeons back.

Хлопчик хотів повернути своїх голубів.

So he agreed to get the information.

Тож він погодився отримати інформацію.

But first she made him promise.

Але спочатку вона змусила його пообіцяти.

"Promise me you won't tell your mother"

«Пообіцяй мені, що ти не розповіси своїй матері»

And the boy promised not to tell her.

І хлопець пообіцяв їй нічого не розповідати.

"I promise I won't tell my mum"
«Обіцяю, що не скажу мамі»
Queen Duo freed the prince's pigeons.
Королева Дуо звільнила голубів принца.
Dalim was overjoyed to have his birds again.
Далім був у захваті від того, що знову має своїх птахів.
And he forgot the entire conversation.
І він забув усю розмову.

The next day Dalim was playing again.
Наступного дня Далім знову грав.
You can imagine what happened again.
Можете собі уявити, що знову сталося.
The pigeons flew to Queen Duo's apartment.
Голуби полетіли до квартири королеви Дует.
And they flew into her room again.
І вони знову влетіли до її кімнати.
Dalim went in to his stepmother's apartment.
Далім зайшов до квартири своєї мачухи.
And he asked her for the pigeons.
І він попросив у неї голубів.
Of course she asked him for the information.
Звісно, вона попросила в нього цю інформацію.
Dalim could not tell her where his life was hidden.
Далім не міг їй сказати, де заховано його життя.
"I promise I will ask her today"
«Обіцяю, що запитаю її сьогодні»
"But please can I have my pigeons"
«Але, будь ласка, можна мені взяти моїх голубів?»
She didn't give the pigeons back so quickly.
Вона не так швидко повернула голубів.
But, in the end, he got his pigeons again.
Але, зрештою, він знову отримав своїх голубів.

After playing, Dalim went to his mother.
Після гри Далім пішов до матері.
"Mamma, please tell me where my life is hidden"

«Мамо, будь ласка, скажи мені, де заховане моє життя»

"What do you mean, child?" asked the mother.

«Що ти маєш на увазі, дитино?» — спитала мати.

She was astonished at the question.

Вона була вражена цим питанням.

Why would her child ask her this?

Чому її дитина про це питає?

"Yes, mamma," replied the child.

«Так, мамо», – відповіла дитина.

"I have heard of a holy mendicant"

«Я чув про святого жебрака»

"He told you something about my life"

«Він тобі дещо розповів про моє життя»

"He said my life is hidden in something"

«Він сказав, що моє життя приховане в чомусь»

"Tell me what that thing is"

«Скажи мені, що це за штука»

"My child, my darling, my treasure"

«Моя дитина, моя люба, мій скарб»

"My golden moon," his mother pleaded.

«Мій золотий місяць», – благала його мати.

"Do not ask such a question"

«Не ставте такого питання»

"Cover my enemies' mouths with ashes"

«Посип попелом уста моїх ворогів»

"Let my Dalim live forever," she begged.

«Нехай мій Далім живе вічно», – благала вона.

But the child insisted on knowing the secret.

Але дитина наполягала на тому, щоб знати таємницю.

He refused to eat or drink until he knew.

Він відмовився їсти та пити, доки не дізнається.

Queen Suo had no choice but to tell him.

Королеві Суо не залишалося нічого іншого, як сказати йому.

Eventually she told him the secret of his life.

Зрештою, вона розповіла йому таємницю його життя.

The next day Dalim was playing again.

Наступного дня Далім знову грав.

You can imagine where the pigeons flew.

Можете собі уявити, куди полетіли голуби.

Dalim chased after the birds into the apartment.

Далім погнався за птахами до квартири.

His stepmother told him many sweet words.

Мачуха сказала йому багато ніжних слів.

And finally, she got his secret from him.

І нарешті, вона дізналася від нього його таємницю.

She wasted no time to start her wicked plan.

Вона не гаючи часу розпочала свій підступний план.

And she gave orders to her servants.

І вона дала накази своїм слугам.

"Get some dried stalk from the hemp plant"

«Візьміть трохи сушеного стебла конопель»

"Make sure the stalks are very brittle"

«Переконайтеся, що стебла дуже крихкі»

Brittle hemp stalks make a cracking sound.

Крихкі стебла конопель видають тріскучий звук.

The sound is similar to the cracking of joints.

Звук схожий на тріск суглобів.

And it sounds like the bones of old people.

І це звучить як кістки старих людей.

She put the brittle hemp stalks under her bed.

Вона поклала ламкі стебла конопель під ліжко.

And then she lied on her bed.

А потім вона лягла на своє ліжко.

She wanted to test the hemp stalks.

Вона хотіла випробувати стебла конопель.

The stalks cracked just as much as she wanted.

Стебла тріскалися саме стільки, скільки їй хотілося.

She was satisfied with how her plan was going.

Вона була задоволена тим, як йшов її план.

She gave more orders to her servants.

Вона дала ще більше наказів своїм слугам.

"Tell the King I am very ill"

«Скажіть королю, що я дуже хворий»
"He must come to see me immediately"
«Він має негайно прийти до мене»
The king did not love this queen.
Король не любив цю королеву.
But he still had a duty to care for her.
Але він все ще мав обов'язок піклуватися про неї.
If she was ill, he had to look after her.
Якщо вона хворіла, він мав доглядати за нею.
The King came to her bedroom.
Король зайшов до її спальні.
She rolled on the bed in pain.
Вона від болю перекотилася на ліжку.
The King heard the cracking of her bones.
Король почув хрускіт її кісток.
He ordered his best physician to attend her.
Він наказав своєму найкращому лікарю оглянути її.
But the queen had thought of this.
Але королева про це подумала.
She had already spoken with the physician.
Вона вже розмовляла з лікарем.
"There is only one remedy," he told the king.
«Є лише один засіб», – сказав він королю.
"There's a pond in front of the palace"
«Перед палацом є ставок»
"In the pond there's a large Boal fish"
«У ставку є велика риба боал»
"The remedy is in that fish"
«Ліки в тій рибі»
So the king let the physician catch the fish.
Тож цар дозволив лікарю зловити рибу.
Meanwhile Dalim was busy playing.
Тим часом Далім був зайнятий грою.
He knew nothing of his aunt's illness.
Він нічого не знав про хворобу своєї тітки.
The fish was taken out the water.
Рибу витягли з води.

Dalim fell to the ground immediately.

одразу впав на землю .

He flopped around on the floor.

Він перевертався по підлозі.

And he could not breathe.

І він не міг дихати.

The guards immediately noticed.

Охоронці одразу помітили.

Dalim was taken to his mother's room.

Даліма відвели до кімнати матері.

And the King was informed of his son.

І королю повідомили про його сина.

He couldn't believe his son's illness.

Він не міг повірити в хворобу сина.

The fish was taken to Queen Duo.

Рибу відвезли до Queen Duo.

Queen Duo was being saved.

Королеву Дует рятували.

At the same time Dalim was dying.

У той же час Далім помирав.

The fish was cut open.

Рибу розрізали.

And they found the wooden box.

І вони знайшли дерев'яну скриньку.

In the box lay a necklace of gold.

У скриньці лежало золоте намисто.

Queen Duo put on the necklace.

Королева Дует одягла намисто.

And Dalim died at the very same moment.

І Далім помер тієї ж миті.

News of the tragedy reached the king.

Звістка про трагедію дійшла до короля.

He was plunged into an ocean of grief.

Він поринув у океан горя.

News of Queen Duo's recovery did not help.

Новини про одужання Queen Duo не допомогли.

He wept painful and bitter tears.

Він плакав болісними та гіркими сльозами.

No one thought he would recover.

Ніхто не думав, що він одужає.

He could not bear to bury his son.

Він не міг знести поховання сина.

Nor did he allow his body to be burned.

Він також не дозволив спалити своє тіло.

He could not accept that his son had died.

Він не міг змиритися з тим, що його син помер.

His death was so sudden and senseless.

Його смерть була такою раптовою та безглуздою.

He had the dead body moved to a garden-houses.

Він наказав перенести тіло загиблого до садового будиночка.

This garden-house was in the suburbs.

Цей садовий будиночок стояв у передмісті.

Here his son was laid in state.

Тут його сина поховали з урочистостями.

All sorts of provisions were put there.

Туди складали всілякі запаси.

Although everyone knew it was unnecessary.

Хоча всі знали, що це не потрібно.

The young boy did not need food anymore.

Юному хлопчику більше не потрібна була їжа.

The house was kept locked day and night.

Будинок тримали замкненим день і ніч.

Dalim had had one very close friend.

У Даліма був один дуже близький друг.

Only this friend was allowed to visit.

Тільки цьому другові дозволили відвідати.

He was the son of the prime minister.

Він був сином прем'єр-міністра.

He was entrusted with the key of the house.

Йому довірили ключ від будинку.

Once a day he could visit his dead friend.

Раз на день він міг відвідувати свого померлого друга.

Queen Suo retired after the loss of her son.
Королева Суо пішла у відставку після втрати сина.
Now the King spent the nights with Queen Duo.
Тепер король проводив ночі з королевою Дует.
The Queen wanted to avoid suspicion.
Королева хотіла уникнути підозр.
So she took the necklace off at night.
Тож вона зняла намисто вночі.
But Dalim's life was tied to the necklace.
Але життя Даліма було пов'язане з намистом.
And his death was not so simple.
І його смерть була не такою простою.
He was dead when the queen wore the necklace.
Він був мертвий, коли королева одягла намисто.
But when she took the necklace off, he returned to life.
Але коли вона зняла намисто, він повернувся до життя.
And so he returned to life every night.
І так він щоночі повертався до життя.
Every morning she put the necklace on again.
Щоранку вона знову одягала намисто.
And so, he died again every morning.
І так він знову помирав щоранку.
At night he ate whatever food he liked.
Вночі він їв усе, що йому подобалося.
Because there was plenty of food for him.
Бо їжі для нього було вдосталь.
He walked around in the premises.
Він ходив по приміщенню.
And he meditated on the strangeness of his life.
І він розмірковував над дивацтвами свого життя.
Dalim's friend only visited him during the day.
Друг Даліма відвідував його лише вдень.
So he always saw him as a lifeless corpse.
Тож він завжди бачив його як бездиханий труп.
But his body never seemed to change.
Але його тіло, здавалося, ніколи не змінювалося.

There was no sign of putrefaction.
Не було жодних ознак гниття.
The body was lifeless and pale.
Тіло було безжиттєвим і блідим.
But there were no symptoms of death.
Але жодних ознак смерті не було.
It all seemed too strange for him.
Все це здавалося йому надто дивним.
So he decided to watch the corpse more closely.
Тож він вирішив уважніше спостерігати за трупом.
And he visited his friend at night.
І він відвідав свого друга вночі.
He was astonished at what he saw that night.
Він був вражений побаченим тієї ночі.
His dead friend was walking about in the garden.
Його померлий друг гуляв у саду.
At first, he thought Dalim might be a ghost.
Спочатку він подумав, що Далім може бути привидом.
So he went to see if he could touch him.
Тож він пішов подивитися, чи зможе він доторкнутися до нього.
And then he saw it was really his friend.
І тоді він побачив, що це справді його друг.
Dalim told his friend everything that had happened.
Далім розповів своєму другові все, що сталося.
He told him all the circumstances of his death.
Він розповів йому всі обставини своєї смерті.
And soon they solved the mystery.
І невдовзі вони розгадали таємницю.
They understood why he revived only at night.
Вони зрозуміли, чому він оживав лише вночі.
Every night the king came to see Queen Duo.
Щоночі король приходив побачитися з королевою Дует.
When the King visited, she took off her necklace.
Коли король відвідав її, вона зняла намисто.
The life of the prince depended on the necklace.
Життя принца залежало від намиста.

So the two friends worked on a plan.

Тож двоє друзів розробили план.

Night after night they consulted together.

Ніч за ніччю вони радилися між собою.

But they could not think of any feasible scheme.

Але вони не могли придумати жодної реальної схеми.

Eventually the Gods must have taken pity.

Зрештою, боги, мабуть, зглянулися.

And they decided to free Dalim.

І вони вирішили звільнити Даліма.

But we must understand how the Gods work.

Але ми повинні зрозуміти, як діють Боги.

These things are planned long before.

Ці речі плануються задовго до цього.

The sister of Bidhata-Purusha had had a daughter.

У сестри Бідхати-Пуруші була дочка.

Bidhata-Purusha was a great fortune teller.

Бідхата-Пуруша був чудовим ворожбитом.

He had written something on the child's forehead.

Він щось написав на лобі дитини.

"This child will marry the dead bridegroom"

«Ця дитина вийде заміж за мертвого нареченого»

Her mother was very saddened by this.

Її мати була дуже засмучена цим.

She did not want this destiny for her daughter.

Вона не хотіла такої долі для своєї доньки.

But she could not argue with him.

Але вона не могла з ним сперечатися.

He never changed what he had written.

Він ніколи не змінював написаного.

The child became exceedingly beautiful.

Дитина стала надзвичайно красивою.

But the mother could not take any pleasure in this.

Але мати не могла отримати від цього жодної насолоди.

Because she knew the destiny of her child.

Бо вона знала долю своєї дитини.

Eventually the girl came to marriageable age.
Зрештою, дівчина досягла шлюбного віку.
She had to find a way to avoid her fate.
Їй довелося знайти спосіб уникнути своєї долі.
So the mother fled the country with her child.
Тож мати втекла з країни разом зі своєю дитиною.
Perhaps she could avoid her dreadful destiny.
Можливо, вона зможе уникнути своєї жахливої долі.
But what was written was written.
Але що було написано, те було написано.
And fate cannot be overruled like this.
І долю не можна так перебороти.
Together they journeyed through the land.
Разом вони мандрували землею.
You can imagine how fate was working.
Можете собі уявити, як працювала доля.
They wandered past Dalim's resting place.
Вони пройшли повз місце спочинку Даліма.
The shade of the evening was approaching.
Наближалася вечірня тінь.
"Mother, I am thirsty," said her child.
«Мамо, я хочу пити», — сказала її дитина.
"Sit at this gate," replied her mother.
«Сиди біля цієї брами», – відповіла її мати.
"I will search for water in the village"
«Я шукатиму воду в селі»
The girl was curious about the garden.
Дівчинці було цікаво дізнатися про сад.
And in the garden she saw strange house.
А в саду вона побачила дивний будинок.
She pushed the gate, which opened itself.
Вона штовхнула хвіртку, яка сама відчинилась.
When she went in, she saw a beautiful palace.
Коли вона зайшла, то побачила прекрасний палац.
But she had an uneasy feeling about the palace.
Але у неї було якесь тривожне передчуття щодо палацу.
However, the door had shut itself.

Однак двері самі зачинилися.

So she had no way of getting out.

Тож у неї не було можливості вибратися.

When night came the prince revived.

Коли настала ніч, принц ожив.

As usual, he walked around in the garden.

Як завжди, він прогулювався по саду.

But this time he saw a female figure.

Але цього разу він побачив жіночу фігуру.

The figure was standing near the gate.

Фігура стояла біля воріт.

Soon he saw that it was a girl.

Невдовзі він побачив, що це дівчина.

And he saw she was of unsurpassed beauty.

І він побачив, що вона неперевершеної краси.

"Who are you?" he asked her.

«Хто ти?» — спитав він її.

She told Dalim everything that had happened.

Вона розповіла Даліму все, що сталося.

All the details of her little history.

Усі подробиці її маленької історії.

"My uncle is the divine Bidhata-Purusha"

«Мій дядько — божественний Бідхата-Пуруша»

"He wrote on my forehead at birth"

«Він написав на моєму лобі при народженні»

"This child will marry the dead bridegroom"

«Ця дитина вийде заміж за мертвого нареченого»

"My mother did not want that life for me"

«Моя мати не хотіла для мене такого життя»

"So we left our house and city"

«Тож ми покинули наш дім і місто»

"And we wandered through the country"

«І ми мандрували країною»

"We had come to the gate of your palace"

«Ми підійшли до брами твого палацу»

"After our journey I was thirsty"

«Після нашої подорожі я відчув спрагу»
"So my mother went to look for water"
«Тож моя мама пішла шукати воду»
"And now I am standing here before you"
«І ось я стою тут перед вами»
Dalim Kumar knew the meaning of the story.
Далім Кумар знав значення цієї історії.
"I am the dead bridegroom," he told the girl.
«Я — мертвий наречений», — сказав він дівчині.
"It is me who you will marry"
«Це я, з ким ти одружишся»
"Come with me to the house," he asked of her.
«Ходімо зі мною до будинку», — попросив він її.
But the girl wasn't so easily persuaded.
Але дівчину не так легко переконати.
"You are standing and speaking to me"
«Ти стоїш і розмовляєш зі мною»
"How can you be the dead bridegroom?"
«Як ти можеш бути мертвим нареченим?»
The prince understood her objection.
Принц зрозумів її заперечення.
"You will understand it afterwards"
«Ти зрозумієш це потім»
The girl followed the prince into the house.
Дівчина пішла за принцом до будинку.
She had been fasting the whole day.
Вона постила цілий день.
So the prince gave her wonderful food.
Тож принц дав їй чудову їжу.
Meanwhile, the girl's mother had come back.
Тим часом повернулася мати дівчинки.
She was standing at the gates of the garden.
Вона стояла біля воріт саду.
But her daughter was not there anymore.
Але її доньки вже не було.
She cried out for her daughter.
Вона плакала за донькою.

But she got no reply from her daughter.

Але вона не отримала жодної відповіді від доньки.

So she went looking for her in the village.

Тож вона пішла шукати її в селі.

As usual, Dalim's friend came that night.

Як завжди, того вечора прийшов друг Даліма.

Dalim was still entertaining his guest.

Далім все ще розважав свого гостя.

He was not expecting to see a stranger.

Він не очікував побачити незнайомця.

And the girl retold him her story.

І дівчина переповіла йому свою історію.

You can imagine his surprise when she told him.

Можете уявити його здивування, коли вона йому розповіла.

He was able to confirm Dalim's story.

Він зміг підтвердити історію Даліма.

Soon they had all accepted destiny.

Невдовзі вони всі змирилися з долею.

That night they fulfilled their fates.

Тієї ночі вони виконали свою долю.

They decided to unite the couple in matrimony.

Вони вирішили об'єднати пару шлюбними узами.

It was going to be impossible to get a priest.

Знайти священика буде неможливо.

So Dalim's friend performed the hymeneal rites.

Тож друг Даліма виконав гіменеальні обряди.

The friend of the bridegroom left the palace.

Друг нареченого покинув палац.

The newly-weds had the palace to themselves.

Палац був у повному розпорядженні молодят.

The happy couple did not sleep much that night.

Щаслива пара майже не спала тієї ночі.

So it was long after sunrise that they woke up.

Тож вони прокинулися аж задовго до сходу сонця.

Of course it was only the young wife that woke up.

Звісно, прокинулася лише молода дружина.

The prince had become a cold corpse again.

Принц знову перетворився на холодного трупа.

The queen had put on her necklace.

Королева одягла своє намисто.

And life had departed from him again.

І життя знову покинуло його.

You can imagine how the young wife felt.

Ви можете уявити, що відчувала молода дружина.

She shook her husband to try and wake him.

Вона трясла чоловіка, намагаючись його розбудити.

She kissed him on his cold lips.

Вона поцілувала його в холодні губи.

But all her efforts were in vain.

Але всі її зусилля були марними.

He was as lifeless as a marble statue.

Він був безжиттєвий, як мармурова статуя.

The young wife was stricken with horror.

Молоду дружину охопив жах.

She smote her breast with her fists.

Вона била себе кулаками по грудях.

She struck her forehead with her palms.

Вона вдарила себе по лобі долонями.

And she tore her hair from her head.

І вона рвала волосся з голови.

She ran through the garden like a mad woman.

Вона бігла садом, як божевільна.

Dalim's friend did not come during the day.

Друг Даліма не прийшов протягом дня.

He did not want to see his friend this way.

Він не хотів бачити свого друга таким.

The poor girl did not know what to do.

Бідолашна дівчина не знала, що робити.

Time could not pass quickly enough.

Час не міг пройти достатньо швидко.

The day seemed as long as a year.

День здавався довгим, як рік.

But the even longest day has its end.
Але навіть найдовший день має свій кінець.
The shades of evening were descending.
Вечірні тіні спускалися.
Her dead husband was awakened into consciousness.
Її померлий чоловік прийшов до тями.
He rose up from his bed again.
Він знову підвівся з ліжка.
And he embraced his new wife.
І він обійняв свою нову дружину.
Again they ate, drank, and became merry.
Знову вони їли, пили та веселилися.
His friend made his usual appearance.
Його друг з'явився, як завжди.
And the whole night was spent celebrating.
І вся ніч пройшла у святкуванні.

They spent the next seven years this way.
Так вони провели наступні сім років.
During the day Dalim was lifeless.
Протягом дня Далім був безжиттєвим.
But at night he came to life.
Але вночі він ожив.
And their life was quite usual.
І їхнє життя було цілком звичайним.
The princess gave her husband two lovely boys.
Принцеса подарувала своєму чоловікові двох чарівних хлопчиків.
They were the exact image of their father.
Вони були точним відображенням свого батька.
Of course the king and Queens did not know.
Звісно, король і королева не знали.
They did not know they were grandparents.
Вони не знали, що вони бабуся та дідусь.
And they did not know Dalim was alive.
І вони не знали, що Далім живий.
To be precise I should say he was alive at night.

Якщо бути точним, то вночі він був живий.

They all thought he had long been dead.

Усі думали, що він давно помер.

They assumed his corpse would now be gone.

Вони вважали, що його тіла вже немає.

But the heart of Dalim s wife was yearning.

Але серце дружини Даліма прагнуло.

She wanted nothing more than her mother-in-law.

Вона нічого не хотіла більше, ніж свою свекруху.

Over the years she had come up with a plan.

Протягом багатьох років вона розробила план.

Perhaps she could see her mother-in-law.

Можливо, вона могла б побачити свою свекруху.

Maybe they could get hold of the necklace.

Можливо, вони зможуть заволодіти намистом.

She asked for the consent of her husband.

Вона попросила згоди у свого чоловіка.

And he allowed her to disguise herself.

І він дозволив їй замаскуватися.

She took on the appearance of a female barber.

Вона прийняла вигляд жінки-перукарки.

Like every female barber, she needed equipment.

Як і кожній перукарці, їй потрібне було обладнання.

She took the following tools;

Вона взяла такі інструменти;

An iron instrument for preparing finger nails.

Залізний інструмент для обробки нігтів.

Another iron instrument for scraping the feet.

Ще один залізний інструмент для шкрябання ніг.

A piece of burnt jhama brick.

Шматок обпаленої цегли джхама.

For rubbing the soles of the feet.

Для розтирання підошов ніг.

And paint for the edges of the feet.

І пофарбуйте краї ніг.

She took all her tools with her.

Вона взяла з собою всі свої інструменти.

And she stood at the gate of the King's palace.

І вона стояла біля брами королівського палацу.

I forgot something else she brought.

Я забув ще дещо, що вона принесла.

She had come with her two sons.

Вона прийшла з двома синами.

She spoke with the guards.

Вона розмовляла з охоронцями.

"I work as a barber"

«Я працюю перукарем»

"I have come to offer my services"

«Я прийшов, щоб запропонувати свої послуги»

"I desire to see Queen Suo"

«Я бажаю побачити королеву Суо»

Queen Suo quickly gave her an interview.

Королева Суо швидко дала їй інтерв'ю.

The queen was quite fond of the two little boys.

Королева дуже любила двох маленьких хлопчиків.

They strangely reminded her of her own son.

Вони дивним чином нагадували їй її власного сина.

And she remembered her lost treasure.

І вона згадала свій втрачений скарб.

Tears fell profusely from her eyes.

Сльози рясно котилися з її очей.

She had not the remotest idea who they were.

Вона не мала найменшого уявлення, хто вони.

Of course we know who they are.

Звісно, ми знаємо, хто вони.

The two little boys are her grandsons.

Двоє маленьких хлопчиків – її онуки.

She spoke to the barber.

Вона поговорила з перукарем.

"My son died when he was young"

«Мій син помер, коли був маленьким»

"I have given up these vanities"

«Я відмовився від цих марнот»

"I stopped having my feet ceremoniously dyed"

«Я перестала церемоніально фарбувати ноги»

"But I would be glad to see your two fine boys"

«Але я був би радий побачити ваших двох чудових хлопчиків»

The barber agreed to let Queen Suo see her boys.

Перукар погодився дозволити королеві Суо побачити своїх хлопчиків.

But she had one question before she went.

Але перед тим, як піти, у неї було одне питання.

"Are there other ladies in the palace?

«Чи є в палаці інші пані?»

"Someone else I could provide my service to"

«Хтось інший, кому я міг би надати свої послуги»

She was told there was another queen.

Їй сказали, що є ще одна королева.

And she was also allowed to go to that queen.

І їй також дозволили піти до тієї королеви.

Queen Duo allowed her to prepare her nails.

Королева Дует дозволила їй підготувати нігті.

And she was allowed to scrape her feet.

І їй дозволили подряпати ноги.

She painted her feet with alakta.

Вона намалювала ноги алактою.

And the queen was very pleased with her skill.

І королева була дуже задоволена її майстерністю.

She also enjoyed the sweetness of her disposition.

Їй також подобалася лагідність її вдачі.

So she booked to have more of her services.

Тож вона замовила більше її послуг.

The female barber had come for something else.

Перукарка прийшла з іншого приводу.

And she quickly noticed the necklace.

І вона швидко помітила намисто.

The necklace was around the Queen's neck.

Намисто було на шиї королеви.

The day of her second visit had come.

Настав день її другого візиту.

She gave her eldest son the instructions.

Вона дала вказівки своєму старшому синові.

"We are going into the palace again"

«Ми знову йдемо до палацу»

"When in the palace you have to cry"

«Коли в палаці, тобі доводиться плакати»

"Say you would like the queen's necklace"

«Скажи, що тобі подобається намисто королеви»

"Don't stop crying until you have her necklace"

«Не переставай плакати, поки не отримаєш її намисто»

The female barber went to queen Duo's apartment.

Перукарка пішла до апартаментів королеви Дуо.

Soon the elder boy started to cry.

Невдовзі старший хлопчик почав плакати.

The boy acted his role well.

Хлопець добре зіграв свою роль.

Nothing would console the boy.

Ніщо не могло втішити хлопця.

"What is wrong?" Queen Duo asked.

«Що трапилося ?» — спитала Королева Дуо.

They boy could hardly speak.

Хлопчики ледве могли говорити.

"Your necklace is so beautiful"

«Твоє намисто таке гарне»

And he continued to sob.

І він продовжував ридати.

"Can I please hold the necklace?"

«Можна мені, будь ласка, потримати намисто?»

Queen Duo did not want to let him.

Королева Дует не хотіла йому цього дозволити.

"I cannot part with my necklace"

«Я не можу розлучитися зі своїм намистом»

"It is my most valuable jewel"

«Це моя найцінніша перлина»

But the boy did not stop crying.

Але хлопчик не переставав плакати.

So she took the necklace off her neck.
Тож вона зняла намисто з шиї.
And she put the necklace into the boy's hand.
І вона вклала намисто в руку хлопця.
The boy quickly stopped crying.
Хлопчик швидко перестав плакати.
And he held the necklace in his hand.
І він тримав намисто в руці.
The female barber had finished her work.
Перукарка закінчила свою роботу.
She was packing up her tools.
Вона пакувала свої інструменти.
And she was about to leave the palace.
І вона вже збиралася покинути палац.
So the queen wanted the necklace back.
Тож королева захотіла повернути намисто.
But the boy would not let her have the necklace.
Але хлопець не віддав їй намисто.
His mother attempted to snatch the necklace from him.
Його мати спробувала вирвати у нього намисто.
But he wept bitterly when she tried.
Але він гірко плакав, коли вона спробувала.
And he cried as if his heart would break.
І він плакав так, ніби його серце розривалося.
The female barber politely asked the queen;
Перукарка чемно запитала королеву;
"Please let the boy take the necklace home"
«Будь ласка, дозвольте хлопчику забрати намисто додому»
"He will fall asleep after drinking his milk"
«Він засне після того, як вип'є молоко»
"And then I will bring your necklace back"
«А потім я поверну тобі намисто»
She could see she had no choice.
Вона бачила, що в неї не було вибору.
The boy would not allow her to take the necklace.
Хлопець не дозволив їй взяти намисто.
So she agreed to the proposal.

Тож вона погодилася на пропозицію.

"Dalim must now be long dead," she thought.

«Далім, мабуть, давно помер», – подумала вона.

And she had nothing to worry about.

І їй не було про що турбуватися.

The princess had the prized necklace.

У принцеси було цінне намисто.

The treasure bound to her husband's life.

Скарб, пов'язаний з життям її чоловіка.

She rushed back to the garden-house.

Вона поспішила назад до садового будиночка.

And she gave the necklace to Dalim.

І вона віддала намисто Даліму.

Dalim had been alive all morning.

Далім був живий увесь ранок.

It was the first time he saw the sun again.

Це був перший раз, коли він знову побачив сонце.

Their joy of his life knew no bounds.

Їхня радість від його життя не знала меж.

Their friend advised them to go to the palace.

Їхній друг порадив їм піти до палацу.

"Go to the palace tomorrow"

«Іди завтра до палацу»

"Present yourselves to the King and Queen"

«Представтеся Королю та Королеві»

"Let them know you're alive and well"

«Повідомте їх, що ви живі та здорові»

The couple accepted their friend's advice.

Подружжя послухалося поради друга.

And they prepared everything for their arrival.

І вони підготували все до їхнього приїзду.

An elephant was brought for the prince.

Для принца принесли слона.

A pair of ponies were brought for the boys.

Для хлопців привели пару поні.

And there was a grand chaturdala.

І була грандіозна чатурдала.

It was furnished with curtains of gold lace.

Він був обставлений шторами із золотого мережива.

Word was sent to the king and Queen Suo.

Звістку було надіслано королю та королеві Суо.

"Prince Dalim Kumar is alive and well"

«Принц Далім Кумар живий і здоровий»

"And he is coming to visit you"

«І він приїде до тебе в гості»

"Now he has a wife and two sons"

«Тепер у нього є дружина та двоє синів »

The King and Queen Suo could hardly believe it.

Король і королева Суо ледве могли в це повірити.

But they were assured that it was all true.

Але їх запевнили, що все це правда.

Queen Duo quickly realized her predicament.

Королева Дует швидко усвідомила своє скрутне становище.

And she became overwhelmed with grief.

І її охопило горе.

A band of musicians followed the prince.

За принцом йшов гурт музикантів.

Prince Dalim Kumar approached the palace-gate.

Принц Далім Кумар підійшов до воріт палацу.

The King and Queen Suo went to the gates.

Король і королева Суо пішли до воріт.

And they welcomed their long-lost son.

І вони вітали свого давно втраченого сина.

You can imagine how happy they were.

Можете собі уявити, як вони були щасливі.

Dalim told his parents of his death.

Далім повідомив батькам про свою смерть.

He told them of the pond by the palace.

Він розповів їм про ставок біля палацу.

And he told them of the fish in the pond.

І він розповів їм про рибу у ставку.

He told them of the wooden box in the fish.

Він розповів їм про дерев'яну скриньку в рибі.

He told them of the necklace in the wooden box.

Він розповів їм про намисто в дерев'яній скриньці.

And he told them the secret of his life.

І він розповів їм таємницю свого життя.

He told them how he died each night.

Він розповідав їм, як помер щоночі.

Of course he also mentioned his new wife.

Звісно, він також згадав свою нову дружину.

The king was inflamed with rage at the news.

Король розлютився від цієї новини.

He ordered Queen Duo into his presence.

Він наказав королеві Дуо увійти до нього.

A large hole was dug in the ground.

У землі викопали велику яму.

The hole was as deep as the height of a man.

Яма була глибока, як зріст людини.

Queen Duo was made to stand in the hole.

Королеву Дует змусили стояти в норі.

Prickly thorns were heaped around her.

Навколо неї були нагромаджені колючі терни.

The thorns went up to the crown of her head.

Терни сягали їй до маківки.

And in this manner she was buried alive.

І таким чином її поховали живцем.

Phakir Chand
Факір Чанд

There was once a king, who had a son.

Жив колись король, і був у нього син.

The king's minister also had a son.

У королівського міністра також був син.

The two sons loved each other dearly.

Двоє синів дуже любили один одного.

And they did everything together.

І вони все робили разом.

The two sons sat and stood up together.

Двоє синів сіли й встали разом.

They walked together to the same places.

Вони разом ходили в одні й ті ж місця.

They ate their meals together.

Вони їли разом.

They slept and got up together.

Вони спали і вставали разом.

They spent years in each other's company.

Вони провели роки в товаристві одне одного.

One day they both felt a new desire.

Одного дня вони обидва відчули нове бажання.

They wanted to see foreign lands.

Вони хотіли побачити чужі землі.

And so they set out on their journey.

І так вони вирушили в свою подорож.

One of them was the son of a king.

Один з них був сином короля.

One of them was the son of his chief minister.

Один з них був сином його головного міністра.

So of course they were both quite rich.

Тож, звісно, вони обидва були досить багатими.

But they did not take any servants with them.

Але вони не взяли з собою жодних слуг.

They went by themselves, on horseback.

Вони їхали самі, верхи на конях.

The horses were beautiful to look at.
Коні були гарні на вигляд.
They were Pakshirajes horses.
Це були коні пакшираджесів.
Such horses are known as the kings of birds.
Таких коней називають королями птахів.
The two sons rode together for many days.
Двоє синів їхали разом багато днів.
They passed through extensive plains.
Вони проходили через обширні рівнини.
And the plains were covered with paddy.
А рівнини були вкриті рисом.
And they passed through strange cities.
І вони проходили через дивні міста.
And they passed through towns, and villages.
І вони проходили через міста та села.
They passed through treeless deserts.
Вони проходили крізь безлісі пустелі.
And they passed through forests.
І вони проходили крізь ліси.
And the forests were dense with trees.
А ліси були густо вкриті деревами.
These forests were the abode of the tiger.
Ці ліси були домівкою тигра.
And the bear also lived in these forests.
І ведмідь також жив у цих лісах.
One evening they were overtaken by the night.
Одного вечора їх наздогнала ніч.
They had not seen any human habitations.
Вони не бачили жодних людських осель.
But it was getting darker and darker.
Але ставало дедалі темніше й темніше.
So they dismounted beneath a lofty tree.
Тож вони злізли з коней під високим деревом.
They tied their horses to the tree.
Вони прив'язали своїх коней до дерева.
And then they climbed up the tree.

А потім вони вилізли на дерево.
They covered the branches with thick foliage.
Вони вкрили гілки густим листям.
So that they could sit on the branches.
Щоб вони могли сидіти на гілках.
The tree had grown near a large body of water.
Дерево росло біля великої водойми.
The water was as clear as the eye of a crow.
Вода була прозора, як око ворони.
The two friends made themselves comfortable.
Двоє друзів влаштувалися зручніше.
Of course it wasn't very comfortable in a tree.
Звісно, на дереві було не дуже зручно.
But it wasn't uncomfortable in the tree either.
Але й на дереві не було ніяково.
They had decided to spend the night there.
Вони вирішили провести там ніч.
They sometimes chatted together in whispers.
Вони іноді розмовляли між собою пошепки.
They felt whispering was better than talking.
Вони вважали, що шепіт кращий за розмову.
Because the region seemed very strange to them.
Бо регіон здавався їм дуже дивним.
And soon they were falling into a doze.
І невдовзі вони вже задрімали.
But their attention was suddenly jolted.
Але їхня увага раптово привернулася.
From the water they heard a noise.
З води вони почули шум.
It sounded like the rushing of water.
Це звучало як шум води.
In front of them was a terrible sight!
Перед ними відкрилося жахливе видовище!
A huge serpent came from under the water.
З-під води вилізла величезна змія.
The snake swam ashore and slithered around.
Змія випливла на берег і заповзла навколо.

But something else attracted their attention.

Але їхню увагу привернуло щось інше.

The crested hood of the serpent was shining.

Чубатий капюшон змії сяяв.

The snake had a brilliant manikya embedded.

У змію була вбудована блискуча манік'я.

The jewel shone like a thousand diamonds.

Коштовність сяяла, немов тисяча діамантів.

The crystal lit up the water in the tank.

Кришталь освітив воду в резервуарі.

The embankments and trees were irradiated.

Насипи та дерева були опромінені.

The serpent doffed the jewel from its crest.

Змій скинув коштовність зі свого гребеня.

And the serpent threw the jewel on the ground.

І змій кинув коштовність на землю.

And then the serpent went in search of food.

І тоді змій вирушив на пошуки їжі.

They could not believe what they had seen.

Вони не могли повірити побаченому.

They stayed in the safety of the tree.

Вони залишилися в безпеці дерева.

But they greatly admired the jewel.

Але вони дуже захоплювалися коштовністю.

The ruby shed an ineffable luster.

Рубін випромінював невимовний блиск.

Everything had a magical glow around it.

Все навколо сяяло чарівним сяйвом.

They had never seen anything like it.

Вони ніколи не бачили нічого подібного.

Although, they had heard of this treasure.

Хоча вони чули про цей скарб.

The jewel equaled the treasures of seven kings.

Ця коштовність дорівнювала скарбам семи царів.

But their admiration soon changed to fear.

Але їхнє захоплення невдовзі змінилося страхом.

The serpent came to the foot of their tree.

Змій підійшов до підніжжя їхнього дерева.
The serpent had found their horses!
Змій знайшов їхніх коней!
The poor horses had been tied to the tree.
Бідолашних коней прив'язали до дерева.
The animals had no way of escaping.
Тварини не мали можливості втекти.
One by one the serpent ate their horses.
Змій по одному з'їв їхніх коней.
But the serpent's appetite did not seem satisfied.
Але апетит змії, здавалося, не був задоволений.
They feared they would be the next victims.
Вони боялися, що стануть наступними жертвами.
But their fears were soon relieved.
Але їхні побоювання невдовзі розвіялися.
The gigantic cobra had not seen them.
Гігантська кобра їх не бачила.
And eventually the snake left again.
І врешті-решт змія знову пішла.
The minister's son saw an opportunity.
Син міністра побачив можливість.
This was his chance to take the gem.
Це був його шанс отримати перлину.
But there was one problem they had.
Але у них була одна проблема.
The jewel shone incredibly bright.
Коштовність сяяла неймовірно яскраво.
The serpent would know what had happened.
Змій знав би, що сталося.
But there was a way to overcome this problem.
Але існував спосіб подолати цю проблему.
And the minister's son knew the solution.
І син міністра знав рішення.
He had to cover the stone with horse-dung.
Йому довелося покрити камінь кінським гноєм.
And there was some horse-dung by the tree.
А біля дерева лежав кінський гній.

He quietly came down from the tree.
Він тихо спустився з дерева.
He picked up the horse-dung off the floor.
Він підібрав кінський гній з підлоги.
And he threw the dung upon the precious stone.
І він кинув гній на дорогоцінний камінь.
And then he climbed up into the tree again.
А потім він знову виліз на дерево.
The serpent noticed something had happened.
Змій помітив, що щось сталося.
The light of the jewel had vanished.
Світло коштовності згасло.
The serpent rushed back with great fury.
Змій кинувся назад з великою люттю.
The serpent returned to where it had left the stone.
Змій повернувся туди, де залишив камінь.
The serpent let out a frightful hiss at the night.
Змія видала страшне шипіння вночі.
The snake's groans and convulsions were terrible.
Стогони та конвульсії змії були жахливі.
The snake went round and round the jewel.
Змія кружляла і кружляла навколо коштовності.
But the stone was covered with horse-dung.
Але камінь був вкритий кінським гноєм.
This way the serpent could not see its treasure.
Таким чином змій не міг побачити свій скарб.
Finally, the serpent breathed its last breath.
Нарешті змій видихнув востаннє.

The two friends did not sleep much that night.
Двоє друзів майже не спали тієї ночі.
In the morning they came down from the tree.
Вранці вони спустилися з дерева.
They went to where the crest-jewel was.
Вони пішли туди, де лежав герб-перлина.
The mighty serpent was still laying there.
Могутній змій все ще лежав там.

But now the snake's body was perfectly lifeless.

Але тепер тіло змії було абсолютно безжиттєвим.

The friend of the prince stepped over the dead snake.

Друг принца переступив через мертву змію.

And he picked up the dung covered jewel.

І він підняв коштовність, покриту гноєм.

Both of them went to the bank of the water.

Обоє пішли до берега води.

And they washed the precious stone.

І вони помили дорогоцінний камінь.

Finally, all the dung had been washed off.

Зрештою, весь гній було змито.

And the jewel shone as brilliantly as before.

І коштовність сяяла так само яскраво, як і раніше.

The jewel lit up the entire bed of the tank of water.

Коштовність освітлювала все дно резервуара з водою.

Now they could see the innumerable fishes.

Тепер вони могли бачити незліченну кількість риб.

But the light also revealed something else.

Але світло також виявило дещо інше.

This astonished them more than all the fishes.

Це вразило їх більше, ніж усіх риб.

In the bottom of the water there was something.

На дні води щось було.

They could see there were lofty walls.

Вони бачили, що там були високі стіни.

The walls were from a magnificent palace.

Стіни були з розкішного палацу.

The prince's friend was feeling venturesome.

Друг принца почувався сміливим.

He convinced the king's son to follow him.

Він переконав царського сина піти за ним.

And then they wanted to swim to the palace below.

А потім вони хотіли поплисти до палацу внизу.

The prince's friend took the jewel in his hand.

Друг принца взяв коштовність у руку.

And they both dived into the waters.

І вони обидва пірнули у воду.
Soon they stood at the gate of the palace.
Невдовзі вони стояли біля воріт палацу.
To their surprise the gate was open.
На їхній подив, ворота були відчинені.
They saw no being, human or superhuman.
Вони не бачили жодної істоти, людської чи надлюдини.
So they decided to venture inside the gate.
Тож вони вирішили зайти всередину воріт.
Inside the walls there was a beautiful garden.
Всередині стін був гарний сад.
In the middle of the garden was a house.
Посеред саду стояв будинок.
No one had ever seen so many flowers.
Стільки квітів ще ніхто не бачив.
There were roses of all imaginable varieties.
Там були троянди всіх можливих сортів.
There were endless numbers of yellow jessamine.
Жовтого жасмину було нескінченно багато.
And there were numerous white bell flowers.
І там було безліч білих квітів дзвоників.
These flowers were the king of smells.
Ці квіти були королями запахів.
The most scented lily of the valley.
Найзапашніший конвалія.
There were the flowers from the champaka tree.
Там були квіти з дерева чампака.
And a thousand other sweet-scented flowers.
І тисяча інших квітів із солодким ароматом.
Acres covered with the delicious jessamine.
Гектари, вкриті смачним жасмином.
All the plants were gemmed with flowers.
Всі рослини були прикрашені коштовними квітами.
And all the flowers were in full bloom.
І всі квіти були у повному розквіті.
So the air was loaded with rich perfume.
Тож повітря було наповнене насиченим ароматом.

A wilderness of sweet scents everywhere.
Скрізь пустеля солодких ароматів.
They went through this paradise of perfumery.
Вони пройшли через цей рай парфумерії.
And eventually they reached the house.
І нарешті вони дісталися до будинку.
The house was surrounded by lofty trees.
Будинок був оточений високими деревами.
Soon they stood at the door of the house.
Невдовзі вони стояли біля дверей будинку.
Now they could see it was a fairy palace.
Тепер вони побачили, що це був палац фей.
The walls were of burnished gold.
Стіни були з полірованого золота.
Here and there shone diamonds of dazzling hue.
Де-не-де сяяли діаманти сліпучого відтінку.
But they did not see any beings.
Але вони не бачили жодних істот.
So they went inside the palace.
Тож вони зайшли всередину палацу.
The palace was richly furnished.
Палац був багато обставлений.
They went from room to room.
Вони ходили з кімнати в кімнату.
But they did not see anyone.
Але вони нікого не бачили.
It seemed to be a deserted house.
Здавалося, що це був покинутий будинок.
At last, however, they found a special room.
Зрештою, однак, вони знайшли спеціальну кімнату.
In this room there was a young lady.
У цій кімнаті була молода жінка.
She was sleeping on a golden bed.
Вона спала на золотому ліжку.
The young lady was of exquisite beauty.
Молода леді була вишуканої краси.
Her complexion was a mixture of red and white.

Її колір обличчя був сумішшю червоного та білого.
She seemed to be about sixteen years of age.
Здавалося, їй було близько шістнадцяти років.
The two friends gazed upon her.
Двоє друзів пильно подивилися на неї.
They were enchanted by her beauty.
Вони були зачаровані її красою.
But they could not admire her for long.
Але вони не могли довго нею милуватися.
Because the young lady opened her eyes.
Бо молода леді відкрила очі.
Her eyes seemed like the eyes of a gazelle.
Її очі були схожі на очі газелі.
On seeing the strangers she said;
Побачивши незнайомців, вона сказала;
"How have you come here, ye unfortunate men?"
«Як ви сюди потрапили, нещасні люди?»
"Be gone, be gone! I beg of you two"
«Зникніть, зникніть! Благаю вас двох»
"This is the abode of a mighty serpent"
«Це оселя могутнього змія »
"The serpent which has devoured my parents"
«Змій, що пожер моїх батьків»
"And my brothers, and all my relatives"
«І мої брати, і всі мої родичі»
"I am the only one that he has spared"
«Я єдиний, кого він пощадив»
"Flee for your lives while you still can"
«Тікайте, рятуйте своє життя, поки ще можете»
"Or else the serpent will eat you both"
«Або ж змій з'їсть вас обох»
The prince's friend told her what had happened.
Друг принца розповів їй, що сталося.
"The serpent has breathed his last breath"
«Змій видихнув свій останній подих»
"The snake's body lies lifeless on the floor"
«Тіло змії лежить бездихано на підлозі»

"We took the head-jewel of the serpent"

«Ми взяли коштовність голови змія»

"The jewel's light showed us to the palace.

«Світло коштовного каменю привело нас до палацу.»

She thanked the strangers for their bravery.

Вона подякувала незнайомцям за їхню хоробрість.

"You have freed me from the infernal serpent"

«Ти звільнив мене від пекельного змія»

"Please live with me in my palace"

«Будь ласка, живи зі мною в моєму палаці»

"But please promise never to desert me"

«Але, будь ласка, пообіцяй ніколи мене не покидати»

They gladly accepted the invitation.

Вони з радістю прийняли запрошення.

The king's son was smitten with the princess.

Королівський син був закоханий у принцесу.

He adored the charms of the peerless princess.

Він обожнював чари неперевершеної принцеси.

And he married her after a short time.

І він одружився з нею через короткий час.

There was no priest at the palace.

У палаці не було священика.

So the hymeneal knot was tied by other means.

Отже, гіменеальний вузол був зав'язаний іншими засобами.

A simple exchange of garlands of flowers.

Простий обмін гірляндами квітів.

The king's son became inexpressibly happy.

Царський син невимовно зрадів.

He delighted in the company of the princess.

Він насолоджувався товариством принцеси.

The prince's friend also had a wife.

У друга принца також була дружина.

Of course she was living in the upper world.

Звісно, вона жила у вищому світі.

But he participated in his friend's happiness.

Але він був частиною щастя свого друга.

The time they spent together passed merrily.

Час, який вони провели разом, минув весело.

But they could not live here forever.

Але вони не могли жити тут вічно.

The prince had to return to his kingdom.

Принцу довелося повернутися до свого королівства.

But he knew the return would require some planning.

Але він знав, що повернення вимагатиме певного планування.

The occasion would come with a lot of pomp.

Ця подія відбудеться з великою пишнотою.

There were going to be many ceremonies.

Мало бути багато церемоній.

Because there was a lot to be celebrated.

Бо було багато чого святкувати.

First the prince's friend was going to go.

Спочатку мав піти друг принца.

And then he was going to return with the attendants.

А потім він збирався повернутися зі слугами.

Horses, and elephants for the happy pair.

Коні та слони для щасливої пари.

The prince accompanied his friend.

Принц супроводжував свого друга.

Together they went back to the surface.

Разом вони повернулися на поверхню.

And they saw the upper world again.

І вони знову побачили верхній світ.

The two friends bid each other adieu.

Двоє друзів попрощалися один з одним.

The prince returned to his lovely wife.

Принц повернувся до своєї чарівної дружини.

Before leaving everything had been organized.

Перед від'їздом все було організовано.

The prince's friend arranged his return.

Друг принца організував його повернення.

He said when he was going to go to the embankment.

Він сказав, коли збирається йти на набережну.

He was going to have the horses that they needed.

Він мав би отримати коней, які їм були потрібні.

Elephants were going to be there too, and attendants.

Там також мали бути слони та їхні слуги.

They were going to wait upon the prince and princess.

Вони збиралися чекати на принца та принцесу.

The snake-jewel gave them the rights to this.

Зміїна коштовність давала їм на це право.

The prince's friend went back to his country.

Друг принца повернувся до своєї країни.

To prepare for the return of his friend.

Щоб підготуватися до повернення свого друга.

One day the prince was sleeping.

Одного дня принц спав.

He had just had his midday meal.

Він щойно пообідав.

The princess had never seen the upper regions.

Принцеса ніколи не бачила верхніх регіонів.

She felt the desire to see the upper world.

Вона відчула бажання побачити вищий світ.

For this she needed the snake-jewel.

Для цього їй знадобився зміїний коштовний камінь.

Only this could help her through the water.

Тільки це могло допомогти їй пережити воду.

The jewel was shining its bright light in the room.

Коштовність яскраво освітлювала кімнату.

She took the snake-jewel into her hand.

Вона взяла зміїну коштовність у руку.

And then she left the palace and the garden.

А потім вона покинула палац і сад.

She successfully swam to the upper world.

Вона успішно допливла до верхнього світу.

No mortal had caught sight of her.

Жоден смертний не бачив її.

At the edge of the water were some steps.

Біля води було кілька сходів.

The steps were for the convenience of bathers.

Сходинки були для зручності купальників.

And this is also where she sat.

І це також місце, де вона сиділа.

She scrubbed her body with the sand.

Вона відтерла своє тіло піском.

She washed her hair with the fresh water.

Вона помила волосся свіжою водою.

And she played with the water for fun.

І вона гралася з водою заради розваги.

She walked about on the water's edge.

Вона ходила по краю води.

And she admired all the scenery around.

І вона милувалася всіма краєвидами навколо.

But finally she returned back to her palace.

Але зрештою вона повернулася до свого палацу.

Her husband was still deep in sleep.

Її чоловік все ще глибоко спав.

But eventually he had slept enough.

Але зрештою він виспався достатньо.

She did not tell him about her adventures.

Вона не розповідала йому про свої пригоди.

The next day her husband fell asleep again.

Наступного дня її чоловік знову заснув.

And again she paid a visit to the upper world.

І знову вона відвідала вищий світ.

And she remained unnoticed by mortal man.

І вона залишилася непоміченою смертною людиною.

Her success was starting to give her courage.

Її успіх почав додавати їй сміливості.

So she repeated her adventure a third time.

Тож вона повторила свою пригоду втретє.

The rajah's son was out hunting that day.

Син раджі того дня був на полюванні.

He had his tent not far from the water.

Він поставив намет недалеко від води.

His attendants were cooking his meal.

Його помічники готували йому їжу.
So, he wandered about along the water.
Тож він блукав вздовж води.
Nearby an old woman was gathering sticks.
Неподалік стара жінка збирала гілки.
She was collecting dried branches of trees.
Вона збирала сухі гілки дерев.
She needed the sticks for kindling wood.
Їй потрібні були гілки для розпалювання дров.
This was when the princess came out the water.
Саме тоді принцеса вийшла з води.
She gazed around and she saw a man.
Вона озирнулася навколо і побачила чоловіка.
And then she saw there was also a woman.
І тоді вона побачила, що там також була жінка.
The princess knew she didn't want to be seen.
Принцеса знала, що не хоче, щоб її бачили.
So she went back down to her palace.
Тож вона повернулася до свого палацу.
But the rajah's son had caught a glimpse of her.
Але син раджі встиг її побачити.
And the old woman gathering sticks saw her too.
І стара жінка, яка збирала гілки, теж її побачила.
The rajah's son stood gazing on the waters.
Син раджі стояв, дивлячись на воду.
He had never seen such a beautiful woman.
Він ніколи не бачив такої красивої жінки.
She seemed to him to be a deva-kanyas Goddess.
Вона здавалася йому богинею дева-каньяс.
Heavenly goddesses he had read of in old books.
Про небесних богинь він читав у старих книгах.
They are said to visit the upper world.
Кажуть, що вони відвідують верхній світ.
And the upper world is honored to have them.
І вищий світ має честь мати їх.
But it is said to happen only rarely.
Але кажуть, що це трапляється дуже рідко.

The way that angels only visit rarely.

Так, як ангели відвідують нас рідко.

He had seen the princess' unearthly beauty.

Він бачив неземну красу принцеси.

She had made a deep impression on his heart.

Вона справила глибоке враження на його серце.

Although he had seen her only for a moment.

Хоча він бачив її лише мить.

But her beauty distracted his mind.

Але її краса відволікала його розум.

He stood there like a statue, for hours.

Він стояв там, як статуя, годинами.

All he could do was gaze into the waters.

Все, що він міг зробити, це дивитися у воду.

In the hope of seeing the lovely figure again.

У надії знову побачити цю чарівну постать.

But all his time was spent in vain.

Але весь його час був витрачений даремно.

The princess did not appear again.

Принцеса більше не з'являлася.

The rajah's son became mad with love.

Син раджі збожеволів від кохання.

He kept muttering, "now here, now gone!"

Він бурмотів: «То тут, то зник!»

He refused to leave the water's edge.

Він відмовився залишати берег.

His attendants had to forcibly remove him.

Його супроводжуючим довелося силоміць вивести його.

They took him to his father's palace.

Вони відвели його до палацу батька.

But he was in a state of hopeless insanity.

Але він перебував у стані безнадійного божевілля.

He couldn't be made to speak to anyone.

Його не можна було змусити ні з ким розмовляти.

And he spent his days sobbing heavily.

І він проводив свої дні, сильно ридаючи.

No others words came out of his mouth.

Жодних інших слів з його вуст не виходило.

"Now here, now gone!"

«Тепер тут, тепер зник!»

"Now here, now gone!"

«Тепер тут, тепер зник!»

You can imagine the rajah's grief.

Ви можете уявити собі горе раджі.

"What could have deranged my son's mind?"

«Що могло похитнути розум мого сина?»

"'Now here, now gone,' what does it mean?"

«Що це означає: «Тепер тут, тепер немає»?»

He could not unravel the words' meaning.

Він не міг розгадати значення слів.

His attendants couldn't decipher the words either.

Його супроводжуючі також не могли розшифрувати слів.

The land's best physicians were consulted.

Були проведені консультації з найкращими лікарями країни.

But their consultation had no effect.

Але їхня консультація не мала жодного ефекту.

The sons of æsculapius were not able to help.

Сини Ескулапа не змогли допомогти.

No one could ascertain the cause of the madness.

Ніхто не міг з'ясувати причину божевілля.

Without knowing the cause there was no cure.

Без знання причини не було лікування.

The physicians tried to ask the prince.

Лікарі спробували розпитати принца.

But all he said was, "now here, now gone!"

Але все, що він сказав, було: «Тепер тут, тепер зник!»

The rajah was distracted with grief.

Раджа був розсіяний горем.

Day and night he worried for his son.

День і ніч він хвилювався за сина.

He wished for his son's intellects to return.

Він бажав, щоб до його сина повернувся розум.

A proclamation was made in the capital.

У столиці було опубліковано відповідну прокламацію.

Town criers were sent into the city.

До міста були послані міські глашатаї.

And they beat their drums for attention.

І вони били в барабани, щоб привернути увагу.

"The rajah's son has lost his mental faculties"

«Син раджі втратив розумові здібності»

"The rajah seeks a cure for his son"

«Раджа шукає ліки для свого сина»

"A reward is offered for the cure"

«За лікування пропонується винагорода»

"The hand of the rajah's daughter"

«Рука дочки раджі»

"Her hand comes with half his kingdom"

«Її рука приносить половину його королівства»

The drum was beaten around the city.

По всьому місту били в барабан.

But no one felt they could touch the drum.

Але ніхто не відчував, що може доторкнутися до барабана.

No one knew the cause of his madness.

Ніхто не знав причини його божевілля.

At last an old woman came forward.

Нарешті вийшла вперед стара жінка.

And she stepped up to touch the drum.

І вона підійшла, щоб доторкнутися до барабана.

"I will discover the cause of his madness"

«Я з'ясую причину його божевілля»

"And I will cure him from his disease"

«І я вилікую його від хвороби»

She had seen what happened to the boy.

Вона бачила, що сталося з хлопчиком.

She was at the water's edge that day.

Того дня вона була на березі води.

It was her who was gathering up sticks.

Це вона збирала гілки.

This woman had a crack-brained son.

У цієї жінки був син з потворним розумом.

Her son was named of Phakir-Chand.
Її сина назвали Пакір-Чанд.
So she was called Phakir's mother.
Тож її називали матір'ю Факіра.
The woman was brought before the rajah.
Жінку привели до раджі.
And the following conversation took place.
І відбулася наступна розмова.
"You are the woman that touched the drum"
«Ти та жінка, що торкнулася барабана»
"You know the cause of my son's madness?"
«Ви знаєте причину божевілля мого сина?»
"Yes, oh incarnation of justice!"
«Так, о втілення справедливості!»
"I know the cause of your son's madness"
«Я знаю причину божевілля вашого сина»
"But I will not say the cause of his madness"
«Але я не скажу причини його божевілля»
"First I will cure your son of his madness"
«Спочатку я вилікую твого сина від божевілля»
"How can I believe you are able to?"
«Як я можу повірити, що ти здатний?»
"The best physicians of the land have failed"
«Найкращі лікарі країни зазнали невдачі»
"You need not now believe, my king"
«Тобі не потрібно тепер вірити, мій королю»
"Wait till I have performed the cure"
«Зачекайте, поки я вилікую»
"Many an old woman knows many secrets"
«Багато старих жінок знають багато таємниць»
"Secrets wise men are unacquainted with"
«Таємниці, з якими мудреці не знайомі»
"Very well, let me see what you can do"
«Добре, дай-но я подивлюся, що ти можеш зробити»
"In what time will you perform the cure?"
«За який час ви проведете лікування?»
"It is impossible to fix the time"

«Неможливо виправити час»

"Ff course I will begin work immediately"

«Звичайно, я негайно почну роботу»

"But I need your lordship's assistance"

«Але мені потрібна допомога вашої світлості»

"What help do you require from me?"

«Яка допомога вам від мене потрібна?»

"Your lordship will please order a hut"

«Ваша світлість, будь ласка, замовте хатину»

"Have the hut raised on the embankment of the water"

«Нехай хатину піднімуть на набережній води»

"Where your son first caught the disease"

«Де ваш син вперше підхопив цю хворобу»

"I mean to live in that hut for a few days"

«Я маю намір пожити в тій хатині кілька днів»

"And please order some of your servants"

«І, будь ласка, накажи деяким зі своїх слуг»

"They have to be in attendance at a distance"

«Вони повинні бути присутніми на відстані»

"Tell them to be about a hundred yards away"

«Скажіть їм, щоб вони були приблизно за сто ярдів»

"That way I can call them over when we need them"

«Таким чином я зможу покликати їх, коли вони нам знадобляться»

The king had listened attentively.

Король уважно слухав.

"I will order that to be immediately done"

«Я накажу це зробити негайно»

"Do you want anything else?"

«Ви хочете ще щось?»

"Those are all the preparations I need"

«Це все, що мені потрібно підготувати»

"But let me remind you of the agreement"

«Але дозвольте мені нагадати вам про угоду»

"You promised the hand of your daughter"

«Ти обіцяв руку своєї доньки»

"And you promised half your kingdom"

«І ти пообіцяв половину свого королівства»
"But I can't marry your daughter"
«Але я не можу одружитися з вашою дочкою»
"Because your daughter has to marry a man"
«Тому що твоя донька має вийти заміж за чоловіка»
"But I also have a son of marriageable age"
«Але в мене також є син, який вже здатен на шлюб»
"Allow my son to marry your daughter"
«Дозволь моєму синові одружитися з твоєю дочкою»
"Allow him to have half of your kingdom"
«Дозволь йому взяти половину твого царства»
The king was agreed with the terms.
Король погодився з умовами.
"If you find a cure, he marries my daughter"
«Якщо знайдеш ліки, він одружиться з моєю дочкою»
"And half of my kingdom shall be his"
«І половина мого царства буде його»
A temporary hut was quickly erected.
Тимчасову хатину швидко звели.
The hut was built on the embankment of the water.
Хатину звели на набережній води.
And Phakir's mother took up her abode.
І мати Факір оселилася там.
An outpost was also erected at some distance.
Також на деякій відстані було зведено форпост.
Because the woman might require some attendance.
Тому що жінці може знадобитися певна допомога.
Strict orders were given by Phakir's mother.
Мати Факіра віддала суворі накази.
No one was allowed to go near the water.
Нікому не дозволялося наближатися до води.
Only she was allowed to stay by the water.
Тільки їй дозволялося залишатися біля води.

But let us leave Phakir's mother at the water.
Але залишимо матір Факіра біля води.
Let us hasten down the subterranean palace.

Ходімо швидше вниз до підземного палацу.

To see what the prince and the princess are doing.

Щоб побачити, що роблять принц і принцеса.

The princess did want to go up again.

Принцеса справді хотіла знову піднятися нагору.

But she now knew that it would be dangerous.

Але тепер вона знала, що це буде небезпечно.

And she had given up the idea of a fourth visit.

І вона відмовилася від ідеї четвертого візиту.

But women generally have greater curiosity.

Але жінки, як правило, мають більшу допитливість.

And the princess was no exception to the rule.

І принцеса не була винятком із правила.

One day her husband was asleep.

Одного дня її чоловік спав.

He always slept after his noonday meal.

Він завжди спав після полуденного обіду.

She took the snake-jewel in her hand.

Вона взяла в руку зміїну коштовність.

And she rushed out of the palace.

І вона поспішила з палацу.

And she came up to the upper world.

І вона піднялася до вищого світу.

There was an upheaval in the waters.

У водах стався переворот.

And Phakir's mother was on high alert.

А мати Факіра була в стані підвищеної готовності.

She was hiding in the hut.

Вона ховалася в хатині.

And she was looking through the chinks.

І вона дивилася крізь щілини.

The princess saw no human being nearby.

Принцеса не побачила поруч жодної людини.

So she came to the bank of the water.

Тож вона підійшла до берега води.

Phakir's mother showed herself outside the hut.

Мати Факіра показалася біля хатини.

And she addressed the princess politely.

І вона чемно звернулася до принцеси.

"Come, my child, thou queen of beauty"

«Ходімо, дитино моя, царице краси»

"Come to me, and I will help you to bathe"

«Підійди до мене, і я допоможу тобі помитися»

So saying, she approached the princess.

Сказавши це, вона підійшла до принцеси.

The princess saw she was just an old woman.

Принцеса побачила, що вона просто стара жінка.

So she made no resistance to her offer.

Тож вона не чинила опору його пропозиції.

The old woman was washing the princess' hair.

Стара жінка мила волосся принцеси.

And she noticed the bright jewel in her hand.

І вона помітила яскравий коштовний камінь у своїй руці.

"Out the jewel here till you are bathed"

«Витягай коштовність звідси, поки не викупаєшся»

Now the jewel was in the hands of Phakir's mother.

Тепер коштовність була в руках матері Факіра.

She wrapped the jewel up in a cloth.

Вона загорнула коштовність у тканину.

And she wrapped the cloth around her waist.

І вона обмотала тканину навколо талії.

Now the princess was unable to escape.

Тепер принцеса не могла втекти.

And Phakir's mother gave the signal.

І мати Факіра подала знак.

The attendants rushed to the water.

Служителі кинулися до води.

And they took the princess captive.

І вони взяли принцесу в полон.

The news soon reached the city.

Новина швидко досягла міста.

"Phakir's mother had captured a water-nymph"

«Мати Факіра полонила водяну німфу»

And the people rejoiced at the news.

І люди зраділи цій новині.

All came to see the "daughter of the immortals"

Усі прийшли побачити «дочку безсмертних»

She was brought to the palace.

Її привели до палацу.

And she was brought to the rajah's son.

І її привели до сина раджі.

The rajah's son was still of impaired intellect.

Син раджі все ще мав порушений розумовий розум.

But that cloud on his brain soon dissipated.

Але ця хмара в його голові швидко розвіялася.

"I have found you! I have found you!"

«Я знайшов тебе! Я знайшов тебе!»

His eyes had been vacant and lusterless.

Його очі були порожніми та без блиску.

But now his eyes had the fire of intelligence.

Але тепер його очі сяяли вогнем розуму.

He had almost lost the use of his tongue.

Він майже втратив здатність використовувати язик.

"Now here, now gone!" was all he had been able to say.

«Тепер тут, тепер геть!» — було все, що він зміг сказати.

But this sense too was restored.

Але це відчуття також відновилося.

The joy of the rajah knew no bounds.

Радості раджі не було меж.

There was great festivity in the city.

У місті відбулося велике свято.

The people praised Phakir-Chand's mother.

Люди вихваляли матір Пакір-Чанда.

And everyone soon expected the marriage.

І всі невдовзі очікували весілля.

The rajah's son was to wed the water-nymph.

Син раджі мав одружитися з водяною німфою.

The princess, however, had made a promise.

Принцеса, однак, дала обіцянку.

She told Phakir's mother of her promise.

Вона розповіла матері Факіра про свою обіцянку.

"I won't as much as look at another man"

«Я навіть не подивлюся на іншого чоловіка»

"For one year my vows shall last"

«Один рік мої обітниці триватимуть»

"The marriage cannot happen in that time"

«Шлюб не може відбутися за цей час»

The rajah's son was somewhat disappointed.

Син раджі був дещо розчарований.

But he readily agreed to the delay.

Але він охоче погодився на затримку.

"Delay enhances the sweetness of the pleasure"

«Затримка посилює солодкість задоволення»

Of course the princess spent her time in sorrow.

Звісно, принцеса проводила свій час у смутку.

She spent her days and nights sighing.

Вона зітхала дні й ночі.

And she lamented her idle curiosity.

І вона нарікала на свою пусту цікавість.

The curiosity that led her to the upper world.

Цікавість, яка привела її до вищого світу.

The curiosity that separated her from her husband.

Цікавість, яка відділяла її від чоловіка.

She thought of her unfortunate husband.

Вона подумала про свого нещасного чоловіка.

She had left him all alone below the waters.

Вона залишила його самого під водою.

And she wept bitter tears each day.

І вона щодня плакала гіркими сльозами.

She wished that she could run away.

Їй хотілося б втекти.

But that would have been impossible.

Але це було б неможливо.

Because she was immured within walls.

Бо вона була замурована в стінах.

And there were walls within the walls.

А всередині стін були стіни.

And what use was getting out the palace?

І який сенс було вибиратися з палацу?
She couldn't get to her husband anyway.
Вона все одно не могла дістатися до чоловіка.
She didn't have the serpent jewel.
У неї не було зміїного коштовного каменю.
The ladies of the palace tried to comfort her.
Палацові дами намагалися її втішити.
And Phakir's mother tried to divert her mind.
А мати Факіра намагалася відволікти її думки.
But their efforts were in vain.
Але їхні зусилля були марними.
She took pleasure in nothing.
Вона нічим не тішилася.
She hardly spoke to anyone.
Вона майже ні з ким не розмовляла.
She wept throughout the day.
Вона плакала протягом усього дня.
And she wept through the night.
І вона плакала всю ніч.

The year of her vow was drawing to a close.
Рік її обітниці наближався до кінця.
But she was still disconsolate.
Але вона все ще була невтішна.
The marriage, however, had to be celebrated.
Однак весілля потрібно було відсвяткувати.
The rajah consulted the astrologers.
Раджа порадився з астрологами.
The day and the hour had been decided.
День і годину було визначено.
The nuptial knot was to be tied.
Шлюбний вузол мав бути зав'язаний.
Great preparations were made.
Були проведені великі приготування.
The confectioners were busy day and night.
Кондитери були зайняті вдень і вночі.
They prepared all sorts of sweetmeats.

Вони готували всілякі солодощі.
Milkmen supplied the palace with tanks of curds.
Молочники постачали палац цистернами сиру.
Great quantities of gunpowder were manufactured.
Було виготовлено велику кількість пороху.
There were going to be grand fireworks.
Мали бути грандіозні феєрверки.
Stages were erected everywhere.
Скрізь зводили сцени.
And musicians were selected to play music.
І музикантів було обрано для гри музики.
All the city assumed an air of mirth.
Усе місто наповнилося веселою атмосферою.
All looked forward to the festivities.
Усі з нетерпінням чекали святкування.

We must return our attention to the minister's son.
Ми повинні знову звернути нашу увагу на сина міністра.
He had left his friend in the subterranean palace.
Він залишив свого друга в підземному палаці.
And he had gone to his country.
І він поїхав до своєї країни.
He was bringing horses and elephants.
Він привозив коней та слонів.
And he had with him many attendants.
І мав він із собою багато слуг.
For the return of the king's son.
Заради повернення царського сина.
And for the return of his lovely princess.
І за повернення його чарівної принцеси.
So that the ceremony had due pomp.
Щоб церемонія мала належну пишність.
The preparations took him many months.
Підготовка зайняла у нього багато місяців.
But eventually all was prepared.
Але зрештою все було підготовлено.
And the minister's son started on his journey.

І син міністра вирушив у свою подорож.

He was accompanied by a long train of elephants.

Його супроводжував довгий караван слонів.

And behind the elephants were horses.

А за слонами йшли коні.

And all the horses had their own attendants.

І всі коні мали своїх власних супроводжуючих.

He reached the water ahead of schedule.

Він дістався води раніше запланованого терміну.

So he had two or three days to spare.

Тож у нього було два чи три вільні дні.

Tents were pitched in the mango slopes.

Намети були розбиті на мангових схилах.

So the men and cattle had accommodation.

Тож чоловіки та худоба мали житло.

The minister's son kept his eyes on the water.

Син міністра не відводив очей від води.

The sun of the appointed day sank below the horizon.

Сонце призначеного дня зайшло за обрій.

But there was no sign of the prince.

Але принца не було видно.

Nor did the princess come to the surface.

Принцеса також не випливла на поверхню.

He waited two or three days longer.

Він чекав ще два чи три дні.

Still the prince did not make his appearance.

Принц все ще не з'являвся.

What could have happened to his friend?

Що могло статися з його другом?

And where was his beautiful wife?

А де ж була його красуня-дружина?

Had another serpent beaten them to death?

Чи якась інша змія забила їх до смерті?

Possibly the mate of the one that had died.

Можливо, чоловік/дружина того, хто помер.

Had they somehow lost the serpent-jewel?

Чи вони якимось чином загубили зміїну коштовність?

Or had they perhaps visited the upper world?

Або, можливо, вони відвідали верхній світ?

And had they been captured in the upper world?

І чи їх полонили у вищому світі?

Such were the reflections of the prince's friend.

Такі були роздуми друга принца.

The prince's friend was overwhelmed with grief.

Друг князя був охоплений горем.

The waters were quite close to the city.

Води були досить близько до міста.

And often the sound of music could be heard.

І часто можна було чути звуки музики.

He asked passers-by what that music meant.

Він запитав перехожих, що означає ця музика.

He was told about the rajah's son.

Йому розповіли про сина раджі.

And he was told of a wonderful young lady.

І йому розповіли про чудову молоду жінку.

And he was told they were going to marry.

І йому сказали, що вони збираються одружитися.

And he was told more about the wonderful lady.

І йому розповіли більше про цю чудову пані.

She had come out of the waters he was waiting by.

Вона вийшла з води, біля якої він чекав.

The marriage ceremony was in two days.

Церемонія одруження відбулася через два дні.

The minister's son made the connection.

Син міністра встановив зв'язок.

The wonderful young lady was the wife of his friend.

Чудова молода жінка була дружиною його друга.

He resolved, therefore, to go into the city.

Тож він вирішив піти до міста.

And he was going to find out all he could.

І він збирався дізнатися все, що міг.

If he could, he would rescue the princess.

Якби він міг, він би врятував принцесу.

He told the attendants to go home.

Він сказав служникам йти додому.
And he told them to take the elephants.
І він сказав їм взяти слонів.
And he told them to take the horses.
І він сказав їм забрати коней.
And he himself went to the city.
А сам він поїхав до міста.
And he took up his abode in the house of a Brahman.
І він оселився в будинку брахмана.
First, he rested from his journey.
Спочатку він відпочив після своєї подорожі.
Then the prince's friend had his dinner.
Потім друг принца повечеряв.
And then he spoke to the Brahman.
І тоді він звернувся до брахмана.
"Throughout the city there are musicians and bands"
«По всьому місту є музиканти та гурти»
"What is the cause of all the celebrations?
«У чому причина всіх цих святкувань?»
The Brahman was rather surprised.
Брахман був досить здивований.
"From what part of the world have you come?"
«З якої частини світу ви приїхали?»
"What rock have you been living under?"
«Під якою скелею ти жив?»
"Have you not heard the wonderful news?"
«Хіба ви не чули чудової новини?»
"A young lady of heavenly beauty"
«Юна леді небесної краси»
"She rose out of the waters"
«Вона піднялася з води»
"And she is going to the son of our rajah"
«І вона йде до сина нашого раджі»
The prince's friend wanted to know more.
Друг принца хотів дізнатися більше.
The information could be useful.
Інформація може бути корисною.

"I have not heard of this news"
«Я не чув про цю новину»
"I have come from a distant country"
«Я приїхав з далекої країни»
"The story has not reached us yet"
«Ця історія до нас ще не дійшла»
"Will you kindly tell me the particulars?"
«Чи не могли б ви розповісти мені подробиці?»
The Brahman was happy to relay the story.
Брахман із задоволенням переповів цю історію.
"The rajah's son went out hunting"
«Син раджі пішов на полювання»
"It must have been about this time last year"
«Мабуть, це було приблизно в цей час минулого року»
"They pitched their tents by the waters in the suburbs"
«Вони розбили свої намети біля води в передмісті»
"One day, the rajah's son was walking near the water"
«Одного разу син раджі йшов біля води»
"On this day, he saw a young woman"
«Цього дня він побачив молоду жінку»
"I have to mention she was of uncommon beauty"
«Мушу зазначити, що вона була надзвичайної краси»
"She had risen from the depth of the waters"
«Вона піднялася з глибини вод»
"She gazed about for a minute or two"
«Вона хвилину-дві дивилася навколо»
"And then the beautiful lady disappeared"
«А потім прекрасна пані зникла»
"The rajah's son, however, had seen her"
«Однак син раджі бачив її»
"He had been struck by her heavenly beauty"
«Він був вражений її небесною красою»
"And so he became desperately enamored by her"
«І ось він відчайдушно закохався в неї»
"Indeed, she had affected him greatly"
«Справді, вона справила на нього великий вплив»
"And his mental faculties gave way to passion"

«І його розумові здібності поступилися місцем пристрасті»

"He was carried home as a mad man"

«Його принесли додому як божевільного»

"He spoke no words except a few"

«Він не промовив жодного слова, окрім кількох»

"'now here, now gone!' was all he said"

«Тепер тут, тепер зник!» — лише й сказав він».

"The rajah sent for all the best physicians"

«Раджа послав за всіма найкращими лікарями»

"They tried to restore his son to reason"

«Вони намагалися повернути його сина до розуму»

"But the physicians were powerless"

«Але лікарі були безсилі»

"At last the rajah made a proclamation"

«Нарешті раджа видав проголошення»

"And he had the drum beat around the kingdom"

«І він наказав барабанити по всьому королівству»

"There was a reward for anyone who cured his son"

«Була нагорода для кожного, хто вилікував його сина»

"They would become the rajah's son-in-law"

«Вони стали б зятями раджі»

"And they would get half the kingdom"

« І вони отримали б половину королівства»

"An old woman answered the call of the drum"

«Літа жінка відгукнулася на поклик барабана»

"All knew her as Phakir's mother"

«Усі знали її як матір Факіра»

"She said she could cure the rajah's son"

«Вона сказала, що може вилікувати сина раджі»

"She had a hut built outside the town"

«Вона збудувала хатину за містом»

"In the suburbs, next to the waters"

«У передмісті, біля води»

"An in the hut she took her abode"

«І в хатині вона оселилася»

"She also had some huts erected close by"

«Вона також звела кілька хатин поруч»

"And in those huts attendants waited"

«А в тих хатинах чекали слуги»

"In case she might need their help"

«На випадок, якщо їй знадобиться їхня допомога»

"It seems the goddess rose from the waters"

«Здається, богиня піднялася з води»

"Phakir's mother and the attendants seized her"

«Мати Пакір та слуги схопили її»

"And they carried her in a palki to the palace"

«І вони віднесли її в палки до палацу»

"The rajah's son saw the water-nymph"

«Син раджі побачив водяну німфу»

"And he was soon restored to his senses"

«І він невдовзі прийшов до тями»

"They would have married there and then"

«Вони б одружилися одразу ж»

"But the water goddess had made a vow"

«Але богиня води дала обітницю»

"She wouldn't look at a man for one year"

«Вона рік не дивилася на чоловіка»

"The year of the vow is now over"

«Рік обітниці вже закінчився»

"The music is from the rajah's palace"

«Музика лунає з палацу раджі»

"This, in brief, is the story"

«Ось, коротко, вся історія»

The prince's friend could put the story together.

Друг принца міг би скласти цю історію докупи.

"a truly wonderful story!"

«справді чудова історія!»

"So where is Phakir's mother?"

«То де ж мати Факіра?»

"And where is Phakir-Chand himself?"

«А де сам Факір-Чанд?»

"Has he received the hand of the rajah's daughter?"

«Він отримав руку дочки раджі?»

“And has he received half the kingdom?”

«І він отримав половину королівства?»

The Brahman could also answer these questions.

Брахман також міг би відповісти на ці питання.

“No, they have not married yet”

«Ні, вони ще не одружилися»

“And he doesn't yet have half the kingdom”

«І в нього ще немає половини королівства»

“And, I should say, he is a dimwitted lad”

«І, мушу сказати, він нерозумний хлопець»

“In fact, no one knows where the lad is”

«Насправді ніхто не знає, де цей хлопець»

“He has been away from home for more than a year”

«Його не було вдома більше року»

“That is his manner,” he explained.

«Це його манера», – пояснив він.

“He stays away for a long time”

«Він довго буває осторонь»

“And then suddenly he comes home”

«А потім раптом він повертається додому»

“And then suddenly he leaves again”

«А потім раптом він знову йде»

“I believe his mother expects him to come soon”

«Я вважаю, що його мати очікує його скорого приїзду»

This was very useful information.

Це була дуже корисна інформація.

“What is he like?” he asked.

«Який він?» — спитав він.

“And what does he do when he returns home?”

«І що він робить, коли повертається додому?»

These questions the Brahman could also answer.

На ці питання брахман також міг відповісти.

“Well, he is about your height”

«Ну, він приблизно твого зросту»

“Though he is somewhat younger than you”

«Хоча він трохи молодший за тебе»

“He wears a small piece of cloth round his waist”

«Він носить невеликий шматочок тканини навколо талії»
"And he rubs his body with ashes"
«І він натирає своє тіло попелом»
"He carries the branch of a tree in his hand"
«Він тримає гілку дерева в руці»
"And there is a tune to which he dances"
«І є мелодія, під яку він танцює»
"He comes to the door of the hut of his mother"
«Він підходить до дверей хатини своєї матері»
"And he sings 'dhoop! dhoop! dhoop!'"
"І він співає "dhoop! dhoop! dhoop!""
"His articulation is very indistinct"
«Його артикуляція дуже нечітка»
"'Come, stay with your mother,' she says"
« Ходімо, побудь у матері», — каже вона.
"And he always gives the same answer"
«І він завжди дає ту саму відповідь»
"'No, I won't remain,' he says unintelligibly"
«Ні, я не залишуся», — нерозбірливо каже він.
"You should hear him when he wants to say yes"
«Тобі слід його почути, коли він хоче сказати «так»»
"To answer in the affirmative he says 'hoom'"
«Щоб відповісти ствердно, він каже «хм»»
A flood of light entered the prince's friend.
Потік світла залив друга принца.
He now saw very well how matters stood.
Тепер він дуже добре бачив, як обстоять справи.
The princess must have taken the snake-jewel.
Принцеса, мабуть, взяла зміїну коштовність.
And she must have left the palace alone.
І вона, мабуть, сама вийшла з палацу.
And she was captured without the king's son.
І її схопили без царського сина.
Phakir's mother must have the snake-jewel.
Мати Факіра мабуть має зміїну коштовність.
His friend was still below the water.
Його друг все ще був під водою.

The prince had no means of escape.

У принца не було жодного способу втекти.

He could imagine his friends desolate state.

Він міг уявити собі спустошений стан своїх друзів.

And he could imagine how hopeless he must be.

І він міг уявити, наскільки він, мабуть, безнадійний.

The prince's friend was filled with grief.

Друг принца був сповнений горя.

But that was not cause to give up hope.

Але це не було приводом втрачати надію.

Perhaps he could rescue his friend.

Можливо, він зможе врятувати свого друга.

"I must get the jewel from the old woman"

«Я мушу отримати коштовність у старої жінки»

"Can I not do it by personating Phakir-Chand?"

«Чи можу я не робити цього, удаючи Факір-Чанда?»

"His mother is expecting him soon"

«Його мати скоро його чекає»

"Maybe I can rescue the princess the same way"

«Можливо, я зможу врятувати принцесу так само»

He resolved to act the role of Phakir-Chand.

Він вирішив зіграти роль Факір-Чанда.

In the morning he left the Brahman's house.

Вранці він вийшов з дому брахмана.

And he went to the outskirts of the city.

І він пішов на околицю міста.

He divested himself of his usual clothing.

Він скинув з себе свій звичний одяг.

Around his waist he put a narrow piece of cloth.

Навколо талії він обмотав вузький шматок тканини.

The cloth scarcely reached his knees.

Тканина ледве сягала йому колін.

And he rubbed his body well with ashes.

І він добре натер своє тіло попелом.

And finally he broke some twigs off a tree.

І нарешті він зламав кілька гілочок з дерева.

And thus he was ready to play his role.

І таким чином він був готовий зіграти свою роль.

He went to the door of the hut of Phakir's mother.

Він підійшов до дверей хатини матері Факіра.

And he commenced the operation by dancing.

І він розпочав операцію з танцю.

He danced in a most violent manner.

Він танцював найбурхливішим чином.

And he sung to the tune of "dhoop! dhoop! dhoop!"

І він заспівав на мелодію «Дхуп!Дхуп!Дхуп!»

The dancing attracted the notice of the old woman.

Танець привернув увагу старої жінки.

The critical moment had come.

Настав критичний момент.

The old woman looked to her door.

Стара жінка подивилася на свої двері.

"Phakir-Chand, my son, have you come?"

«Факір-Чанд, сину мій, ти прийшов?»

"My darling; the gods have become propitious to us"

«Люба моя, боги стали до нас прихильними»

Her supposed son uttered the monosyllable, "hoom"

Її нібито син вимовив односкладове «хм»

And he danced more violently than before.

І він танцював ще шаленіше, ніж раніше.

And he waved the twig in his hand.

І він помахав гілочкою в руці.

"This time you must not go away"

«Цього разу тобі не слід йти»

"You must remain with me"

«Ти мусиш залишитися зі мною»

"No, I won't remain," said the prince's friend.

«Ні, я не залишуся», — сказав друг принца.

"Remain with me," the mother tried again.

«Залишайся зі мною», – знову спробувала мати.

"I'll get you married to the rajah's daughter"

«Я одружу тебе з дочкою раджі»

"Will you marry, Phakir-Chand?"

«Ти одружишся, Факір-Чанде?»
The minister's son replied—"hoom, hoom"
Син міністра відповів: «Гум, гум».
And he danced even more like a madman.
І він танцював ще більше, як божевільний.
"Will you come with me to the rajah's house?"
«Ходіш зі мною до будинку раджі?»
"I'll show you a princess of uncommon beauty"
«Я покажу тобі принцесу незвичайної краси»
"She rose from the waters"
«Вона піднялася з води»
"Hoom, hoom," was the answer from his lips.
«Гум, гум», – пролунала відповідь з його вуст.
And his feet stomped violently to "dhoop! dhoop!"
І його ноги шалено тупотіли: «Гуп! Гуп!»
"Do you wish to see a jewel, Phakir?"
«Ти хочеш побачити коштовність, Факіре?»
"The crest jewel of the serpent"
«Гербова коштовність змія»
"The treasure of seven kings"
«Скарб сімох царів»
"Hoom, hoom," was the reply.
«Гум, гум», – була відповідь.
The old woman went back into the hut.
Стара жінка повернулася до хатини.
And she brought out the snake-jewel.
І вона витягла зміїну коштовність.
She put the jewel into the hand of her supposed son.
Вона вклала коштовність у руку свого нібито сина.
The minister's son took the snake-jewel.
Син міністра взяв зміїну коштовність.
He wrapped the jewel up in the piece of cloth.
Він загорнув коштовність у шматок тканини.
And he wrapped the cloth around his waist.
І він обмотав тканину навколо талії.
Phakir's mother was delighted beyond measure.
Мати Факіра була в захваті безмежно.

Her son had come at just the right time.
Її син з'явився якраз вчасно.
She went to the rajah's house.
Вона пішла до будинку раджі.
She announced the news of Phakir's appearance.
Вона оголосила новину про появу Факіра.
And also in order to show Phakir the princess.
А також для того, щоб показати Факіру принцесу.
They were given access to the rajah's palace.
Їм надали доступ до палацу раджі.
And all parts of the palace were open to them.
І всі частини палацу були їм відкриті.
The old woman had saved the rajah's son.
Стара жінка врятувала сина раджі.
So she was the most important person in the kingdom.
Тож вона була найважливішою людиною в королівстві.
She took her supposed son around the palace.
Вона водила свого нібито сина по палацу.
And she took him to the princess' room.
І вона відвела його до кімнати принцеси.
Phakir's mother introduced her son to the princess.
Мати Факіра познайомила сина з принцесою.
You can imagine the princess was not best impressed.
Можете собі уявити, що принцеса була не дуже вражена.
She did not appreciate the company of a madman.
Їй не подобалося товариство божевільного.
A madman, half naked, and covered in ash.
Божевільний, напівголий і весь у попелі.
And he kept dancing in a wild manner.
І він продовжував шалено танцювати.

The three had spent the day together.
Ці троє провели день разом.
It was soon going to be sunset.
Скоро мало сходити сонце.
The woman asked her son to come with her.
Жінка попросила сина піти з нею.

But the supposed Phakir-Chand refused to comply.

Але нібито Факір-Чанд відмовився підкоритися.

He said he would stay there that night.

Він сказав, що залишиться там тієї ночі.

His mother tried to persuade him to come with her.

Його мати намагалася вмовити його піти з нею.

But he persisted in his determination.

Але він наполягав на своїй рішучості.

He said he would remain with the princess.

Він сказав, що залишиться з принцесою.

Phakir's mother went home without him.

Мати Факіра пішла додому без нього.

And she told the guards to look after her son.

І вона сказала охоронцям доглядати за її сином.

Eventually all the palace retired to rest.

Зрештою, весь палац пішов відпочивати.

The supposed Phakir spoke to the princess again.

Нібито Факір знову заговорив з принцесою.

But this time he spoke in his own voice.

Але цього разу він говорив своїм власним голосом.

"Princess! do you not recognize me?"

«Принцесо! Ти мене не впізнаєш?»

"I am the prince's friend"

«Я друг принца»

"I am the friend of your princely husband"

«Я друг твого князівського чоловіка»

The princess was astonished for a moment.

Принцеса на мить здивувалася.

"Who? the prince's friend?"

«Хто? Друг принца?»

"Oh, my husband's best friend"

« О, найкращий друг мого чоловіка»

"Please rescue me from this terrible captivity"

«Будь ласка, врятуй мене з цього жахливого полону»

"This is worse than death"

«Це гірше за смерть»

"All of this is my own fault"

«Усе це моя власна вина»

"Rescue me, oh please, thou best of friends!"

«Врятуй мене, о, будь ласка, ти, найкращий друже!»

She then burst into tears.

Потім вона розплакалася.

The prince's friend spoke again.

Друг принца знову заговорив.

"Do not be disconsolate"

«Не будьте невтішними»

"I will try my best to rescue you"

«Я зроблю все можливе, щоб врятувати тебе»

"I will try to have you out of here tonight"

«Я спробую витягнути тебе звідси сьогодні ввечері»

"But you must do whatever I tell you"

«Але ти мусиш робити все, що я тобі скажу»

The princess trusted the prince's friend.

Принцеса довіряла другу принца.

"I will do anything you tell me"

«Я зроблю все, що ти мені скажеш»

After this the supposed Phakir left the room.

Після цього нібито Факір вийшов з кімнати.

He passed through the courtyard of the palace.

Він пройшов через внутрішній двір палацу.

Some of the guards challenged him.

Деякі охоронці кинули йому виклик.

"Hoom hoom!" he replied.

«Хум-хум!» — відповів він.

"I'm just going out for a minute"

«Я просто на хвилинку вийду»

"And then I will come back again"

«А потім я знову повернуся»

They understood that it was the madcap Phakir.

Вони зрозуміли, що це був божевільний Факір.

True to his word he did come back shortly.

Вірний своєму слову, він невдовзі повернувся.

And again he went to the princess.

І знову він пішов до принцеси.

An hour afterwards he again went out.

Через годину він знову вийшов.

And again he was challenged by the guards.

І знову йому кинули виклик охоронці.

He made the same reply as at the first time.

Він відповів так само, як і першого разу.

The guards began to talk among themselves.

Вартові почали розмовляти між собою.

"This Phakir surely has no sense"

«Цей Факір точно не має глузду»

"He will go out and come in all night"

«Він виходитиме і приходитиме всю ніч»

"Let us leave him to do what he likes"

«Залишмо його робити, що йому подобається»

"There's no use guarding him all night"

«Немає сенсу охороняти його всю ніч»

The minister's son had worn down the guards.

Син міністра виснажив охоронців.

And he was looking for a way to escape.

І він шукав спосіб втекти.

He kept going in and out until three at night.

Він заходив і виходив до третьої години ночі.

This time there were no guards there.

Цього разу охоронців там не було.

Because all the guards had fallen asleep.

Бо всі охоронці заснули.

He was overjoyed at the auspicious circumstance.

Він був у захваті від сприятливої обставини.

Then he went back to the princess.

Потім він повернувся до принцеси.

"Now, princess, is the time for escape"

«Зараз, принцесо, час для втечі»

"The guards are all asleep"

«Всі охоронці сплять»

"You must mount on my back"

«Ти мусиш залізти мені на спину»

"Tie the locks of your hair round my neck"

«Зав'яжи пасма свого волосся навколо моєї шиї»
"And keep tight hold of me"
«І міцно мене тримай»
The princess did what she was asked of.
Принцеса зробила те, що її просили.
He passed unchallenged through the courtyard.
Він безперешкодно пройшов через двір.
And he had a lovely burden on his back.
А на спині у нього був чудовий тягар.
Eventually he got to the gate of the palace.
Зрештою він дістався до брами палацу.
And he went through without being challenged.
І він пройшов без жодних перешкод.
Then they went to the outskirts of the city.
Потім вони вирушили на околицю міста.
Eventually he reached the outer suburbs.
Зрештою він дістався до віддалених передмість.
They reached the water from which the princess had risen.
Вони дійшли до води, з якої вийшла принцеса.
The princess rejoiced at her escape.
Принцеса зраділа своїй втечі.
But she was still trembling with fear.
Але вона все ще тремтіла від страху.
The prince's friend untied the snake-jewel.
Друг принца розв'язав зміїну коштовність.
And together they ascended into the water.
І разом вони піднялися у воду.
And soon they found back to the subterranean palace.
І невдовзі вони знову опинилися в підземному палаці.
You can imagine how happy the prince was.
Можете собі уявити, як зрадів принц.
He had nearly died of grief.
Він мало не помер від горя.
And you can imagine the princess' happiness too.
І ви можете уявити собі щастя принцеси.
All the three of them were mad with joy.
Усі троє шаленіли від радості.

For three days they remained in the palace.

Три дні вони залишалися в палаці.

And they retold the prince the whole story.

І вони переповіли принцу всю історію.

They told of how the princess was seized.

Вони розповіли, як принцесу схопили.

They told him of her captivity in the palace.

Вони розповіли йому про її полон у палаці.

They described the marriage that was planned.

Вони описали шлюб, який планували.

They told him of the old woman.

Вони розповіли йому про стареньку.

And they told him all about her Phakir-Chand.

І вони розповіли йому все про її Пакір-Чанд.

They told him how he had impersonated him.

Вони розповіли йому, як він видавав себе за нього.

And they told him how he freed the princess.

І вони розповіли йому, як він звільнив принцесу.

I don't need to tell you how grateful they were.

Мені не потрібно розповідати, як вони були вдячні.

The prince's friend truly was a good friend.

Друг принца справді був добрим другом.

They thanked him in the warmest terms.

Вони подякували йому найщирішими словами.

And they vowed to always follow his counsel.

І вони поклялися завжди дотримуватися його порад.

They were all resolved to return home.

Усі вони твердо вирішили повернутися додому.

They wanted to return to their native country.

Вони хотіли повернутися до рідної країни.

The king's son, the minister's son, and the princess.

Син короля, син міністра та принцеса.

They left the subterranean palace together.

Вони разом покинули підземний палац.

They lighted the passage with the snake-jewel.

Вони освітили прохід зміїним коштовним камінням.

And they made their way to the upper world.

І вони проклали собі шлях до вищого світу.

They had neither elephants nor horses waiting for them.

На них не чекали ні слони, ні коні.

So they had no choice but to travel on foot.

Тож у них не було іншого вибору, окрім як йти пішки.

The two friends had been bred in the lap of luxury.

Двоє друзів виросли в розкоші.

Both of them found walking troublesome.

Обом їм було важко ходити.

But the princess found it infinitely more troublesome.

Але принцеса вважала це незрівнянно складнішим.

She was used to even finer treatment.

Вона звикла до ще витонченішого ставлення.

The stones of the road were too rough for her.

Камені дороги були для неї занадто шорсткими.

And the rough stones wounded her tender feet.

І шорсткі камені ранили її ніжні ніжки.

Eventually her feet became very sore.

Зрештою, у неї дуже боліли ноги.

At times the king's son carried her on his shoulders.

Часом королівський син ніс її на своїх плечах.

The load he was carrying was of course lovely.

Вантаж, який він ніс, був, звичайно, чудовий.

But although lovely, she was heavy to carry.

Але хоча вона була гарна, її було важко нести.

And she could not be carried a great distance.

І її не можна було нести на велику відстань.

And therefore she too had to walk often.

І тому їй також доводилося часто ходити пішки.

One evening they arrived beneath a tree.

Одного вечора вони прибули під дерево.

There were no visible signs of human habitations.

Не було видно жодних видимих ознак людського проживання.

So they decided to make the tree their sleeping place.

Тож вони вирішили зробити дерево своїм місцем для сну.

The prince's friend offered to keep guard.

Друг принца запропонував стояти на варті.

"Both of you can go to sleep"

«Ви обоє можете йти спати»

"I will keep watch over you both tonight"

«Я буду пильнувати за вами обома цієї ночі»

"In order to prevent any danger"

«Щоб запобігти будь-якій небезпеці»

The royal couple soon dozed off.

Королівська пара незабаром задрімала.

And they were locked in the arms of sleep.

І вони були замкнені в обіймах сну.

The faithful friend of the prince did not sleep.

Вірний друг князя не спав.

He stayed awake and watched for danger.

Він не спав і пильно стежив за небезпекою.

It so happened they camped under a special tree.

Так сталося, що вони розбили табір під особливим деревом.

In the tree swung the nest of two birds.

На дереві гойдалося гніздо двох птахів.

The immortal birds Bihangama and Bihangami.

Безсмертні птахи Біхангама і Біхангамі.

These birds were endowed with human speech.

Ці птахи були наділені людською мовою.

And they could also see into the future.

А ще вони могли бачити майбутнє.

The minister's son listened to the bird's conversation.

Син міністра слухав розмову птаха.

He was more than a little astonished at what he heard!

Він був більш ніж трохи вражений почутим!

Bihangama: "The prince's friend risked his own life"

Біхангама: «Друг принца ризикував власним життям»

"He did everything for the safety of his friend"

«Він зробив усе для безпеки свого друга»

"But more dangers will befall the king's son"

«Але ще більше небезпек спіткає царського сина»

"And he will find it difficult to save the prince"
«І йому буде важко врятувати принца»
Bihangami: "Why is that?"
Біхангамі: «Чому так?»
Bihangama: "Many dangers await the king's son"
Біхангама: «Багато небезпек чекає на царського сина»
"The prince's father will hear of his son's approach"
«Батько принца почує про наближення сина»
"He will send for him an elephant and some horses"
«Він пошле за ним слона та кількох коней»
"And he will arrange attendants to meet him"
«І він приготує слуг, щоб зустріти його»
"The king's son will ride the elephant"
«Син короля поїде верхи на слоні»
"But he will fall from the back of the elephant"
«Але він упаде зі спини слона»
"And he will die from his fall from the elephant"
«І він помре від падіння зі слона»
Bihangami: "But suppose someone prevented this?"
Біхангамі: «Але припустимо, що хтось цьому запобіг?»
"Suppose the king's son is not going to ride on the elephant"
«Припустимо, що царів син не збирається їздити верхи на слоні»
"What might happen if he rides on a horse instead?"
«Що може статися, якщо він замість цього поїде верхи на коні?»
"Will he not in that case be saved?"
«Хіба він у такому разі не буде врятований?»
Bihangama: "Yes, in that case he would escape that fate"
Біхангама: «Так, у такому разі він би уникнув такої долі»
"But then a fresh danger would await him"
«Але тоді на нього чекатиме нова небезпека»
"When the king's son is in sight of his father's palace"
«Коли царський син побачить палац свого батька»
"When he is in the act of passing through the lion-gate"
«Коли він проходитиме через лев'ячу браму»

"In that moment the lion-gate will fall upon him"
«У ту мить лев'яча брама впаде на нього»
"And the stones will crush him to death"
«І каміння розчавить його на смерть»
Bihangami: "But suppose someone gets there first"
Біхангамі: «Але припустимо, що хтось добереться туди першим»
"Suppose someone destroys the lion-gate"
«Припустимо, хтось зруйнує лев'ячу браму»
"If that happens the king's son couldn't go through the lion-gate"
«Якщо це станеться, царський син не зможе пройти через лев'ячу браму»
"Will not the king's son in that case be saved?"
«Хіба ж у такому разі царський син не буде врятований?»
Bihangama: "Yes, in that case he would escape his fate"
Біхангама: «Так, у такому разі він би уникнув своєї долі»
"But then a fresh danger would await him"
«Але тоді на нього чекатиме нова небезпека»
"When the king's son reaches the palace"
«Коли царський син прибуває до палацу»
"When he sits at a feast prepared for him"
«Коли він сидить на бенкеті, приготованому для нього»
"The head of a fish will be cooked for him"
«Йому приготують голову риби»
"He will put into his mouth the head of the fish"
«Він покладе до рота голову риби»
"But the head of the fish will stick in his throat"
«Але голова риби застрягне у нього в горлі»
"And he will choke to death on the head of the fish"
«І він задихнеться головою риби»
Bihangami: "But suppose someone snatches the fish"
Біхангамі: «Але припустимо, що хтось викраде рибу»
"Suppose someone takes the head of the fish from his plate"
«Уявіть, що хтось бере голову риби зі своєї тарілки»
"Suppose he can't put the fish's head in his mouth"
«Припустимо, він не може покласти голову риби до рота»

"Will not the king's son in that case be saved?"

«Хіба ж у такому разі царський син не буде врятований?»

Bihangama: "Yes, in that case he will escape his fate"

Біхангама: «Так, у такому разі він уникне своєї долі»

"But a fresh danger would await him"

«Але на нього чекала нова небезпека»

"When the prince and princess retire after dinner"

«Коли принц і принцеса йдуть спати після вечері»

"When they go into their sleeping apartment"

«Коли вони заходять до своєї спальні квартири»

"They will lie together in bed"

«Вони лежатимуть разом у ліжку »

"A terrible cobra will come into the room"

«Жахлива кобра зайде в кімнату»

"And the cobra will bite the king's son to death"

«І кобра вкусить царського сина на смерть»

Bihangami: "But suppose someone was in the room"

Біхангамі: «Але припустимо, що хтось був у кімнаті»

"Suppose this person was waiting for the snake"

«Уявіть, що ця людина чекала на змію»

"And suppose that this person cuts the snake into pieces"

«А припустимо, що ця людина розрубає змію на шматки»

"Will not the king's son in that case be saved?"

«Хіба ж у такому разі царський син не буде врятований?»

Bihangama: "Yes, in that case he will escape his fate"

Біхангама: «Так, у такому разі він уникне своєї долі»

"In that case the life of the king's son will be saved"

«У такому разі життя царського сина буде врятовано»

"But he who saves him can't repeat these words"

«Але той, хто його рятує, не може повторити цих слів»

"If he tells his secret he will be turned into marble"

«Якщо він розповість свою таємницю, то перетвориться на мармур»

Bihangami: "Can the statue be returned to life?"

Біхангамі: «Чи можна повернути статую до життя?»

Bihangama: "Yes, the marble statue can be restored to life"

Біхангама: «Так, мармурову статую можна повернути до життя»

"The princess will give birth to a child"

«Принцеса народить дитину»

"They must wash the statue with the blood of the infant"

«Вони повинні обмити статую кров'ю немовляти»

The prophetical birds had spoken until that point.

Віщі птахи говорили до цього моменту.

But then they were interrupted by the craw of crows.

Але потім їх перервав крик круків.

The eastern sky tinted in a reddish hue.

Східне небо забарвилося в червонуватий відтінок.

And the travelers beneath the tree bestirred themselves.

І мандрівники під деревом заворушилися.

The prophetic conversation came to an end.

Пророча розмова добігла кінця.

But the prince's friend had heard everything.

Але друг принца все чув.

The next morning they continued their journey.

Наступного ранку вони продовжили свою подорож.

The prince, the princess, and the prince's friend.

Принц, принцеса та друг принца.

Soon they met the king's procession.

Невдовзі вони зустріли королівську процесію.

There was an elephant, a horse, and a palki.

Там були слон, кінь і палкі.

And there was a large number of attendants.

І там була велика кількість обслуговуючого персоналу.

These animals and men had been sent by the king.

Цих тварин і людей надіслав король.

The king heard his son was with his friend.

Король почув, що його син був з його другом.

And he had heard that his son had married.

І він чув, що його син одружився.

And he heard they were not far from the capital.

І він чув, що вони недалеко від столиці.

The elephant had been richly caparisoned.
Слон був багато прикрашений.
The elephant was intended for the prince.
Слон був призначений для принца.
The framework of the palki was of silver.
Каркас палки був зі срібла.
The palki was meant for the princess.
Палкі призначалася для принцеси.
And the horse was for the prince's friend.
А кінь був для друга принца .
The prince was about to mount on the elephant.
Принц вже збирався сісти на слона.
But then his friend spoke to him.
Але потім його друг заговорив з ним.
"Allow me to ride on the elephant, please"
«Дозвольте мені, будь ласка, покататися на слоні»
"And you can ride back on horseback"
«А назад можна поїхати верхи»
The prince was not a little surprised.
Принц був неабияк здивований.
The proposal had been made in a very cold manner.
Пропозицію було зроблено дуже холодно.
Maybe his friend felt a little too entitled.
Можливо, його друг почувався трохи занадто шанобливо.
And the king's son was slightly annoyed.
І королівський син був трохи роздратований.
But he remembered what his friend had done for him.
Але він пам'ятав, що його друг зробив для нього.
And he remembered how he saved the princess.
І він згадав, як врятував принцесу.
So he mounted the horse without objecting.
Тож він сів на коня без заперечень.
But his mind became somewhat alienated from him.
Але його розум якось відчужився від нього.
The procession towards the capital started again.
Процесія до столиці знову розпочалася.
After some time they came in sight of the palace.

Через деякий час вони побачили палац.
The lion-gate had been gaily adorned.
Левова брама була яскраво прикрашена.
There was a grand reception for the prince.
Для принца влаштували грандіозний прийом.
And the princess was equally anticipated.
І принцесу так само очікували.
But the prince's friend seemed to have an objection.
Але друг принца, здавалося, мав заперечення.
"I want the lion-gate to be broken down"
«Я хочу, щоб лев'ячі ворота були зруйновані»
The prince was astounded at the proposal.
Принц був вражений пропозицією.
The request was very out of the ordinary.
Прохання було дуже незвичайним.
And he had given no reason for his demand.
І він не навів жодної причини своєї вимоги.
But he remembered all his friend had done for him.
Але він пам'ятав усе, що його друг зробив для нього.
And he remembered how he saved the princess.
І він згадав, як врятував принцесу.
So he complied with the wish of his friend.
Тож він виконав бажання свого друга.
And the beautiful lion-gate was torn down.
І прекрасні левові ворота були зруйновані.
But his mind became even more estranged from him.
Але його розум ще більше відчужувався від нього.
The procession now went into the palace.
Тепер процесія вирушила до палацу.
The king gave a warm reception to his son.
Король тепло прийняв свого сина.
He welcomed his daughter-in-law equally warmly.
Він так само тепло зустрів невістку.
And he was very pleased to see the prince's friend.
І він був дуже радий бачити друга принца.
The story of their adventures was related.
Історія їхніх пригод була пов'язана.

The king expressed great astonishment at the tale.
Король висловив велике здивування цією розповіддю.
And his courtiers were equally impressed.
І його придворні були не менш вражені.
All praised the minister's son's devotion.
Усі вихваляли відданість сина священика.
And the ladies of the palace praised the princess.
І дами палацу похвалили принцесу.
The connoisseurs of beauty praised the princess.
Цінителі краси похвалили принцесу.
Her complexion was a mixture of milk and vermilion.
Її колір обличчя був сумішшю молока та червоного.
Her neck was like that of a swan.
Її шия була як у лебедя.
Her eyes were like those of a gazelle.
Її очі були як у газелі.
Her lips were as red as the berry bimba.
Її губи були червоні, як ягода бімба.
Her cheeks were as lovely as they could be.
Її щоки були такими чарівними, як тільки могли бути.
And her nose was straight and high.
А ніс у неї був прямий і високий.
Her hair reached down to her ankles.
Її волосся сягало до щиколоток.
Her walk was as graceful as that of a young elephant.
Її хода була граціозна, як у молодого слона.
The princess whom destiny had brought to them.
Принцеса, яку їм принесла доля.
They sat around her wanting to know everything.
Вони сиділи навколо неї, бажаючи знати все.
And they put to her a thousand questions.
І вони поставили їй тисячу запитань.
They asked her about her parents.
Вони запитали її про батьків.
They asked her about the subterranean palace.
Вони запитали її про підземний палац.
And they asked her all about the serpent.

І вони розпитали її про змія.
The serpent which had killed all her relatives.
Змій, який убив усіх її родичів.
Soon it was time for the new arrivals to dine.
Невдовзі настав час обідати новоприбулим.
The dinner was served up in dishes of gold.
Обід подали на золотих тарілках.
All sorts of delicacies were on the table.
На столі були всілякі смаколики.
The most conspicuous dish was the head of a rohita fish.
Найпомітнішою стравою була голова риби рохіта.
The large fish's head was placed in a golden cup.
Голову великої риби поклали в золоту чашу.
And the cup was placed near the prince's plate.
А чашу поставили біля княжої тарілки.
All were eating and retelling the adventure.
Всі їли та переповідали свою пригоду.
And suddenly the prince's friend snatched the head.
І раптом друг принца вихопив голову.
He took the fish's head from the prince's plate.
Він взяв риб'ячу голову з тарілки принца.
"Let me, prince, eat this rohita's head"
«Дозволь мені, принце, з'їсти голову цього рохіти»
The king's son was quite indignant.
Королівський син був дуже обурений.
But he remembered all his friend had done for him.
Але він пам'ятав усе, що його друг зробив для нього.
And he remembered how he saved the princess.
І він згадав, як врятував принцесу.
And so he made no objection to the request.
І тому він не заперечував проти прохання.
But he could not hide his terrible rage.
Але він не міг приховати своєї жахливої люті.
Of course the prince's friend noticed this.
Звичайно, друг принца це помітив.
But there was nothing else he could have done.
Але нічого іншого він не міг зробити.

His conduct, however strange, was necessary.
Його поведінка, хоч і дивна, була необхідною.
It was for the safety of his friend's life.
Це було заради безпеки життя його друга.
Nor could he tell his friend the reason.
Він також не міг сказати своєму другові причину.
Else he would be transformed into a marble statue.
Інакше він би перетворився на мармурову статую.
Soon the dinner was going to be over.
Невдовзі вечеря мала закінчитися.
The prince's friend had one more request.
У друга принца було ще одне прохання.
The two friends had spent every night together.
Двоє друзів проводили разом кожну ніч.
But tonight he wanted to go to his own house.
Але сьогодні ввечері він хотів піти до себе додому.
The prince was also shocked at his strange conduct.
Принц також був шокований його дивною поведінкою.
But he remembered all his friend had done for him.
Але він пам'ятав усе, що його друг зробив для нього.
And he remembered how he saved the princess.
І він згадав, як врятував принцесу.
And he also agreed to this request of his friend.
І він також погодився на це прохання свого друга.
The prince's friend, however, had other plans.
Однак друг принца мав інші плани.
He had no intentions of going to his own house.
Він не мав жодного наміру йти до власного будинку.
He was resolved to avert the last peril.
Він був рішуче налаштований запобігти останній
небезпеці.
The last thing to threaten the life of his friend.
Останнє, що могло загрожувати життю його друга.
Accordingly, he took a sword into his hand.
Відповідно, він узяв у руку меч.
And he stealthily entered the royal room.
І він непомітно увійшов до королівської кімнати.

The room of the prince and the princess.

Кімната принца та принцеси.

He ensconced himself under the bedstead.

Він сховався під ліжком.

The bed was furnished with mattresses of down.

Ліжко було застелено пуховими матрацами.

The mosquito curtains were of the richest silk.

Штори від комарів були з найдорожчого шовку.

And all the bedding was laced with gold.

І вся постільна білизна була розшита золотом.

Soon the prince and princess came into the bedroom.

Невдовзі принц і принцеса зайшли до спальні.

They undressed themselves and went to bed.

Вони роздяглися та лягли спати.

And soon the royal couple were asleep.

І невдовзі королівська пара заснула.

At midnight he heard the slithering of a snake.

Опівночі він почув, як повзає змія.

The sound was coming from a water passage.

Звук доносився з водойми.

A snake of gigantic size entered the room.

До кімнати зайшла змія гігантських розмірів.

The serpent climbed up the frame of the bed.

Змія вилізла на каркас ліжка.

The minister's son rushed out with the sword.

Син міністра вибіг з мечем.

And he killed the serpent with one blow.

І він убив змія одним ударом.

And then he cut the snake into smaller pieces.

А потім він розрізав змію на менші шматочки.

He put the pieces in the dish for holding betel-leaves.

Він поклав шматочки в тарілку для листя бетеля.

But as he did this, he spilled a drop of blood.

Але коли він це зробив, він пролив краплю крові.

The drop of blood fell on the breast of the princess.

Крапля крові впала на груди принцеси.

Because the mosquito curtains had not been let down.

Бо москітні шторки не були опущені.
He worried for the health of the princess.
Він хвилювався за здоров'я принцеси.
The blood might be of some sort of poison.
Кров може бути якоюсь отрутою.
So he resolved to lick up the blood.
Тож він вирішив злизати кров.
But he could not look at the naked princess.
Але він не міг дивитися на оголену принцесу.
It would have been a great sin.
Це був би великий гріх.
So he blindfolded himself with seven-fold cloth.
Тож він зав'язав собі очі семискладною тканиною.
And he licked off the drop of blood.
І він злизав краплю крові.
But just at this time the princess awoke.
Але саме в цей час принцеса прокинулася.
Her scream roused her husband from his sleep.
Її крик розбудив чоловіка зі сну.
And he could not believe what he was seeing.
І він не міг повірити власним очам.
The prince fell into a great rage.
Князь сильно розлютився.
And he was prepared to kill his friend.
І він був готовий убити свого друга.
But he gave his friend a chance to speak.
Але він дав своєму другові можливість висловитися.
"Please, my friend, restrain your anger"
«Будь ласка, друже мій, стримай свій гнів»
"I have done this only to save your life"
«Я зробив це лише для того, щоб врятувати твоє життя»
The prince was more confused than before.
Принц був ще більш розгублений, ніж раніше.
"I do not understand what you mean"
«Я не розумію, що ви маєте на увазі»
"From the time we came out of the subterranean palace"
«З того часу, як ми вийшли з підземного палацу»

"You have been behaving in a most extraordinary way"
«Ви поводилися вкрай незвично»
"First, you insisted on riding my elephant"
«Спочатку ти наполягав на тому, щоб покататися на
моєму слоні»
"The elephant my father had sent for me"
«Слон, якого послав за мною мій батько»
"I thought it was vain of you to ask"
«Я думав, що це марно з твого боку питати»
"But I remembered what you had done for me"
«Але я пам'ятаю, що ти для мене зробив»
"And I decided to let the matter pass"
«І я вирішив залишити цю справу без уваги»
"And instead I rode back on horseback"
«А натомість я повернувся верхи»
"Secondly, you insisted on destroying the lion-gate"
«По-друге, ви наполягали на знищенні лев'ячої брами»
"The lion-gate my father had adorned for me"
«Лев'ячу браму прикрасив для мене мій батько»
"I thought it was strange of you to ask"
«Мені здалося дивним, що ти це питаєш»
"But I remembered what you had done for me"
«Але я пам'ятаю, що ти для мене зробив»
"And I decided to let the matter pass"
«І я вирішив залишити цю справу без уваги»
"And I had the lion-gate destroyed"
«І я зруйнував лев'ячу браму»
"Thirdly, at dinner you behaved most shamefully"
«По-третє, за обідом ви поводилися вкрай ганебно»
"You snatched the rohita's head from my plate"
«Ти схопив голову рохіти з моєї тарілки»
"And you insisted on eating the fish head"
«І ти наполягав на тому, щоб з'їсти риб'ячу голову»
"I thought you felt too entitled"
«Я думав, ти почуваєшся надто впевненим у собі»
"But I remembered what you had done for me"
«Але я пам'ятаю, що ти для мене зробив»

"So I decided to let the matter pass"
«Тож я вирішив залишити це питання без уваги»
"You then pretended that you were going home"
«Тоді ти вдав, що йдеш додому»
"And I was very glad you were going home"
«І я був дуже радий, що ти повертаєшся додому»
"Because you had made yourself very disagreeable"
«Тому що ти зробив себе дуже неприємним»
"And now you are actually in my bedroom"
«А тепер ти справді в моїй спальні»
"You are bending over the naked bosom of my wife"
«Ти схиляєшся над оголеними грудьми моєї дружини»
"You must have had some evil plan"
«У тебе, мабуть, був якийсь злий план»
"And now you pretend you are saving my life"
«А тепер ти вдаєш, що рятуєш мені життя»
"But I don't believe you want to save my life"
«Але я не вірю, що ти хочеш врятувати моє життя»
"I believe you want to destroy my wife's chastity"
«Я вважаю, що ви хочете зруйнувати цнотливість моєї дружини»
The prince's friend knew how things looked.
Друг принца знав, як все виглядає.
"Oh, do not harbor such thoughts in your mind"
«О, не плекай таких думок у своїй голові»
"Please do not think badly against me"
«Будь ласка, не думайте про мене погано»
"The gods know what I have done"
«Боги знають, що я накоїв»
"They know I did it to save your life"
«Вони знають, що я зробив це, щоб врятувати тобі життя»
"You would see the reasonableness of my conduct"
«Ви б побачили розумність моєї поведінки»
"But I don't have liberty to state my reasons"
«Але я не маю права викладати свої причини»
The prince asked him to explain himself.
Князь попросив його пояснити свою позицію.

"And why are you not at liberty?"

«А чому ж ви не на волі?»

"Who has put a seal upon your mouth?"

«Хто запечатав твої уста?»

And the prince's friend answered.

І друг принца відповів.

"Destiny has put a seal upon my mouth"

«Доля наклала печатку на мої уста»

"If I told you, I would be transformed into marble"

«Якби я тобі сказав, я б перетворився на мармур»

The prince grew angrier with his friend.

Принц дедалі більше розсердився на свого друга.

"You should be transformed into a marble statue!"

«Тебе слід перетворити на мармурову статую!»

"You must take me to be a simpleton"

«Ви, мабуть, вважаєте мене простаком»

"You can't expect me to believe this nonsense"

«Ти не можеш очікувати, що я повірю в цю нісенітницю »

The minister's son made one last request.

Син міністра звернувся з останнім проханням.

"Do you wish me then, friend, for me to tell you?

«Тоді ти хочеш, друже, щоб я тобі розповів?»

"You would make your friend turn into stone?"

«Ти б перетворив свого друга на камінь?»

The prince wanted to hear the reason.

Принц хотів почути причину.

He did not care about the consequences.

Його не хвилювали наслідки.

"Tell me, or else you are a dead man"

«Скажи мені, бо інакше ти мертвий»

The prince's friend wanted to clear his name.

Друг принца хотів очистити своє ім'я.

He wanted no foul accusations brought against him.

Він не хотів, щоб проти нього висунули якісь гидкі звинувачення.

And he deemed it his duty to reveal the secret.

І він вважав своїм обов'язком розкрити таємницю.

Even if this would put his life at risk.

Навіть якщо це поставило б його життя під загрозу.

He again warned the prince not to ask him.

Він знову попередив принца, щоб той його не питав.

But the prince remained inexorable.

Але принц залишався непохитним.

The prince's friend then told him his secret.

Тоді друг принца розповів йому свою таємницю.

"While sleeping under a lofty tree one night"

«Одного разу вночі, коли спав під високим деревом»

"I overheard a conversation between two birds.

«Я підслухав розмову двох птахів.»

"The prophesizing birds Bihangama and Bihangami"

«Птахи-віщуни Біхангама та Біхангамі»

"Bihangama predicted all the dangers in your life"

«Біхангама передбачив усі небезпеки у твоєму житті»

"First the bird predicted your father would send an elephant"

«Спочатку птах передбачив, що твій батько пошле слона»

"The bird said you would fall from the elephant"

«Птах сказав, що ти впадеш зі слона»

"And the bird said you would die from the fall"

«А птах сказав, що ти помреш від падіння»

At this point the minister's son's legs turned to stone.

У цей момент ноги сина міністра перетворилися на камінь.

"See? my legs have already turned to stone"

«Бачиш? Мої ноги вже перетворилися на камінь»

"Go on with your story," said the prince.

«Продовжуйте свою історію», — сказав принц.

And the prince's friend continued the story.

А друг принца продовжив розповідь.

"The bird said the lion-gate would be gaily decorated"

«Птах сказав, що лев'яча брама буде яскраво прикрашена»

"And the bird said the lion-gate would collapse on you"

«А птах сказав, що лев'яча брама завалиться на тебе»

"If the lion-gate had fallen on you, you would have died"

«Якби на тебе впала лев'яча брама, ти б помер»

At this point the minister's son's torso turned to stone.

У цей момент тулуб сина міністра перетворився на камінь.

But the prince insisted the minister's son continues.

Але принц наполягав, щоб син міністра продовжував.

"Go on with your story," said the prince.

«Продовжуйте свою історію», — сказав принц.

"The bird said there would be the head of a fish"

«Птах сказав, що там буде голова риби»

"And the bird predicted you would choke on the fish"

«А птах передбачив, що ти подавишся рибою»

Now his head was the only thing not of stone.

Тепер його голова була єдиним, що не було з каменю.

"See? my whole body has turned to stone"

«Бачиш? Усе моє тіло перетворилося на камінь»

"If I continue, I will become a man of stone"

«Якщо я продовжуватиму, то стану кам'яною людиною»

"Do you wish me to tell the rest"

«Хочеш, я розповім решту?»

"Go on with your story," said the prince.

«Продовжуйте свою історію», — сказав принц.

"Very well, I will go on to the end"

«Добре, я піду до кінця»

"But you may repent after I tell you"

«Але ви можете покаятися після того, як я вам скажу»

"And you may wish to restore me to life"

«І ви, можливо, захочете повернути мене до життя»

"I will tell you how to reverse the spell"

«Я розповім тобі, як зняти чари»

"In a few months the princess will bear a child"

«Через кілька місяців принцеса народить дитину»

"Wait for the birth of the child"

«Чекай народження дитини»

"Besmear my statue with the infant's blood"

«Замаж мою статую кров'ю немовляти»

"Only then will I be restored back to life"

«Тільки тоді я повернуся до життя»

The last word left his lips, and he turned to stone.
Останнє слово зірвалося з його вуст, і він скам'янів.
The princess jumped out of bed.
Принцеса зіскочила з ліжка.
She opened the vessel for betel-leaves and spices.
Вона відкрила посудину для листя бетеля та спецій.
And she saw the pieces of a serpent.
І вона побачила шматки змія.
The prince and the princess were now convinced.
Принц і принцеса тепер переконалися.
They saw the good faith of their departed friend.
Вони бачили добру віру свого покійного друга.
They saw the benevolence of his actions.
Вони побачили доброзичливість його дій.
They went to the marble statue.
Вони підійшли до мармурової статуї.
But the statue of their friend was lifeless.
Але статуя їхнього друга була безжиттєва.
They let out a loud cry of lamentation.
Вони видали голосний крик жалібного плачу.
But their cries were to no purpose.
Але їхні крики були марними.
Because the statue was not moved by tears.
Бо статуя не була зворушена сльозами.
The prince and princess knew what they had to do.
Принц і принцеса знали, що їм потрібно робити.
They concealed the marble figure in a safe place.
Вони сховали мармурову фігуру в безпечному місці.
And they waited for the birth of their child.
І вони чекали на народження своєї дитини.
In process of time the hour came.
З плином часу настала година.
The princess's travail had arrived.
Прийшла пологова хвороба принцеси.
The princess bore a beautiful boy.
Принцеса народила гарного хлопчика.
The child was the perfect image of his mother.

Дитина була ідеальною копією своєї матері.

The beauty of their child was striking.

Краса їхньої дитини вражала.

And they were in awe of him.

І вони були в захваті від нього.

They would have spared his life.

Вони б врятували йому життя.

But they remembered their best friend.

Але вони пам'ятали свого найкращого друга.

They remembered all he had done for them.

Вони пам'ятали все, що він для них зробив.

But now he was a lifeless stone.

Але тепер він був безжиттєвим каменем.

And they remembered the vows they had made.

І вони згадали про дані обітниці.

And they cut the child into two.

І вони розрізали дитину навпіл.

They besmeared the statue with the child's blood.

Вони забруднили статую кров'ю дитини.

And their friend became animated back to life.

І їхній друг знову ожив.

They were glad to see him alive again.

Вони були раді знову побачити його живим.

But the prince's friend was overwhelmed with grief.

Але друг принца був охоплений горем.

Because he saw the new-born in a pool of blood.

Бо він побачив новонародженого в калюжі крові.

So he picked up the dead infant.

Тож він підняв мертве немовля.

He carefully wrapped the child in a towel.

Він обережно загорнув дитину в рушник.

And he resolved to get the child restored to life.

І він вирішив повернути дитину до життя.

He consulted all the physicians of the country.

Він консультувався з усіма лікарями країни.

They all told him the same thing.

Всі вони сказали йому те саме.

A cure can be found for any illness.

Від будь-якої хвороби можна знайти ліки.

But life requires the spark of life.

Але життя вимагає іскри життя.

When the spark is gone, it is beyond their jurisdiction.

Коли іскра зникає, це поза їхньою юрисдикцією.

And so they had to go on with their lives.

І тому їм довелося продовжувати своє життя.

Eventually the prince's friend returned to his wife.

Зрештою друг принца повернувся до своєї дружини.

She was a devoted worshipper of the goddess kali.

Вона була відданою шанувальницею богині Калі.

She was the only one who could return life.

Вона була єдиною, хто міг повернути життя.

His wife was living in a distant town.

Його дружина жила в далекому містечку.

So he set out on a journey to the town.

Тож він вирушив у подорож до міста.

His wife still lived in her father's house.

Його дружина все ще жила в будинку свого батька.

Adjoining the house there was a garden.

Поруч із будинком був сад.

And in the garden there was a tree.

А в саду було дерево.

The child had been stored in that tree.

Дитину поховали на тому дереві.

His wife was overjoyed to see her husband.

Його дружина була дуже рада побачити свого чоловіка.

She had not seen him for a long time.

Вона давно його не бачила.

But she was surprised when she saw him.

Але вона здивувалася, коли побачила його.

Her husband was very melancholy that day.

Її чоловік був дуже меланхолійним того дня.

He spoke very little to his wife.

Він дуже мало розмовляв зі своєю дружиною.

And his wife knew that he was not himself.
І його дружина знала, що він не в собі.
He was brooding over something in his mind.
Він про щось розмірковував у своїй голові.
She asked the reason for his melancholy.
Вона запитала про причину його меланхолії.
But he kept quiet, and wouldn't tell her.
Але він мовчав і не хотів їй розповідати.
One night they were lying together in bed.
Однієї ночі вони лежали разом у ліжку.
The wife got up and left the marital bed.
Дружина встала і покинула подружнє ложе.
She opened the door and went into the garden.
Вона відчинила двері й вийшла в сад.
Her husband had not been able to sleep well.
Її чоловік погано спав.
Therefore he awoke from the movement of his wife.
Тож він прокинувся від руху своєї дружини.
He heard her leave in the dead of the night.
Він почув, як вона пішла посеред ночі.
And he was determined to follow her.
І він був рішуче налаштований слідувати за нею.
But he was also determined not to be noticed.
Але він також був сповнений рішучості не звертати на себе увагу.
She went to a temple of the goddess kali.
Вона пішла до храму богині Калі.
The temple was at no great distance from her house.
Храм знаходився недалеко від її будинку.
She worshipped the goddess with flowers.
Вона поклонялася богині квітами.
And she worshiped the goddess with sandal-wood perfume.
І вона поклонялася богині, використовуючи сандалові пахощі.
"Oh mother kali! have mercy upon me"
«О, мати Калі! змилуйся наді мною»
"Deliver me out of all my troubles"

«Визволи мене з усіх моїх бід»

The goddess replied to the woman.

Богиня відповіла жінці.

"Why, what further grievance have you?

«Чому ж, які ще у вас є претензії?»

"You long prayed for the return of your husband"

«Ти довго молилася про повернення свого чоловіка»

"And your prayers have been answered"

«І ваші молитви були почуті»

"Your husband has returned to you"

«Ваш чоловік повернувся до вас»

"So then, what ails thee now?"

«То що тебе тепер турбує?»

The woman answered the goddess.

Жінка відповіла богині.

"True, oh mother, my husband has come to me"

«Правда, мамо, мій чоловік прийшов до мене»

"But he has come to me in a melancholy mood"

«Але він прийшов до мене в меланхолійному настрої»

"He hardly speaks to me when I speak to him"

«Він майже не розмовляє зі мною, коли я розмовляю з ним»

"He takes no delight in me when he is with me"

«Він не радіє мені, коли він зі мною»

"All he does is sit melancholy in a corner"

«Він лише меланхолійно сидить у кутку»

The goddess replied to her devotee.

Богиня відповіла своєму відданому.

"Ask your husband why he feels melancholy"

«Запитайте свого чоловіка, чому він відчуває меланхолію»

"When he tells you, let me know the reason"

«Коли він тобі скаже, поясни мені причину»

The minister's son overheard the conversation.

Син міністра підслухав розмову.

But he stayed unnoticed by the goddess.

Але богиня його не помітила.

And his wife did not notice him either.

І дружина його теж не помітила.

He quietly slunk away before his wife.

Він тихо вийшов перед дружиною.

And he returned back to bed before her.

І він повернувся в ліжко раніше за неї.

The following day the wife asked her husband.

Наступного дня дружина запитала свого чоловіка.

"My dear husband, why are you in a melancholy mood?"

«Любий мій чоловік, чому в тебе меланхолійний настрій?»

Her husband retold the whole story.

Її чоловік переповів усю історію.

He told her about the jewel serpent.

Він розповів їй про коштовного змія.

He told her about the subterranean palace.

Він розповів їй про підземний палац.

He told her about the princess being captured.

Він розповів їй про те, як принцесу взяли в полон.

He told her how he freed the princess.

Він розповів їй, як звільнив принцесу.

And he told her about Bihangama and Bihangami.

І він розповів їй про Біхангаму та Біхангамі.

He told her how he had turned to stone.

Він розповів їй, як перетворився на камінь.

And he told her how he was returned back to life.

І він розповів їй, як його повернули до життя.

So he told her also about the killing of the child.

Тож він розповів їй також про вбивство дитини.

That night his wife left the bed again.

Тієї ночі його дружина знову встала з ліжка.

And she returned to the goddess kali's temple.

І вона повернулася до храму богині Калі.

And she told the goddess of her husband's melancholy.

І вона розповіла богині про меланхолію свого чоловіка.

The goddess listened intently to what was said.

Богиня уважно слухала те, що було сказано.

"Bring the child here and I will restore it to life"

«Приведіть сюди дитину, і я поверну її до життя»

The next night she left the marital bed again.

Наступної ночі вона знову покинула подружнє ложе.

She went to the tree in the garden.

Вона підійшла до дерева в саду.

And she took the child from the tree.

І вона зняла дитину з дерева.

And she took the child to the goddess kali.

І вона відвела дитину до богині Калі.

And the goddess kali returned the child back to life.

І богиня Калі повернула дитину до життя.

The prince's friend was entranced with joy.

Друг принца був у захваті від радості.

He picked up the reanimated child.

Він підняв оживлену дитину.

And he ran as fast as he could to his friend.

І він побіг так швидко, як тільки міг, до свого друга.

And he gave him his child, alive and well.

І він віддав йому свою дитину, живу й здорову.

They all rejoiced with exceedingly great joy.

Усі вони раділи надзвичайно великою радістю.

And they lived together happily till the day of their death.

І вони щасливо жили разом до дня своєї смерті.

The Indignant Brahman
Обурений Брахман

There was once a poor Brahman.
Колись жив собі бідний брахман.
This poor Brahman had a wife.
Цей бідний брахман мав дружину.
And he also had four children.
А ще у нього було четверо дітей.
He was a very poor man.
Він був дуже бідною людиною.
And he had no resources in the world.
І в нього не було жодних ресурсів у світі.
He lived from the charity of others.
Він жив за рахунок милостині інших.
During marriages he earned well.
Під час шлюбів він добре заробляв.
And he earned well during funerals.
І він добре заробляв під час похоронів.
But his parishioners did not marry daily.
Але його парафіяни одружувалися не щодня.
And they did not die every day either.
І вони не помирали щодня.
It was difficult to make the two ends meet.
Було важко звести кінці з кінцями.
His wife often rebuked him.
Дружина часто дорікала йому.
"Why can you not support me?"
«Чому ти не можеш мене підтримати?»
"Our children run around naked"
«Наші діти бігають голими»
"And they suffer from hunger"
«І вони страждають від голоду»
Though poor, he was a good man.
Хоча він був бідний, він був хорошою людиною.
And he was diligent in his devotions.
І він був старанним у своїх молитвах.

Every day he said his prayers.

Щодня він молився.

He prayed at the same time each day.

Він молився щодня в один і той самий час.

His tutelary deity was the Goddess Durga.

Його божеством-покровителькою була богиня Дурга.

She is the consort of Shiva.

Вона є дружиною Шиви.

She is the creative energy of the universe.

Вона — творча енергія Всесвіту.

Every day he wrote the name of Durga.

Щодня він писав ім'я Дурги.

He wrote the name in red ink.

Він написав ім'я червоним чорнилом.

At least one hundred and eight times.

Принаймні сто вісім разів.

He did not drink or eat till he did this.

Він не пив і не їв, доки цього не зробив.

throughout the day he uttered prayers.

протягом дня він виголошував молитви.

"O Durga! have mercy upon me"

«О Дурго! змилуйся наді мною»

He prayed whenever he felt anxious.

Він молився щоразу, коли відчував тривогу.

And he often felt anxious.

І він часто відчував тривогу.

Because he lived in poverty.

Бо жив у бідності.

He prayed when his worries were too much.

Він молився, коли його турботи були надто сильними.

And there were many things he worried about.

І було багато речей, які його турбували.

He worried about his wife and children.

Він хвилювався за дружину та дітей.

And he worried about supporting them.

І він хвилювався за їх утримання.

One day he was very sad.

Одного дня він був дуже сумний.

On this day he went to a forest.

Цього дня він пішов до лісу.

The forest was far outside the village.

Ліс був далеко за селом.

He let out all his grief.

Він випустив назовні все своє горе.

And he wept bitter tears.

І він заплакав гіркими сльозами.

"O Durga! O Mother Bhagavati!"

"О Дурго! О Мати Бхагаваті!"

"Please put an end to my misery?"

«Будь ласка, поклади край моїм стражданням?»

"I wish I were alone in the world"

«Хотів би я бути сам у світі»

"Then my poverty wouldn't worry me"

«Тоді моя бідність мене б не турбувала»

"But thou hast given me a wife"

«Але ж ти дав мені дружину»

"And my wife has given me children"

«А моя дружина подарувала мені дітей»

"O Mother, I beg of you"

«О Мати, благаю Тебе»

"Give me the means to support them"

«Дайте мені засоби, щоб я міг їх підтримувати»

Shiva and his wife Durga happened to be there.

Там випадково опинилися Шива та його дружина Дурга.

They were taking their morning walk.

Вони вирушали на ранкову прогулянку.

The Goddess Durga saw the Brahman at a distance.

Богиня Дурга побачила Брахмана здалеку.

"O Lord of Kailas, do you see that Brahman?"

«О, володарю Кайласа, чи бачиш ти того Брахмана?»

"He is always taking my name on his lips"

«Він завжди кличе моє ім'я на вуста»

"He prays I deliver him from his troubles"

«Він молиться, щоб я визволив його з його бід»

"Can we not do something for the poor Brahman?"

«Хіба ми не можемо щось зробити для бідного брахмана?»

"He is oppressed with many cares"

«Він обтяжений багатьма турботами»

"And he deeply cares for his growing family"

«І він глибоко піклується про свою зростаючу родину»

"We should make his life more comfortable"

«Ми повинні зробити його життя комфортнішим»

"Because the poor man never has enough to eat"

«Бо бідний ніколи не має чим наїстися»

"And his family doesn't have enough to eat either"

«І його родині теж не вистачає на їжу»

"Let us give him a pot"

«Давайте дамо йому горщик»

"A pot with an infinite supply of murukku"

«Горщик з нескінченним запасом мурукку»

The divine consort was right.

Божественна дружина мала рацію.

The Lord of Kailas agreed to the proposal.

Володар Кайласа погодився на пропозицію.

On the spot he created a magical pot.

На місці він створив чарівний горщик.

Durga went to the poor Brahman.

Дурга пішла до бідного брахмана.

"O Brahman! My loyal devotee"

«О Брахмане! Мій вірний відданий!»

"I have often thought of your pitiable case"

«Я часто думав про твою жалюгідну справу»

"Your repeated prayers have moved my compassion"

«Ваші неодноразові молитви зворушили моє співчуття»

"Here is a pot for you"

«Ось тобі горщик»

"You must turn the pot upside down"

«Треба перевернути горщик догори дном»

"And then you must shake the pot"

«А потім треба потрясти горщик»

"The finest murukku will pour out"
«Найкраша мурукку проллється»
"The murukku will keep pouring out forever"
«Мурукку литиме вічно»
"Until you put the pot upright again"
«Поки ти знову не поставиш горщик вертикально»
"You can eat as much murukku as you like"
«Можеш їсти мурукку скільки завгодно»
"Your wife and children will hunger no more"
«Твоя дружина та діти більше не голодуватимуть»
"And you can sell the murukku if you like"
«І можеш продати мурукку, якщо хочеш»
The Brahman was delighted beyond measure.
Брахман був у захваті безмірно.
He had received a truly valuable treasure.
Він отримав справді цінний скарб.
He made his deepest obeisance to the goddess.
Він склав найглибшу поклони богині.
And he expressed his eternal gratefulness.
І він висловив свою вічну вдячність.

The Brahman had started walking home.
Брахман вирушив додому.
But first he had to test his magical pot.
Але спочатку йому довелося випробувати свій чарівний горщик.
He wanted to see if the pot really worked.
Він хотів перевірити, чи справді працює горщик.
He turned the pot upside down.
Він перевернув горщик догори дном.
And he shook the pot, as instructed.
І він потряс горщик, як було наказано.
Lo and behold! The pot really did work.
І ось, горщик справді спрацював.
The finest murukku fell to the ground.
Найкращий мурукку впав на землю.
He tied the sweetmeat in his sheet.

Він зав'язав цукерку у простирадло.
And he walked on, towards his village.
І він пішов далі, до свого села.
By noon the Brahman had gotten hungry.
До полудня брахман зголоднів.
But he could not eat without his ablutions.
Але він не міг їсти без обмивання.
First, he had to say his prayers.
Спочатку він мав помолитися.
There was an inn on his way.
На його шляху був заїжджий двір.
Close to the inn there was a water tank.
Біля готелю був резервуар для води.
So, he intended to halt there.
Отже, він мав намір зупинитися там.
In order to bathe and say his prayers.
Щоб скупатися та помолитися.
After this he could eat all the murukku.
Після цього він міг з'їсти все мурукку.
The Brahman sat at the innkeeper's shop.
Брахман сидів у крамниці шинкаря.
The shopkeeper was smoking tobacco.
Крамар курив тютюн.
He put the pot near the shopkeeper.
Він поставив горщик біля крамаря.
And he asked him to look after the pot.
І він попросив його доглянути за горщиком.
"Please take special care of this pot"
«Будь ласка, будьте особливо обережні з цим горщиком»
"I must bathe and say my prayers"
«Я маю помитися і помолитися»
"Please look after this pot for me"
«Будь ласка, доглянь за цим горщиком для мене»
"Make sure nothing happens to this pot"
«Переконайтеся, що з цим горщиком нічого не трапиться»
He thought it was a strange request.
Він вважав це дивним проханням.

But he agreed to look after the pot.

Але він погодився доглядати за горщиком.

And the Brahman gave him the pot.

І брахман дав йому горщик.

He besmeared his body with mustard oil.

Він намастив своє тіло гірчичною олією.

And he went to do his ablutions.

І він пішов зробити своє обмивання.

The innkeeper grew curious about the pot.

Корчмар зацікавився горщиком.

"This pot must have something valuable in it"

«У цьому горщику має бути щось цінне»

"Why else would he be so careful?"

«Чому ж інакше він був би таким обережним?»

His curiosity had been excited.

Його цікавість була збуджена.

So, he opened the pot.

Отже, він відкрив горщик.

To his surprise the pot was empty.

На його подив, горщик був порожній.

"What can be the meaning of this?"

«Що це може означати?»

"Why does he care so much for an empty pot?"

«Чому його так хвилює порожній горщик?»

He began to examine the pot more carefully.

Він почав уважніше розглядати горщик.

During his inspection he turned the pot upside down.

Під час огляду він перевернув горщик догори дном.

And then the finest murukku fell out from the pot.

А потім з горщика випали найкращі мурукку.

And the murukku didn't stop falling out.

І мурукку не переставав сваритися.

The innkeeper called his wife and children.

Корчмар покликав дружину та дітей.

He wanted them to witness what had happened.

Він хотів, щоб вони стали свідками того, що сталося.

An unexpected stroke of good fortune!

Несподівана удача!
The pot gave copious showers of sugared paddy.
З горщика посипався рясним дощем цукрової рисової крупи.
He filled all his pots and jars.
Він наповнив усі свої горщики та глечики.
He knew he had to have this pot.
Він знав, що мусив мати цей горщик.
So, he replaced the pot with another one.
Тож він замінив горщик на інший.
He had a pot of the same size and color.
У нього був горщик такого ж розміру та кольору.

The Brahman had finished his ablutions.
Брахман закінчив своє обмивання.
He had performed all of his devotions.
Він виконав усі свої молитовні обряди.
He came back to the shop in wet clothes.
Він повернувся до магазину в мокрому одязі.
He was still reciting holy texts of the Vedas.
Він все ще декламував священні тексти Вед.
He put back on his dry clothes.
Він знову одягнув свій сухий одяг.
In red ink he wrote the name of Durga.
Червоним чорнилом він написав ім'я Дурги.
He wrote her name one hundred and eight times.
Він написав її ім'я сто вісім разів.
After doing this he broke his fast.
Зробивши це, він перервав свій піст.
And he ate the murukku he had in his sheet.
І він з'їв мурукку, що був у нього на простирадлі.
He was refreshed from the meal.
Він відпочив після їжі.
Now he could resume his journey home.
Тепер він міг продовжити свою подорож додому.
So he called to the innkeeper.
Тож він покликав господаря готелю.

"Please could I get my pot back"
«Будь ласка, чи можна мені повернути мій горщик?»
The innkeeper gave him back his pot.
Корчмар повернув йому горщик.
"There, sir, here is your pot"
«Ось, сер, ось ваш горщик»
"The pot is exactly where you had put it"
«Горщик саме там, де ти його поставив»
"Your pot is just as you left it"
«Твій горщик такий самий, як ти його залишив»
"I made sure no one has touched your pot"
«Я переконався, що ніхто не торкався твого горщика»
The Brahman didn't suspect a thing.
Брахман нічого не підозрював.
He picked up the pot.
Він підняв горщик.
And he proceeded on his journey home.
І він продовжив свою подорож додому.

On his journey he had to think.
Під час своєї подорожі йому доводилося думати.
He congratulated his good fortune.
Він привітав його з удачею.
"My wife will be most pleasantly surprised!"
«Моя дружина буде дуже приємно здивована!»
"The children will devour the murukku!"
«Діти проковтнуть мурукку!»
"I shall soon become rich"
«Я скоро розбагатію»
"I will be able to lift my head up high"
«Я зможу високо підняти голову»
The pains of travelling had been reduced.
Подорожні муки зменшилися.
Now his problems were much more pleasant.
Тепер його проблеми були набагато приємнішими.
Only anticipation made the journey difficult.
Лише передчуття ускладнювало подорож.

He finally reached his home again.

Він нарешті знову дістався додому.

He called to his wife and children.

Він покликав дружину та дітей.

"Look at what I have brought"

«Подивись, що я приніс»

"This pot is an unfailing source of wealth".

«Цей горщик — невичерпне джерело багатства».

"We will never have to struggle again"

«Нам більше ніколи не доведеться боротися»

"I will turn the pot upside down"

«Я переверну горщик догори дном»

"And then you will see something.

«І тоді ти щось побачиш.»

"Something you've never seen before"

«Щось, чого ви ніколи раніше не бачили»

"A stream of the finest murukku will flow"

«Потік найкращої мурукку потече»

You can imagine what his wife was thinking.

Можете собі уявити, про що думала його дружина.

"My husband has gone mad," she thought.

«Мій чоловік збожеволів», – подумала вона.

She was soon confirmed in her opinion.

Невдовзі вона підтвердилася у своїй думці.

Nothing fell from the pot, as promised.

Нічого не випало з горщика, як і обіцяли.

He turned the pot upside down again and again.

Він знову і знову перевертав горщик догори дном.

The Brahman was overwhelmed with grief.

Брахмана охопило горе.

He realized that he had been tricked.

Він зрозумів, що його обдурили.

The innkeeper must have swapped the pot.

Мабуть, господар готелю підмінив горщик.

He must have stolen Durga's pot.

Він, мабуть, вкрав горщик Дурги.

And he must have replaced the pot with a normal one.

І він, мабуть, замінив горщик на звичайний.

He went back to the innkeeper the next day.

Наступного дня він повернувся до господаря готелю.

And he accused him of having changed his pot.

І він звинуватив його в тому, що той змінив йому горщик.

At first the innkeeper acted surprised.

Спочатку господар готелю вдав здивованого вигляду.

Then he pretended to be angry at the accusation.

Потім він удав, що розгніваний звинуваченням.

Finally, he chased him out of his shop.

Зрештою, він вигнав його з крамниці.

He had no way of getting the pot back.

Він не мав жодної можливості повернути горщик.

The Brahman knew what he had to do.

Брахман знав, що йому потрібно робити.

He went to see the goddess Durga again.

Він знову пішов побачити богиню Дургу.

Siva and Durga honored him with their presence.

Шива та Дурга вшанували його своєю присутністю.

Durga spoke to the poor Brahman.

Дурга звернулася до бідного брахмана.

"So, you have lost the pot I gave you"

«Отже, ти втратив горщик, який я тобі дав»

"I take pity on your situation"

«Мені шкода твоєї ситуації»

"Here is another magical pot"

«Ось ще один чарівний горщик»

"Take this pot, and make good use of it"

«Візьми цей горщик і використовуй його з користю»

The Brahman was elated with joy.

Брахман був сповнений радості.

He made obeisance to the divine couple.

Він вклонився божественній парі.

And he took the pot with him.

І він забрав горщик із собою.

Again he had to see if the pot worked.

Знову йому довелося перевірити, чи працює горщик.

He turned the pot upside down.

Він перевернув горщик догори дном.

And he shook the pot as before.

І він потряс горщик, як і раніше.

And he waited for the murukku to fall out.

І він чекав, поки випаде мурукку.

But no, horror of horrors!

Але ні, жах з жахів!

Murukku did not fall from the pot.

Мурукку не випав з горщика.

Instead of murukku, demons jumped out.

Замість мурукку вискочили демони.

They began to beat the astonished Brahman.

Вони почали бити здивованого брахмана.

The Brahman received punches and kicks.

Брахман отримував удари кулаками та ногами.

But he kept his presence of mind.

Але він зберіг присутність духу.

He turned the pot the right way up.

Він перевернув горщик правильною стороною догори.

And he covered the pot up again.

І він знову накрив горщик кришкою.

Fortunately his quick thinking worked.

На щастя, його швидке мислення спрацювало.

The demons disappeared as soon as he did this.

Демони зникли, щойно він це зробив.

The Brahman tried to understand what this meant.

Брахман намагався зрозуміти, що це означає.

It must be to punish the innkeeper!

Мабуть, щоб покарати шинкаря!

So he went to the innkeeper again.

Тож він знову пішов до шинкаря.

He gave him the new pot.

Він дав йому новий горщик.

He begged of him to look after the pot.

Він благав його доглянути за горщиком.

Just like he had done before.

Так само, як він робив це раніше.

He went for his ablutions and prayers.

Він пішов для обмивання та молитви.

The innkeeper was delighted.

Корчмар був у захваті.

He had been given a second godsend.

Йому був даний другий дар з небес.

He agreed to take the greatest care of the pot.

Він погодився якомога дбайливіше ставитися до горщика.

He waited for the Brahman to go.

Він чекав, поки брахман піде.

And he called his wife and children.

І він покликав дружину та дітей.

"This is another pot from the Brahman"

«Це ще один горщик від Брахмана»

"This time I hope it is not murukku"

«Сподіваюся, цього разу це не мурукку»

"I hope this pot is full of sandesa"

«Сподіваюся, цей горщик повний сандеси»

"Come, be ready with the baskets"

«Ходімо, готуйте кошики»

"I will turn the pot upside down"

«Я переверну горщик догори дном»

"And then I will shake the pot"

«А потім я потрясу горщик»

And he did what he said he would do.

І він зробив те, що обіцяв зробити.

But the room did not fill with food.

Але кімната не наповнилася їжею.

This time the room filled with demons.

Цього разу кімната наповнилася демонами.

The demons caught hold of the innkeeper.

Демони схопили господаря готелю.

And the demons also caught his family.

А демони також схопили його родину.

And the demons beat them mercilessly.

А демони били їх нещадно.
They would have completely destroyed the shop.
Вони б повністю знищили магазин.
But the victims ran to the Brahman.
Але жертви побігли до брахмана.
The Brahman had returned from his ablutions.
Брахман повернувся після обмивання.
The Brahman showed mercy to them.
Брахман виявив до них милосердя.
And he accepted their request.
І він прийняв їхнє прохання.
But there was one condition to his help.
Але для його допомоги була одна умова.
"I will only help if I get my pot back"
«Я допоможу лише тоді, коли поверну свій горщик»
The innkeeper didn't have much choice.
У господаря готелю не було особливого вибору.
He had to accept the Brahman's conditions.
Він мусив прийняти умови брахмана.
The Brahman put the pot upright again.
Брахман знову поставив горщик вертикально.
And he put the lid on the pot.
І він накрив горщик кришкою.
He took his pot back from the innkeeper.
Він забрав свій горщик у шинкаря.
And he returned back to his village.
І він повернувся назад до свого села.
Now the Brahman had two magical pots.
Тепер у брахмана було два чарівні горщики.
The Brahman shut the door of his house.
Брахман зачинив двері свого будинку.
And he called his family again.
І він знову зателефонував своїй родині.
He turned the murukku-pot upside down.
Він перевернув горщик мурукку догори дном.
And he shook the murukku-pot as before.
І він потряс горщик мурукку, як і раніше.

This time the magic pot worked.
Цього разу чарівний горщик спрацював.
An endless stream of the finest murukku.
Нескінченний потік найкращих мурукку.
The family devoured the sweetmeat.
Родина проковтнула солодощі.
They ate to their hearts' content.
Вони їли досхочу.
All the pots and pans were filled.
Усі горщики та сковорідки були наповнені.

The next day the Brahman became confectioner.
Наступного дня брахман став кондитером.
He opened a shop in his house.
Він відкрив магазин у своєму будинку.
And he sold the best murukku.
І він продав найкращі мурукку.
The whole village came to the Brahman's house.
Усе село прийшло до будинку брахмана.
They all wanted to buy the wonderful murukku.
Вони всі хотіли купити чудовий мурукку.
They had never seen such murukku in their life.
Вони ніколи в житті не бачили такого мурукку.
It was the most delicious murukku they ever had.
Це був найсмачніший мурукку, який вони коли-небудь
куштували.
No one had ever made anything like this dessert.
Ніхто ніколи не готував нічого подібного до цього десерту.
The reputation of the Brahman's murukku spread.
Слава про мурукку брахмана поширилася.
Soon people from outside the city came.
Невдовзі прийшли люди з-за міста.
Cartloads of the sweetmeat were sold every day.
Щодня продавали вози з цим солодощам.
The Brahman quickly became very rich.
Брахман швидко став дуже багатим.
He built a large brick house.

Він збудував великий цегляний будинок.

And he lived like a nobleman of the land.

І жив він, як справжній дворянин.

Once, however, his luck almost changed.

Однак одного разу його удача мало не змінилася.

His children had taken the wrong pot.

Його діти взяли не той горщик.

A large number of demons came out.

Вийшла велика кількість демонів.

And they caught hold of the Brahman's wife.

І вони схопили дружину брахмана.

And they also caught his children.

І вони також спіймали його дітей.

They were striking them mercilessly.

Вони били їх безжально.

Fortunately the Brahman came back into the house.

На щастя, брахман повернувся до будинку.

He turned the pot back to its proper position.

Він повернув горщик на його місце.

He wanted to prevent a similar catastrophe.

Він хотів запобігти подібній катастрофі.

So the Brahman had a private room built.

Тож брахман наказав збудувати окрему кімнату.

And he put the pot in a secret place.

І він поставив горщик у таємне місце.

Mortals, however, do not have the luck of Gods.

Однак смертним не щастить, як богам.

Uninterrupted prosperity is not their fortune.

Безперервне процвітання — це не їхня доля.

The demon-pot had been put out of the way.

Горщик-демон було прибрано.

But why might accident not befall the murukku pot?

Але чому з горщиком мурукку може не статися нещасний випадок?

One day the Brahman and his wife were absent.

Одного дня брахман та його дружина були відсутні.

The children decided to shake the pot.

Діти вирішили потрясти горщик.

Each of them wanted to do the honors.

Кожен з них хотів зробити почесті.

So there was a fight to get the pot.

Тож точилася боротьба за горщик.

In the struggle the pot fell to the ground.

У боротьбі горщик упав на землю.

Like any other earthen pot, it broke.

Як і будь-який інший глиняний горщик, він розбився.

Eventually the Braham came back home again.

Зрештою, Брахем знову повернувся додому.

You can imagine how the news grieved him.

Можете собі уявити, як ця новина його засмутила.

Of course the children were well cudgeled.

Звісно, дітей добре награбовали.

But anger could not replace the pot.

Але гнів не міг замінити горщик.

After some days he went to the forest again.

Через кілька днів він знову пішов до лісу.

He offered many a prayer for Durga's favor.

Він багато молився за прихильність Дурги.

At last Siva and Durga appeared to him.

Нарешті йому з'явилися Шива та Дурга.

They listened to how the pot had been broken.

Вони слухали, як розбили горщик.

Durga decided to give him another pot.

Дурга вирішила дати йому ще один горщик.

But this pot was accompanied with a caution.

Але цей горщик супроводжувався обережністю.

"Brahman, take care of this pot"

«Брахмане, подбай про цей горщик»

"Do not break or lose this pot again"

«Більше не розбий і не загуби цей горщик»

"Next time I will not give you another pot"

«Наступного разу я тобі більше не дам горщика»

The Brahman made obeisance to the Gods.

Брахман склав шану богам.

And he went straight back to his house.

І він одразу ж повернувся до свого дому.

This time he did not halt at the innkeeper's.

Цього разу він не зупинився біля шинкаря.

He shut the door of his house.

Він зачинив двері свого будинку.

He called his family to him.

Він покликав до себе свою родину.

And he turned the pot upside down.

І він перевернув горщик догори дном.

And then he began to shake the pot.

А потім він почав трясти горщик.

They were only expecting murukku.

Вони очікували лише мурукку.

But this time it was not murukku.

Але цього разу це було не мурукку.

A stream of beautiful sandesa poured out.

Потік прекрасної сандеси хлинув.

It was the finest sandesa you can imagine.

Це була найкраща сандеса, яку тільки можна уявити.

It truly was the food of Gods.

Це справді була їжа богів.

The Brahman set up another shop.

Брахман відкрив ще одну крамницю.

Now he was selling sandesa.

Тепер він продавав сандесу.

The fame of his shop soon drew large crowds.

Слава його крамниці невдовзі привабила великі натовпи.

People came from all over the country.

Люди приїжджали з усієї країни.

At all festivals and marriage feasts.

На всіх святах та весільних бенкетах.

And at all funeral celebrations in the area.

І на всіх похоронних урочистостях у цьому районі.

No one bought any other sandesa.

Ніхто не купував жодної іншої сандеси.

All day long the pot produced sandesa.

Цілий день горщик виробляв сандесу.

Gigantic jars were filled with sweet.

Гігантські банки були наповнені солодощами.

And the jars were sent all over the country.

І банки розіслали по всій країні.

The Brahman's wealth made the Zemindar jealous.

Багатство брахмана викликало заздрість у Земіндарів.

In these days all villages had a Zemindar.

У ті часи в кожному селі був свій Земіндарій.

He had heard strange things about the sandesa.

Він чув дивні речі про сандесу.

He heard the dessert came from a magic pot.

Він чув, що десерт походить з чарівного горщика.

So he devised a plan to get this pot.

Тож він розробив план, як отримати цей горщик.

His son was going to get married.

Його син збирався одружитися.

To celebrate there was a great feast.

На святкування було влаштовано велике свято.

Many hundreds of people were invited.

Було запрошено сотні людей.

Mountain-loads of sandesa were required.

Потрібна була ціла гора сандеси.

The Zemindar made a proposal to the Brahman.

Земіндарій зробив пропозицію брахману.

"Bring the magical pot to my house"

«Принеси чарівний горщик до мого дому»

At first the Brahman refused to bring the pot.

Спочатку брахман відмовився принести горщик.

But the Zemindar insisted.

Але Земіндарій наполягав.

"I will have hundreds of guests"

«У мене будуть сотні гостей»

"I will need mountains of sandesa"

«Мені знадобляться гори сандеси»

"More sandesa than you can carry"

«Більше сандеси, ніж ти можеш понести»
"Bring the vessel to my house"
«Принесіть посудину до мого дому»
"It will be easier for you and me"
«Тобі і мені буде легше»
Eventually the Brahman agreed.
Зрештою, брахман погодився.
Himalayas of sandesa were shaken out.
Гімалаї сандеси були струснуті.
But the Zemindar got hold of the pot.
Але землянин заволодів горщиком.
The Zemindar insulted the Brahman.
Земіндáр образив брахмана.
And he chased him out of his house.
І він вигнав його з дому.
The Brahman didn't give vent to anger.
Брахман не дав виходу гніву.
Instead, he quietly went back to his house.
Натомість він тихо повернувся до свого будинку.
He went to the private room.
Він пішов до окремої кімнати.
And he took out the demon-pot.
І він вийняв горщик-демона.
He came back to the Zemindar's house.
Він повернувся до будинку Земіндарів.
And he went to the door of the Zemindar.
І він підійшов до дверей Земіндара.
He turned the pot upside down.
Він перевернув горщик догори дном.
And then shook the magical pot.
А потім потряс чарівний горщик.
A hundred demons fell out of the pot.
Сто демонів випало з горщика.
The chaos was impossible to describe.
Той хаос було неможливо описати.
The unearthly visitors flooded the party.
Неземні гості заполонили вечірку.

They caught hundreds of the guests.

Вони спіймали сотні гостей.

And the demons beat them mercilessly.

А демони били їх нещадно.

The women were dragged by their hair.

Жінок тягли за волосся.

The Zemindar was chased from room to room.

Земіндара гнали з кімнати в кімнату.

The demons' mischief was getting out of hand.

Злодіяння демонів виходило з-під контролю.

Someone had to put an end to their mischief.

Хтось мав покласти край їхнім бешкетам.

Else all the men would have been killed.

Інакше всіх чоловіків би вбили.

And the house would have been torn to the ground.

І будинок би зруйнували дотла.

The Zemindar fell at the feet of the Brahman.

Земінда́р упав до ніг брахмана.

And he begged to be shown mercy.

І він благав виявити йому милосердя.

The Brahman showed him great mercy.

Брахман виявив до нього велику милість.

And he put the demons back in the pot.

І він знову посадив демонів у горщик.

The Zemindar never disturbed the Brahman again.

Земіндарій більше ніколи не турбував брахмана.

Nor was he disturbed by anyone else.

Ніхто інший його також не турбував.

And he lived for many happy years.

І прожив він багато щасливих років.

The Story of the Rakshasas
Історія ракшасів

There was once a poor dimwitted Brahman.

Жив-був колись бідний нерозумний брахман.

This dimwitted man had a wife, but no children.

Цей нерозумний чоловік мав дружину, але не мав дітей.

But him not having children was probably for the best.

Але те, що у нього не було дітей, мабуть, було й на краще.

Because he was barely able to meet his own needs.

Бо він ледве міг задовольнити власні потреби.

And he could hardly supply enough for his wife.

І він ледве міг забезпечити достатньо для своєї дружини.

But his dimwittedness was not even his biggest problem.

Але його тупотужність була навіть не найбільшою його проблемою.

This dimwitted man was also a rather lazy man!

Цей тупий чоловік був також досить лінивим!

He was averse to making any long journeys.

Він не любив здійснювати будь-які далекі подорожі.

Had he travelled further he might have had enough.

Якби він подорожував далі, можливо, йому б вистачило.

He could have got presents from rich men.

Він міг би отримати подарунки від багатих чоловіків.

This would have enabled them to live comfortably.

Це дало б їм змогу комфортно жити.

There was a great king in a neighbouring country.

Жив собі великий король у сусідній країні.

The mother of the great king had just died.

Мати великого короля щойно померла.

So this king was celebrating the funeral obsequies.

Отже, цей король святкував похоронну службу.

And the funeral was celebrated with great pomp.

І похорон відсвяткували з великою пишнотою.

Brahmans and beggars were coming from faraway lands.

Брахмани та жебраки прибували з далеких країв.

They all came expecting to receive rich presents.

Усі вони прийшли, очікуючи отримати щедрі подарунки.

The Brahman's wife requested him to also go.

Дружина брахмана попросила його також піти.

"Seize this opportunity and get us a little money"

«Скористайтеся цією можливістю та заробіть нам трохи грошей»

But his constitutional indolence stood in the way.

Але його конституційна лінь стала на заваді.

The woman, however, gave her husband no rest.

Однак жінка не давала чоловікові спокою.

Finally she extorted from him the promise.

Зрештою, вона вирвала з нього обіцянку.

He promised his wife that he would go.

Він пообіцяв дружині, що поїде.

The good woman, accordingly, cut down a plantain tree.

Добра жінка, відповідно, зрубала подорожник.

And she burnt the plantain tree to ashes.

І вона спалила подорожник дотла.

With the ashes she cleaned the clothes of her husband.

Попелом вона чистила одяг свого чоловіка.

And she made his clothes as white as any cleaner could.

І вона випрала його одяг так біло, як тільки могла випрати будь-яка прибиральниця.

Her husband was going to the palace of a great king.

Її чоловік їхав до палацу великого царя.

The king could not be approached by men in rags.

До короля не могли підійти люди в лахмітті.

Besides, Brahman are bound to appear neat and clean.

Крім того, брахмани зобов'язані виглядати охайними та чистими.

At last, one morning the Brahman left his house.

Нарешті, одного ранку брахман покинув свій дім.

And he made his way to the palace of the great king.

І він попрямував до палацу великого царя.

I have already mentioned he was a dimwitted man.

Я вже згадував, що він був нерозумною людиною.

He did not inquire which road he should take.

Він не питав, якою дорогою йому слід йти.
Instead, he walked on and on without directions.
Натомість він йшов і йшов без жодних вказівок.
And he followed wherever his nose pointed him.
І він йшов куди б його ніс не вказував.
I don't need to say he was not on the right road.
Не потрібно говорити, що він не йшов правильним шляхом.
The regions he wandered became less and less inhabited.
Регіони, якими він мандрував, ставали дедалі менш заселеними.
Soon he met no human being for many miles.
Невдовзі він на багато миль не зустрів жодної людини.
But there were many other things he saw there.
Але він там побачив багато іншого.
Things he had never seen in all his life.
Речі, яких він ніколи в житті не бачив.
He saw hillocks of cowries on the roadside.
Він побачив купи каурі на узбіччі дороги.
Cowries were shells used as money in those times.
Каурі - це мушлі, які в ті часи використовувалися як гроші.
He kept going and saw hillocks of jewels.
Він продовжував йти і побачив купи коштовностей.
Next, he saw hillocks of four-anna pieces.
Далі він побачив купи чотирианнових фігур.
Further along were hillocks of eight-anna pieces.
Далі були пагорби восьмианнових фігурок.
And further yet were hillocks of rupees.
А ще далі були пагорби рупій.
But the Brahman's surprise did not end there.
Але здивування брахмана на цьому не закінчилося.
Next there was a hill of burnished gold-mohurs.
Далі була гора полірованих золотих могурів.
The burnished gold-mohurs were shining brightly.
Яскраво сяяли поліровані золоті могури.
Because the gold-mohurs had been freshly minted.
Тому що золоті могури були щойно карбовані.

Close to the hill of gold-mohurs was a large house.

Біля пагорба золотих мохурів стояв великий будинок.

The house looked like the palace of a powerful king.

Будинок був схожий на палац могутнього короля.

At the door stood a lady of exquisite beauty.

Біля дверей стояла жінка вишуканої краси.

The lady, seeing the Brahman, said;

Пані, побачивши брахмана, сказала:

"Come to me, my beloved husband"

«Прийди до мене, мій коханий чоловік»

"You married me when I was young"

«Ти одружився зі мною, коли я був молодим»

"But you never came back after our marriage"

«Але ти так і не повернувся після нашого весілля»

"Though I have been daily expecting you"

«Хоча я щодня тебе чекав»

"Blessed be this day," said the lady.

«Благословенний цей день», – сказала пані.

"On this day I see the face of my husband"

«Цього дня я бачу обличчя свого чоловіка»

"Come, my sweet, come in," she asked of him.

«Ходімо, мій любий, заходь», — попросила вона його.

"You must be fatigued from your long journey"

«Ви, мабуть, втомилися після довгої подорожі»

"Wash your feet and rest, and eat and drink"

«Помий ноги, відпочинь, їж та пий»

"And after that we shall make ourselves merry"

«А після цього ми розвеселимося»

The Brahman was astonished beyond measure.

Брахман був вражений безмірно.

He had no recollection marrying twice.

Він не пам'ятав, щоб одружувався двічі.

He remembered marrying the wife he left at home.

Він пам'ятав, як одружувався з дружиною, яку залишив удома.

But he did not remember marrying this lady.

Але він не пам'ятав, як одружувався з цією жінкою.

But he remembered that he was a Kulin Brahman.

Але він пам'ятав, що він був Кулінським Брахманом.

Perhaps his father got him married as a child.

Можливо, батько одружив його ще дитиною.

But what he thought did not matter much.

Але те, що він думав, не мало великого значення.

The woman was certain he was her husband.

Жінка була впевнена, що це її чоловік.

And he had no reason to say he was not her husband.

І в нього не було жодної причини казати, що він не її чоловік.

Because her beauty was more than he could fathom.

Бо її краса була більшою, ніж він міг збагнути.

As beautiful as the Goddesses of Indra's heaven.

Такі ж прекрасні, як богині небес Індри.

And he was sure that she was wealthy too.

І він був певен, що вона також заможна.

These thoughts went through the Brahman's mind.

Ці думки промайнули в голові брахмана.

But the lady interrupted his flow of thought.

Але пані перервала його хід думок.

"Are you doubting whether I am your wife?"

«Ти сумніваєшся, чи я твоя дружина?»

"Have you lost all memories of that happy event?

«Ви втратили всі спогади про ту щасливу подію?»

"All the pomp and circumstance of our nuptials"

«Уся пишнота та обстановка нашого весілля»

"Come in, beloved; this is your house"

«Заходь, коханий, це твій дім»

"Because whatever is mine is thine also"

«Бо все, що моє, те й твоє»

The fair lady easily persuaded the Brahman.

Прекрасна пані легко переконала брахмана.

And he succumbed to her loving entreaties.

І він піддався її люблячим благанням.

And he went into the house of the lady.

І він зайшов до дому пані.

The house was not an ordinary one.

Будинок був не звичайним.

The house was in fact a magnificent palace.

Будинок насправді був розкішним палацом.

All the apartments were large and lofty.

Усі квартири були великі та високі.

Every room in the palace was richly furnished.

Кожна кімната в палаці була багато обставлена.

But one thing surprised the Brahman very much.

Але одна річ дуже здивувала брахмана.

There was no other person in all the house.

У всьому будинку не було нікого іншого.

The only one there was the lady herself.

Там була лише сама пані.

He could not account for the strange phenomenon.

Він не міг пояснити це дивне явище.

They meet anyone on their walks either.

Вони також зустрічають кого завгодно на своїх прогулянках.

The fact was that the lady was not a human being.

Справа в тому, що ця жінка не була людиною.

What the lady really was was a Rakshasi.

Ця пані насправді була ракшасі.

She had eaten up the king and queen.

Вона з'їла короля та королеву.

And she had eaten all the members of the royal family.

І вона з'їла всіх членів королівської родини.

And gradually she had eaten their servants too.

І поступово вона з'їла й їхніх слуг.

This was why there were no humans far and wide.

Ось чому людей не було повсюди.

The Rakshasi and the Brahman now lived together.

Ракшасі та брахман тепер жили разом.

After a week the former said to the latter;

Через тиждень перший сказав другому:

"I am very anxious to see my sister"

«Я дуже хочу побачити свою сестру»

"As you know, my sister is your other wife"
«Як ти знаєш, моя сестра — твоя інша дружина »
"You must go and fetch my sister; your other wife"
«Ти мусиш піти й привести мою сестру, твою іншу
дружину»
"Then we shall all live together happily"
«Тоді ми всі будемо жити щасливо разом»
"You must go to get her early tomorrow"
«Тобі треба завтра рано піти за нею».
"I will give you clothes and jewels for her"
«Я дам тобі одяг і коштовності для неї»
Next morning the Brahman set out for his home.
Наступного ранку брахман вирушив до свого дому.
He was furnished with fine clothes.
Він був обставлений вишуканим одягом.
And he wore around his wrists costly ornaments.
І він носив на зап'ястях дорогі прикраси.

The poor woman was in great distress.
Бідолашна жінка була у великому горі.
The funeral ceremony of the king's mother was over.
Церемонія похорону матері короля закінчилася.
All the Brahmans and Pandits had returned.
Усі брахмани та пандити повернулися.
And they were loaded with donations.
І вони були завалені пожертвами.
But her husband had not returned.
Але її чоловік так і не повернувся.
No one could give any news of him.
Ніхто не міг повідомити про нього жодних звісток.
Because no one had seen him there.
Бо ніхто його там не бачив.
The woman therefore could only come to one conclusion.
Тож жінка могла дійти лише одного висновку.
He must have been murdered on the road by highwaymen.
Його, мабуть, убили на дорозі розбійники з великої
дороги.

She was in this terrible suspense.

Вона була в жахливому напрузі.

But then one day she heard some rumors.

Але одного разу вона почула деякі чутки.

People in her village were talking about her husband.

Люди в її селі говорили про її чоловіка.

They said they saw him coming back.

Вони сказали, що бачили, як він повертався.

And they said he was dressed in fine clothes.

І вони казали, що він був одягнений у гарний одяг.

And they said he had fine jewels for his wife.

І вони казали, що в нього є вишукані коштовності для дружини.

And sure enough the Brahman soon appeared.

І справді, невдовзі з'явився Брахман.

And he was carrying fine jewels for his wife.

І він ніс вишукані коштовності для своєї дружини.

On seeing his wife the Brahman thus accosted her;

Побачивши свою дружину, брахман звернувся до неї таким чином;

"Come with me, my dearest wife"

«Ходімо зі мною, моя найдорожча дружино»

"I have found my first wife"

«Я знайшов свою першу дружину»

"She lives in a stately palace"

«Вона живе у величному палаці»

"Near her palace are hillocks of rupees"

«Біля її палацу є пагорби рупій»

"And there is a large hill of gold-mohurs"

«А є великий пагорб із золотих мохурів»

"Why should you pine away in wretchedness?"

«Чому ти маєш знемагати в нещасті?»

"Why would you stay in this horrible place?"

«Чому ти зупинився в цьому жахливому місці?»

"Come with me to the house of my first wife"

«Ходімо зі мною до дому моєї першої дружини»

"There we shall all live together happily"

«Там ми всі будемо жити щасливо разом»
At first, she thought her half-witted man had gone mad.
Спочатку вона подумала, що її недотепний чоловік збожеволів.
She could not imagine the hillocks of rupees.
Вона не могла уявити собі купи рупій.
And she could not imagine a hill of gold-mohurs.
І вона не могла уявити собі пагорба золотих мохурів.
But then she saw how he was beautifully dressed.
Але потім вона побачила, як він гарно одягнений.
Beautiful clothes of exquisite silks and satins.
Гарний одяг з вишуканого шовку та атласу.
Ornaments set with diamonds and precious stones.
Прикраси, інкрустовані діамантами та дорогоцінним камінням.
Clothes fit for the queen of the land.
Одяг, гідний королеви землі.
Clothes only princesses were in the habit of putting on.
Одяг, який мали звичку одягати лише принцеси.
She concluded in her mind that something was amiss:
Вона подумки зробила висновок, що щось не так:
Her stupid husband must have been tricked.
Мабуть, її дурного чоловіка обдурили.
He must have fallen into the meshes of a Rakshasi.
Він, мабуть, потрапив у лапи якогось ракшасі.
The Brahman, however, insisted his wife went with him.
Однак брахман наполягав, щоб його дружина пішла з ним.
"Feel free to stay here and pine away in poverty"
«Можете сміливо залишатися тут і знемагати в бідності»
"As for me, I will return to the palace of my first wife"
«Що ж до мене, то я повернуся до палацу своєї першої дружини»
The good woman did her best to stop her husband.
Добра жінка зробила все можливе, щоб зупинити чоловіка.
But in the end she resolved to go with him.

Але зрештою вона вирішила піти з ним.
Perhaps she could judge the matter better at the palace.
Можливо, вона могла б краще оцінити це питання в палаці.

They set out accordingly the next morning.
Відповідно, наступного ранку вони вирушили в дорогу.
They went the same road the Brahman had travelled.
Вони йшли тією ж дорогою, якою пройшов брахман.
The woman was not a little surprised by what she saw.
Жінка була неабияк здивована побаченим.
She saw the hillocks of cowries and of jewels.
Вона побачила пагорби каурі та коштовності.
And she saw hillocks of eight-anna pieces.
І вона побачила купи восьмианнових монет.
And she saw the hillocks of rupees too.
І вона також побачила купи рупій.
And last of all she saw a lofty hill of gold-mohurs.
І останньою з усіх вона побачила високий пагорб із золотих могурів.
She saw also an exceedingly beautiful lady.
Вона також побачила надзвичайно вродливу жінку.
The lady of the palace was hastening towards her.
Пані палацу поспішала до неї.
The lady fell on the neck of the Brahman woman.
Жінка впала на шию брахманки.
And she wept tears of joy, and said:
І вона заплакала сльозами радості й сказала:
"Welcome, beloved sister!"
«Ласкаво просимо, кохана сестро!»
"This is the happiest day of my life!"
«Це найщасливіший день у моєму житті!»
"I see the face of my dearest sister again!"
«Я знову бачу обличчя моєї найдорожчої сестри!»
The husband and his two wives entered the palace.
Чоловік та його дві дружини увійшли до палацу.
Now he was lodged in a stately mansion.

Тепер він мешкав у розкішному особняку.
The most delectable food appeared, as if by enchantment.
Найсмачніша їжа з'явилася, ніби зачарована.
He was caressed and endeared by his two wives.
Його пестили та любили дві дружини.
Both wives did their best to make him happy.
Обидві дружини робили все можливе, щоб зробити його щасливим.
Both wives did their best to make him comfortable.
Обидві дружини зробили все можливе, щоб йому було комфортно.
His two wives were competing for his love.
Його дві дружини змагалися за його кохання.
The Brahman had a jolly time of it.
Брахман весело провів час.
He was steeped in an ocean of enjoyment.
Він був поринутий в океан насолоди.
The Brahman lived in this state of Elysian pleasure.
Брахман жив у цьому стані єлисейської насолоди.
Some fifteen or sixteen years he spent this way.
Так він провів років п'ятнадцять чи шістнадцять.
During this time his two wives presented him with two sons.
За цей час його дві дружини подарували йому двох синів.
The Rakshasi's son was the elder.
Син ракшасі був старшим.
He looked more like a god than a human being.
Він був більше схожий на бога, ніж на людину.
He was named Sahasra-Dal.
Його назвали Сахасра-Дал.
His name meant the thousand-branched.
Його ім'я означало тисячогильний.
The son of the Brahman woman was a year younger.
Син брахманки був на рік молодший.
He was named Champa-Dal
Його назвали Чампа-Дал
His name meant the branch of a champaka tree.

Його ім'я означало гілку дерева чампака.
The two brothers loved each other dearly.
Два брати щиро любили один одного.
They were both sent to the same school.
Їх обох відправили до однієї школи.
The school was several miles distant from the palace.
Школа знаходилася за кілька миль від палацу.
Every day they rode their two little ponies to school.
Щодня вони їздили до школи верхи на своїх двох маленьких поні.
The Brahman woman had always been suspicious.
Жінка-брахман завжди була підозрілою.
A thousand little circumstances gave her clues.
Тисяча дрібних обставин давали їй підказки.
She knew her sister-in-law was not a human being.
Вона знала, що її невістка не людина.
She was sure her sister-in-law was a Rakshasi.
Вона була впевнена, що її невістка — ракшасі.
But her suspicion had not yet ripened into certainty.
Але її підозра ще не переросла у впевненість.
Because the Rakshasi exercised great self-restraint.
Тому що ракшаси виявляли велику самовладання.
She never did anything which human beings did not do.
Вона ніколи не робила нічого такого, чого не робили б люди.
But she couldn't hide her demonic nature forever.
Але вона не могла вічно приховувати свою демонічну природу.
Her demonic nature was eventually going to reveal itself.
Її демонічна природа врешті-решт мала себе розкрити.

The Brahman had little to keep him busy.
Брахману було мало чим зайнятися.
In order to pass his time he went hunting.
Щоб скоротати час, він пішов на полювання.
The first day he returned with an antelope.
Першого дня він повернувся з антилопою.

The antelope was laid in the courtyard of the palace.

Антилопу поклали у внутрішньому дворі палацу.

The Rakshasi saw the antelope with great interest.

Ракшасі з великим інтересом спостерігали за антилопою.

At the sight of the raw meat her mouth began to water.

Побачивши сире м'ясо, у неї потекли слинки.

The antelope was never taken to the kitchen.

Антилопу ніколи не брали на кухню.

Instead, the Rakshasi took the antelope to another room.

Натомість ракшасі відвів антилопу до іншої кімнати.

In this room she began devouring the antelope.

У цій кімнаті вона почала пожирати антилопу.

The Brahman woman saw everything from a secret room.

Жінка-брахман бачила все з таємної кімнати.

Her Rakshasi sister tore a leg off the antelope.

Її сестра-ракшасі відірвала антилопі ногу.

She saw how she opened her tremendous jaw.

Вона побачила, як та роззявила свою величезну щелепу.

And in one mouthful she swallowed up the leg.

І одним ковтком вона проковтнула ногу.

The other limbs were devoured in the same manner.

Інші кінцівки були пожирані таким самим чином.

And opening her jaw even further, she swallowed the body.

І, роззявивши щелепу ще більше, вона проковтнула тіло.

Only a little bit of the meat was kept for the kitchen.

Лише трохи м'яса залишили для кухні.

On the second day the Brahman caught another antelope.

На другий день брахман зловив ще одну антилопу.

On the third day the Brahman caught another antelope.

На третій день брахман зловив ще одну антилопу.

The Rakshasi was unable to restrain her appetite.

Ракшасі не могла стримати свого апетиту.

The raw flesh brought out her demonic nature.

Сира плоть виявляла її демонічну природу.

And she devoured each antelope like the last.

І вона пожирала кожну антилопу, як попередню.

On the third day the Brahman woman expressed her surprise.

На третій день брахманка висловила своє здивування.

"Nearly three whole antelopes have disappeared"

«Майже три антилопи зникли»

"All that is left is a little bit of meat"

«Залишилося лише трохи м'яса»

The Rakshasi did not appreciate the accusation.

Ракшасі не оцінив звинувачення.

"Do I eat raw flesh?" she asked fiercely.

«Чи їм я сире м'ясо?» — люто запитала вона.

"Perhaps you do eat raw flesh," replied the Brahman woman.

«Можливо, ви й їсте сире м'ясо», – відповіла брахманка.

"I have nothing to prove the contrary"

«Мені немає чим довести протилежне»

The Rakshasi knew she had been discovered.

Ракшасі знала, що її викрили.

Her eyes became even fiercer than before.

Її очі стали ще лютішими, ніж раніше.

And she vowed to get her revenge.

І вона поклялася помститися.

The Brahman woman concluded her fate was sealed.

Жінка-брахманка зрозуміла, що її доля вирішена.

She thought her husband would meet the same fate.

Вона думала, що її чоловіка спіткає така ж доля.

She did not expect her son to be spared either.

Вона також не сподівалася, що її сина пощадять.

That night she hardly slept at all.

Тієї ночі вона майже не спала.

The Rakshasi had prevented her from seeing her husband.

Ракшаси перешкоджали їй побачитися з чоловіком.

Early next morning Champa-Dal went to school.

Рано-вранці наступного дня Чампа-Дал пішов до школи.

Before he went to school she gave her son a golden bottle.

Перш ніж він пішов до школи, вона подарувала синові золоту пляшку.

In the golden bottle was her own breast milk.
У золотій пляшечці було її власне грудне молоко.
"Carefully watch the colour of the milk"
«Уважно стежте за кольором молока»
"If the milk turns red, your father has been killed"
«Якщо молоко почервоніє, твого батька вбили»
"If the milk turns redder, then I have been killed"
«Якщо молоко стане червонішим, то мене вбили»
"If the milk turns red you must gallop away"
«Якщо молоко почервоніє, ти мусиш поскакати геть»
"Gallop as fast as your horse can carry you"
«Галопуй так швидко, як може нести твій кінь»
"If you do not run away, you will be devoured"
«Якщо ти не втечеш, тебе з'їдять»
That morning the Rakshasi made a suggestion to her husband.
Того ранку ракшасі зробила своєму чоловікові пропозицію.
"Let us bathe in the river this morning"
«Давай скупаємося в річці цього ранку»
She would not take no for an answer.
Вона не прийняла б відмови.
The river was some distance from the palace.
Річка була на деякій відстані від палацу.
The Brahman followed her as meekly as a lamb.
Брахман пішов за нею покірно, як ягня.
The Brahman woman saw that her doom was near.
Жінка-брахманка побачила, що її загибель близька.
But it was beyond her power to avert the catastrophe.
Але запобігти катастрофі було понад її сили.
The Brahman and the Rakshasi did indeed reach the river.
Брахман і ракшасі справді дісталися річки.
Soon after the Rakshasi changed into her real dimensions.
Невдовзі після цього Ракшасі змінилася на свої справжні розміри.
She tore the Brahman limb from limb.
Вона розірвала Брахмана на шматки.

She devoured him like she had devoured the antelope.
Вона пожирала його, як пожирала антилопу.
Then she ran back to her palace.
Потім вона побігла назад до свого палацу.
The wife's fate was the same as the Brahman's.
Доля дружини була такою ж, як і у брахмана.

Young Champ Dal had done as his mother instructed.
Юний Чамп Дал зробив так, як наказала його мати.
He was diligently observing the golden bottle.
Він уважно спостерігав за золотою пляшкою.
He paid special attention to the colour of the milk.
Він звернув особливу увагу на колір молока.
He was horror-struck to find the milk redden a little.
Він з жахом помітив, що молоко трохи почервоніло.
"My father has been killed," he cried.
«Мого батька вбили», — закричав він.
Soon after the milk completely reddened.
Невдовзі молоко повністю почервоніло.
"Now my mother has been killed too," he cried.
«Тепер і мою матір убили», — закричав він.
Quickly he rushed to mount his pony.
Він швидко кинувся сідати на свого поні.
His half-brother, Sahasra-Dal, was surprised.
Його зведений брат, Сахасра-Дал, був здивований.
"Where are you going, Champa?"
«Куди ти йдеш, Чампо?»
"Why are you crying, brother?"
«Чому ти плачеш, брате?»
"Let me accompany you to wherever you are going"
«Дозволь мені супроводжувати тебе, куди б ти не йшов»
But Champa-Dal now feared his brother.
Але Чампа-Дал тепер боявся свого брата.
"Oh! do not come to me," he objected.
«О! Не йдіть до мене», — заперечив він.
"Your mother has devoured my father and mother"
«Твоя мати з'їла мого батька й матір»

"Don't you come and devour me"
«Не приходь і не пожирай мене»
"I will not devour you," he promised his brother.
«Я тебе не пожеру», – пообіцяв він братові.
"I'll save you," he promised his brother.
«Я врятую тебе», – пообіцяв він братові.
And he galloped after his brother, Champa-Dal.
І він поскакав за своїм братом, Чампа-Далом.
Soon his mother, the Rakshasi, appeared at a distance.
Невдовзі здалеку з'явилася його мати, ракшасі.
She demanded Champa-Dal to come to her.
Вона вимагала, щоб Чампа-Дал прийшов до неї.
But Champa-Dal knew better than to go to the Rakshasi.
Але Чампа-Дал знав, що краще не йти до ракшасів.
"Champa-Dal will not come to you, but I will"
«Чампа-Дал не прийде до тебе, а я прийду»
And instead, Sahasra-Dal went to his mother.
А замість цього Сахасра-Дал пішов до своєї матері.
The young prince always carried a sword with him.
Молодий принц завжди носив із собою меч.
With his sword he cut off his mother's head.
Своїм мечем він відрубав голову матері.
Champa-Dal had not stayed to witness this.
Чампа-Дал не залишився, щоб побачити це.
He had galloped off as far as his pony could carry him.
Він поскакав так далеко, як тільки міг нести його поні.
Because he was running for his life.
Бо він біг, рятуючи своє життя.
But Sahasra-Dal soon caught up with his brother.
Але Сахасра-Дал невдовзі наздогнав свого брата.
And he told him that his mother was no more.
І він сказав йому, що його матері більше немає.
This was small consolation to Champa-Dal.
Це була слабка втіха для Чампа-Дала.
The Rakshasi had already devoured both his parents.
Ракшаси вже з'їв обох його батьків.
But he could still not trust Sahasra-Dal's friendship.

Але він все ще не міг довіряти дружбі Сахасра-Дала.

They both rode as fast as their horses could carry them.

Вони обоє їхали так швидко, як тільки могли нести їхні коні.

And their horses could carry them very far.

А їхні коні могли везти їх дуже далеко.

Because their horses were Pakshirajes horses.

Бо їхні коні були кіньми пакшираджев.

Pakshirajes horses are the kings of birds.

Коні Пакшираджес – королі птахів.

On their horses they travelled over hundreds of miles.

На своїх конях вони подолали сотні миль.

An hour or two before sundown they reached a village.

За годину чи дві до заходу сонця вони дісталися до села.

Here they became the guests of a respectable family.

Тут вони стали гостями поважної родини.

But the two brothers saw the family was in gloom.

Але два брати бачили, що в сім'ї смуток.

Something was agitating the family very much.

Щось дуже непокоїло родину.

Some of the family held private consultations.

Дехто з родини проводив приватні консультації.

And others in the family were weeping.

А інші члени родини плакали.

The mother was the eldest lady in the house.

Мати була найстаршою жінкою в домі.

"I will go, as I am the eldest," she said.

«Я піду, бо я найстарша», – сказала вона.

"I have lived long enough"

«Я прожив достатньо довго»

"At most my life would be cut short by a year or two"

«Моє життя скоротилося б щонайбільше на рік чи два»

The youngest member of the house was a little girl.

Наймолодшою мешканкою дому була маленька дівчинка.

"I will go, as I am young," she said.

«Я піду, бо я молода», – сказала вона.

"I am useless to the family"

«Я нікчемний для родини»
"If I die, I shall not be missed"
«Якщо я помру, мене не сумуватимуть»
The head of the house was the son of the old lady.
Головою дому був син старої пані.
"I am the representative of the family," he said.
«Я представник родини», – сказав він.
"It is but reasonable that I should give up my life"
«Цілком розумно, що я маю відмовитися від свого життя»
He also had a younger brother.
У нього також був молодший брат.
"You are the pillar of the family," he said.
«Ти — стовп родини», — сказав він.
"If you go the whole family is ruined"
«Якщо ти підеш, вся родина буде зруйнована»
"It is not reasonable that you should go"
«Нерозумно, що ти маєш йти»
"I will go, as I shall not be much missed"
«Я піду, бо мене не дуже сумуватимуть»
The two strangers listened to all this conversation.
Двоє незнайомців підслуховували всю цю розмову.
You can imagine their curiosity was not little.
Можете уявити, що їхня цікавість була нелегкою.
They wondered what the discussion could be about.
Вони задавалися питанням, про що може йти мова в цій розмові.
Sahasra-Dal took the risk of being thought meddlesome.
Сахасра-Дал ризикнув, що його вважатимуть нав'язливим.
"What is the subject of your consultations?"
«Яка тема ваших консультацій?»
"What is the reason for your deep miserable?"
«У чому причина твого глибокого нещастя?»
"Why are your words full of countenances?"
«Чому твої слова сповнені виразів обличчя?»
The head of the house gave the following answer.
Голова будинку дав таку відповідь.
"There is something you must know, me worthy guests"

«Є дещо, що ви повинні знати, шановні гості»
"These lands are infested by a terrible Rakshasi"
«Ці землі кишать жахливими ракшасами»
"This Rakshasi has depopulated all the regions here"
«Цей ракшасі обезлюдив усі регіони тут»
"This town, too, would have been depopulated"
«Це місто також було б обезлюднене»
"But that our king became suppliant to the Rakshasi"
«Але що наш король став благати ракшасів»
"He begged her to show mercy to us his people"
«Він благав її виявити милосердя до нас, свого народу»
The Rakshasi replied to the king.
Ракшасі відповів царю.
"I will consent to show mercy to your subjects"
«Я погоджуся виявити милосердя до ваших підданих»
"But there is one condition for my mercy"
«Але є одна умова для моєї милості»
"Every night I demand one human being"
«Щовечора я вимагаю хоча б одну людину»
"I don't mind if it is a male or a female"
«Мені байдуже, чоловік це чи жінка»
"Put the human being in a temple for me to feast"
«Помістіть людину в храм, щоб я міг там бенкетувати»
"If I get a human being every night, I will rest satisfied"
«Якщо я щоночі отримуватиму людину, я буду
задоволений»
**"Promise me this and I will commit no further
depredations"**
«Пообіцяй мені це, і я більше не вчиню жодних
грабіжницьких дій»
"Your subjects will be spared from my ravenous hunger"
«Ваші піддані будуть позбавлені мого ненажерливого
голоду»
"Our king had no other alternative than to agree"
«У нашого короля не було іншого вибору, окрім як
погодитися»
"What human can ever hope to contend against a Rakshasi?"

«Яка людина може сподіватися протистояти ракшасі?»

"From that day the king made a new law"

«З того дня цар видав новий закон»

"Every family has to send one member to the temple"

«Кожна сім'я повинна відправити одного члена до храму»

"To appease the wrath of the terrible Rakshasi"

«Щоб заспокоїти гнів жахливого Ракшасі»

"To satisfy the endless hunger of the Rakshasi"

«Щоб задовольнити нескінченний голод ракшасів»

"All the families in this neighbourhood have had their turn"

«Усі родини в цьому районі вже мали свою чергу»

"This night it is the turn of our family"

«Цього вечора черга нашої родини»

"One of us is to devote ourself to destruction"

«Один із нас має присвятити себе знищенню»

"We are therefore discussing who should go to the Rakshasi"

«Тому ми обговорюємо, хто має піти до Ракшасі»

"You can now perceive the cause of our distress"

«Тепер ви можете зрозуміти причину нашого горя»

The two friends consulted together for a few minutes.

Двоє друзів радилися між собою кілька хвилин.

After this time they concluded their consultation.

Після цього часу вони завершили свою консультацію.

Sahasra-Dal was the spokesman for the brothers.

Сахасра-Дал був речником братів.

"Most worthy host, do not any longer be sad"

«Найдорожчий господарю, більше не сумуй»

"You have been very kind to us"

«Ви були дуже добрі до нас»

"We have resolved to requite your hospitality"

«Ми вирішили віддячити вам за гостинність»

"We will go to the temple instead of you"

«Ми підемо до храму замість тебе»

"We shall go as your representatives"

«Ми підемо як ваші представники»

"We will become the food of the Rakshasi"

«Ми станемо їжею ракшасів»
The whole family protested against the proposal.
Вся родина протестувала проти цієї пропозиції.
They declared that guests were like gods.
Вони стверджували, що гості подібні до богів.
"The host must ensure the comfort of the guests"
«Господар повинен забезпечити комфорт гостей»
"The guests must not suffer for the host"
«Гості не повинні страждати за господаря»
But the two strangers could not be persuaded.
Але двох незнайомців не можна було переконати.
"We will stand as proxies for your family"
«Ми будемо представниками вашої родини»
There was a great deal of objection to the proposal.
Пропозиція викликала багато заперечень.
But eventually the guests persuaded their hosts.
Але зрештою гості переконали господарів.
Finally the hosts consented to the arrangement.
Зрештою господарі погодилися на цю домовленість.

Sahasra-Dal and Champa-Dal rode off on their horses.
Сахасра-Дал і Чампа-Дал поїхали на своїх конях.
Immediately after candle light they reached the temple.
Відразу після запалення свічок вони дісталися храму.
They went into the temple, and shut the door.
Вони зайшли до храму та зачинили двері.
Sahasra told his brother to go to sleep.
Сахасра сказав своєму братові йти спати.
"I will guard over your sleep"
«Я буду охороняти твій сон»
"I will watch out for the terrible Rakshasi"
«Я буду стежити за жахливим Ракшасі»
Champa was soon in a fine sleep.
Чампа невдовзі міцно заснув.
Sahasra lay awake, waiting for the Rakshasi.
Сахасра лежав без сну, чекаючи ракшасі.
Nothing happened during the early hours of the night.

Вранці нічого не сталося.

But then the gong of the king's bell sounded.

Але ось пролунав гонг королівського дзвона.

It was midnight, the dead hour of the night.

Була північ, мертва година ночі.

Sahasra heard the sound as of a rushing tempest.

Сахасра почула звук, ніби від бурі, що насувається.

He used the knowledge he had of Rakshasas.

Він використав знання, які мав про ракшасів.

He concluded the Rakshasi was nigh.

Він дійшов висновку, що ракшасі вже близько.

A thundering knock was heard at the door.

У двері почувся оглушливий стукіт.

The following words accompanied the knock at the door:

Стукіт у двері супроводжували такі слова:

"How, mow, khow! A human being I smell"

«Як же, кос, хоу! Я чую людський запах»

"Who keeps guard inside this temple?"

«Хто стоїть на варті в цьому храмі?»

To this question Sahasra-Dal made the following reply:

На це запитання Сахасра-Дал відповів так:

"Sahasra-Dal keeps guard inside this temple"

«Сахасра-Дал стоїть на варті всередині цього храму»

"Champa-Dal keeps guard inside this temple"

«Чампа-Дал тримає варту всередині цього храму»

"Two winged horses keep guard inside this temple"

«Два крилаті коні стоять на варті всередині цього храму»

Rakshasa blood flowed through Sahasra-Dal's veins.

Кров ракшаси текла у жилах Сахасра-Дала.

The Rakshasi knew Sahasra-Dal was not human.

Ракшасі знали, що Сахасра-Дал не був людиною.

And so the Rakshasi turned away with a groan.

І тому ракшасі зі стогоном відвернувся.

After an hour the Rakshasi returned to the temple.

Через годину ракшасі повернувся до храму.

The Rakshasi thundered at the door again.

Ракшасі знову загримів у двері.

"How, mow, khow! A human being I smell"

«Як же, кос, хоу! Я чую людський запах»

"Who keeps guard inside this temple?"

«Хто стоїть на варті в цьому храмі?»

To this question Sahasra-Dal again replied:

На це питання Сахасра-Дал знову відповів:

"Sahasra-Dal keeps guard inside this temple"

«Сахасра-Дал стоїть на варті всередині цього храму»

"Champa-Dal keeps guard inside this temple"

«Чампа-Дал тримає варту всередині цього храму»

"Two winged horses keep guard inside this temple"

«Два крилаті коні стоять на варті всередині цього храму »

The Rakshasi again groaned and went away.

Ракшасі знову застогнав і пішов геть.

At two o'clock the Rakshasi appeared once more.

О другій годині ракшасі з'явився знову.

And at three o'clock the Rakshasi came again.

А о третій годині ракшасі знову прийшов.

Each time the Rakshasi made the same inquiry.

Щоразу ракшасі ставив одне й те саме запитання.

And each time the Rakshasi left with a groan.

І щоразу ракшасі йшов зі стогоном.

After three o'clock, however, Sahasra-Dal felt very sleepy.

Однак після третьої години Сахасра-Дал відчула сильну сонливість.

He could not any longer keep awake.

Він більше не міг не спати.

He therefore roused Champa.

Тож він розбудив Чампу.

And he told him to keep guard over the temple.

І він наказав йому пильнувати храм.

"The Rakshasi will come again in an hour"

«Ракшасі знову прийде за годину»

"The Rakshasi will ask who keeps guard here"

«Ракшасі запитає, хто тут стоїть на варті»

"You must mention Sahasra's name first"

«Спочатку ти повинен згадати ім'я Сахасри»

Having given these instructions he went to sleep.

Давши ці вказівки, він ліг спати.

At four o'clock the Rakshasi again made her appearance.

О четвертій годині ракшасі знову з'явилася.

The Rakshasi thundered at the door, and said:

Ракшасі гримнув у двері й сказав:

"How, mow, khow! A human being I smell"

«Як же, кос, хоу! Я чую людський запах»

"Who keeps guard inside this temple?"

«Хто стоїть на варті в цьому храмі?»

Champa-Dal was in a terrible fright.

Чампа-Дал був у жахливому страху.

He had forgotten the instructions of his brother.

Він забув настанови свого брата.

"Champa-Dal keeps guard inside this temple"

«Чампа-Дал тримає варту всередині цього храму»

"Sahasra-Dal keeps guard inside this temple"

«Сахасра-Дал стоїть на варті всередині цього храму»

"Two winged horses keep guard inside this temple"

«Два крилаті коні стоять на варті всередині цього храму»

The Rakshasi uttered a shout of exultation.

Ракшасі видав тріумфальний крик.

And the Rakshasi laughed how only demons can laugh.

І ракшаси засміялися, як тільки демони можуть сміятися.

With a dreadful noise the door broke open.

З жахливим гуркотом двері відчинилися.

The noise roused Sahasra from his sleep.

Шум розбудив Сахасру зі сну.

Within a moment he sprung to his feet.

За мить він схопився на ноги.

He had his sword with him not only by day.

Він мав при собі меч не лише вдень.

He had his sword with him by night too.

Вночі він також мав із собою меч.

His sword was as supple as a palm-leaf.

Його меч був гнучкий, як пальмовий листок.

And he cut off the head of the Rakshasi.

І він відрубав голову ракшасі.
The huge mountain of a body fell to the ground.
Величезна гора тіла впала на землю.
The body made a great noise when it fell.
Тіло видало великий шум, коли впало.
And the body covered many surrounding acres.
І тіло вкривало багато навколишніх акрів.
Sahasra-Dal kept the severed head of the Rakshasi.
Сахасра-Дал зберігав відрубану голову ракшасі.
And he slept again with the head near him.
І він знову заснув, приклавши голову до себе.

Early in the morning some wood-cutters came.
Рано-вранці прийшли лісоруби.
The wood-cutters were passing near the temple.
Лісоруби проходили повз храм.
The wood-cutters saw the huge body on the ground.
Лісоруби побачили величезне тіло на землі.
So they walked towards the temple.
Тож вони пішли до храму.
Soon they saw that it was a carcass.
Невдовзі вони побачили, що це туша.
The carcass of the terrible Rakshasi.
Туша жахливого Ракшасі.
The Rakshasi that had nearly depopulated the land.
Ракшаси, які майже обезлюдили землю.
There had been a bounty for this Rakshasi.
За цього ракшасі була оголошена нагорода.
The king offered the hand of his daughter.
Король запропонував руку своєї доньки.
And the king had offered half the kingdom.
А король запропонував половину королівства.
He would trade it all for the head of the Rakshasi.
Він би проміняв усе це на голову ракшасі.
The wood-cutters saw no claimant at hand.
Лісоруби не побачили поруч жодного претендента.
So they went to get the reward.

Тож вони пішли отримувати нагороду.
Each wood-cutter cut off a limb from the Rakshasi.
Кожен лісоруб відрубував гілку у ракшасі.
And each wood-cutter went to the king.
І кожен лісоруб пішов до царя.
And each wood-cutter tried to claim the reward.
І кожен лісоруб намагався отримати винагороду.
"I am the destroyer of the great man eater"
«Я — знищувач великого людожера»
"I have come to claim my reward"
«Я прийшов отримати свою нагороду»
The king knew there could only be one hero.
Король знав, що герой може бути лише один.
So he made an inquiry with his minister.
Тож він звернувся до свого міністра з цим питанням.
"What family's turn was it last night?"
«Черга якої родини була минулої ночі?»
"And who is the head of that family?"
«А хто голова тієї родини?»
The king's minister set out to find the family.
Королівський міністр вирушив на пошуки родини.
He brought the head of the family to the king.
Він привів голову родини до короля.
And the head of the family told of his guests.
І голова родини розповів про своїх гостей.
"Last night two youthful travelers came to me"
«Минулої ночі до мене прийшли двоє юних мандрівників»
"We offered to be their hosts for the night"
«Ми запропонували бути їхніми господарями на ніч»
"Soon they discovered the problem we had"
«Невдовзі вони виявили нашу проблему»
"And they volunteered to take our place"
«І вони зголосилися зайняти наше місце»
"They went to the temple, instead of one of us"
«Вони пішли до храму замість когось із нас»
The king took his men to the temple.
Цар повів своїх людей до храму.

The door of the temple was broken open.

Двері храму були виламані.

They found the two brothers sleeping.

Вони знайшли двох братів сплячими.

And the horses were safe in the temple too.

І коні також були в безпеці в храмі.

And the head of the Rakshasi was there too.

І голова ракшасів також був там.

There was no doubt about who had killed the monster.

Не було жодних сумнівів щодо того, хто вбив монстра.

The real hero had been discovered.

Справжнього героя було виявлено.

And the king kept true to his word.

І король дотримав свого слова.

He gave the hand of his daughter to Sahasra-Dal.

Він віддав руку своєї доньки Сахасра-Далу.

And he gave him half his kingdom too.

І він віддав йому також половину свого королівства.

Champa-Dal remained with his friend.

Чампа-Дал залишився зі своїм другом.

And he rejoiced in Sahasra-Dal's prosperity.

І він радів процвітанню Сахасра-Дали.

And they lived together happily for some time.

І вони жили разом щасливо деякий час.

But one day a misunderstanding arose between them.

Але одного разу між ними виникло непорозуміння.

The queen-mother had a certain maid-servant.

У королеви-матері була певна служниця.

This maid-servant was the most useful domestic.

Ця служниця була найкориснішою служницею вдома.

She could turn her hand to any task.

Вона могла впоратися з будь-якою справою.

And she had uncommon strength for a woman.

І вона мала незвичайну для жінки силу.

Her intelligence was not lacking either.

Їй також не бракувало розуму.

And she had a remarkable amount of energy.

І вона мала надзвичайну енергію.

She would have been quickly missed in the palace.

У палаці її б швидко помітили.

The zenana was completely dependent on her.

Зенана повністю залежала від неї.

Hence her services were highly valued.

Тому її послуги були високо ціновані.

The queen-mother appreciated her very much.

Королева-мати дуже її цінувала.

And the ladies of the palace valued her too.

І палацові дами теж цінували її.

But this valuable woman was not a woman.

Але ця цінна жінка не була жінкою.

What this woman was was a Rakshasi.

Ця жінка була ракшасі.

She had put on the appearance of a woman.

Вона набула жіночого вигляду.

She had her own nefarious reasons for doing this.

У неї були свої негідні причини для цього.

And then she took service in the royal household.

А потім вона стала служити в королівському дворі.

At night she used to assume her own real form.

Вночі вона приймала свою справжню подобу.

When everyone in the palace was asleep.

Коли всі в палаці спали.

And then she went about in search of food.

А потім вона пішла шукати їжу.

Because her hunger was not satisfied at the palace.

Бо її голод не був задоволений у палаці.

A Rakshasi needs much more food than a man or woman.

Ракшасі потрібно набагато більше їжі, ніж чоловікові чи жінці.

At this time Champa-Dal had no wife.

У цей час у Чампа-Дала не було дружини.

So he often slept outside the zenana.

Тож він часто спав поза зенаною.

He was not far from the outer gate of the palace.

Він був недалеко від зовнішньої брами палацу.

And from there he could observe her.

І звідти він міг спостерігати за нею.

He saw her devouring sundry goats and sheep.

Він бачив, як вона пожирає різних кіз та овець.

And he saw her devouring horses and elephants.

І він побачив, як вона пожирає коней та слонів.

This of course was not good for the maid-servant.

Це, звісно, не було добре для служниці.

Champa-Dal was in the way of her supper.

Чампа-Дал заважав їй з вечерею.

So she was determined to get rid of him.

Тож вона твердо вирішила позбутися його.

One day she went to the queen-mother.

Одного дня вона пішла до королеви-матері.

"Queen-mother," she said to her.

«Королева-мати», — сказала вона їй.

"I can no longer work in the palace"

«Я більше не можу працювати в палаці»

"Why?" asked the queen-mother.

«Чому?» — спитала королева-мати.

"What is the matter, Dasi" she wanted to know.

«Що трапилося, Дасі?» — хотіла вона знати.

"How can I go on without you?"

«Як я можу жити без тебе?»

"Tell me your reasons for leaving"

«Розкажи мені причини свого відходу»

The maid-servant explained her situation.

Служниця пояснила свою ситуацію.

"I am but a poor woman in this palace"

«Я лише бідна жінка в цьому палаці»

"A woman like me can't preserve her honor here"

«Така жінка, як я, не зможе тут зберегти свою честь»

"Your son-in-law has a friend, Champa-Dal"

«У вашого зятя є друг, Чампа-Дал»

"He always cracks indecent jokes with me"

«Він завжди відпускає зі мною непристойні жарти»

"I would rather beg for my rice than to lose my honor"

«Я краще буду жебракувати дати мені рис, ніж втратити свою честь»

"If Champa-Dal remains in the palace I must go away"

«Якщо Чампа-Дал залишиться в палаці, я мушу звідси піти»

The maid-servant was irreplicable in the palace.

Служниця була неповторною в палаці.

The queen-mother knew what sacrifice to make.

Королева-мати знала, яку жертву принести.

Champa-Dal was going to have to leave the palace.

Чампа-Далу довелося б покинути палац.

And she told Sahasra-Dal all her reasons.

І вона розповіла Сахасра-Далу всі свої причини.

"Champa-Dal is a bad man"

«Чампа-Дал — погана людина»

"His character and morals are loose"

«Його характер і мораль розхитані»

"He must leave this palace at once"

«Він повинен негайно покинути цей палац»

Sahasra-Dal did his best to persuade her otherwise.

Сахасра-Дал зробив усе можливе, щоб переконати її в протилежному.

He earnestly pleaded on behalf of his friend.

Він палко благав за свого друга.

But his efforts were in vain.

Але його зусилля були марними.

The queen-mother had made up her mind.

Королева-мати прийняла рішення.

He had to be driven out of the palace.

Його довелося вигнати з палацу.

Sahasra-Dal had not the courage to tell his friend.

Сахасра-Дал не мав сміливості сказати своєму другові.

He therefore wrote a letter to him.

Тому він написав йому листа.

In the letter he was vague about the reason.

У листі він не уточнив причину.
But either way, he was going to have to leave.
Але в будь-якому разі, йому довелося б піти.
Champa-Dal went to have a bath.
Чампа-Дал пішов прийняти ванну.
And the letter was put in his room.
І листа поклали в його кімнаті.
Champa-Dal was grieved upon reading the letter.
Чампа-Дал засмутився, прочитавши листа.
He mounted his fleet of horses.
Він сів на своїх коней.
And on his horses, he left the palace.
І на своїх конях він виїхав з палацу.

Champa's horses were uncommonly fleet.
Коні Чампи були надзвичайно швидкими.
Soon he had traversed thousands of miles.
Невдовзі він подолав тисячі миль.
And eventually he reached a new city.
І врешті-решт він дістався нового міста.
He stood at the gateway of a magnificent palace.
Він стояв біля входу до розкішного палацу.
He dismounted from his horse.
Він зліз з коня.
And he entered the palace.
І він увійшов до палацу.
But in the palace he met not a single creature.
Але в палаці він не зустрів жодної істоти.
He went from apartment to apartment.
Він ходив з квартири в квартиру.
All the rooms were richly furnished.
Усі кімнати були багато обставлені.
But none of the rooms were lived in.
Але в жодній з кімнат не жили.
But in the end he came to a different room.
Але зрештою він прийшов до іншої кімнати.
In this room there was a young lady.

У цій кімнаті була молода жінка.
The young lady was of heavenly beauty.
Молода леді була неземної краси.
And she was lying down on a splendid bedstead.
І вона лежала на розкішному ліжку.
The beautiful young lady was asleep.
Прекрасна молода леді спала.
Champa-Dal looked upon the sleeping beauty.
Чампа-Дал подивився на сплячу красуню.
He was captivated by what he was seeing.
Він був захоплений побаченим.
He had not seen any woman so beautiful.
Він ніколи не бачив такої красивої жінки.
Upon the bed there were two sticks.
На ліжку лежали дві палиці.
The two sticks were near the woman's head.
Дві палиці були біля голови жінки.
One of the sticks was made of silver.
Одна з палиць була зроблена зі срібла.
And the other stick was made of gold.
А інша паличка була зроблена із золота.
Champa took the silver stick into his hand.
Чампа взяв срібну палицю в руку.
And with the stick he touched the body of the lady.
І палицею він торкнувся тіла пані.
But no change was perceptible to her sleep.
Але жодних змін у її сні не було помітно.
He then took up the gold stick.
Потім він узяв золоту паличку.
And with the stick he touched the body of the lady.
І палицею він торкнувся тіла пані.
This time the young lady did awake.
Цього разу молода леді таки прокинулася.
Eyeing the stranger, she inquired who he was.
Поглянувши на незнайомця, вона запитала, хто він.
"I am Champa-Dal," he told her.
«Я Чампа-Дал», — сказав він їй.

"There was once a poor dimwitted Brahman"

«Колись жив собі бідний, нерозумний брахман»

"This dimwitted man had a wife, but no children"

«У цього дурня була дружина, але не було дітей»

"But him not having children was probably for the best"

«Але, мабуть, те, що він не мав дітей, було на краще»

"Because he was barely able to meet his own needs"

«Тому що він ледве міг задовольнити власні потреби»

"And he could hardly supply enough for his wife"

«І він ледве міг забезпечити свою дружину достатньою кількістю»

"But his dimwittedness was not even his biggest problem"

«Але його тупотужність навіть не була його найбільшою проблемою»

And he continued the story as we have followed it.

І він продовжив історію так, як ми за нею стежили.

"My mother concluded her fate was sealed"

«Моя мати зрозуміла, що її доля вирішена»

"And she thought my father would meet the same fate"

«І вона думала, що мого батька спіткає така ж доля»

"And she did not expect me to be spared either"

«І вона також не очікувала, що мене пощадять»

"That night she hardly slept at all"

«Тієї ночі вона майже не спала»

"The Rakshasi had prevented her from seeing my father"

«Ракшаси завадили їй побачити мого батька»

"Early next morning I went to school"

«Рано наступного ранку я пішов до школи»

"Before I went to school she gave me a golden bottle"

«Перш ніж я пішов до школи, вона подарувала мені золоту пляшку»

"In the golden bottle was her own breast milk"

«У золотій пляшечці було її власне грудне молоко»

"I was told to carefully watch the colour of the milk"

«Мені сказали уважно стежити за кольором молока»

And he continued the story as we have followed it.

І він продовжив історію так, як ми за нею стежили.

"We will stand as proxies for your family"
«Ми будемо представниками вашої родини»
"There was a great deal of objection to our proposal"
«Було багато заперечень проти нашої пропозиції»
"But eventually we persuaded our hosts"
«Але зрештою ми переконали наших господарів»
"Finally the hosts consented to the arrangement"
«Зрештою, господарі погодилися на домовленість»
And he continued the story as we have followed it.
І він продовжив історію так, як ми за нею стежили.
"So I often slept outside the zenana"
«Тож я часто спав поза зенаною»
"I was not far from the outer gate of the palace"
«Я був недалеко від зовнішньої брами палацу»
"And from there I could observe her"
«І звідти я міг спостерігати за нею»
"I saw her devouring sundry goats and sheep"
«Я бачив, як вона пожирала різних кіз та овець »
"And I saw her devouring horses and elephants"
«І я бачив, як вона пожирала коней та слонів»
And he continued the story as we have followed it.
І він продовжив історію так, як ми за нею стежили.
"One day a letter was put in my room"
«Одного разу в мою кімнату поклали листа»
"I was grieved upon reading the letter"
«Мені стало сумно, коли я прочитав листа»
"I mounted my fleet of horses"
«Я сів на своїх коней»
"And on my horses he left the palace"
«І на моїх конях він виїхав з палацу»
"My horse are uncommonly fleet"
«Мій кінь надзвичайно швидкий»
"Soon I had traversed thousands of miles"
«Невдовзі я подолав тисячі миль»
"And eventually I reached a new city"
«І врешті-решт я дістався нового міста»
And he continued the story as we have followed it.

І він продовжив історію так, як ми за нею стежили.
"I took the silver stick into his hand"
«Я взяв срібну палицю йому в руку»
"And with the stick I touched your body"
«І палицею я торкнувся твого тіла»
"But no change was perceptible to your sleep"
«Але у вашому сні не було помітно жодних змін»
"I then took up the gold stick"
«Тоді я взяв золоту паличку»
And with the stick he touched your body.
І палицею він торкнувся твого тіла.
"This time you did awake from your sleep"
«Цього разу ти прокинувся від сну»
The young lady had listened to Champa-Dal's story.
Молода леді вислухала історію Чампа-Дала.
The young lady was in fact a princess.
Молода леді справді була принцесою.
"Unhappy man! why have you come here?"
«Нещасний чоловіче! Чому ти сюди прийшов?»
"This is the country of Rakshasas"
«Це країна ракшасів»
"No less than seven hundred Rakshasas live here"
«Тут живе не менше семисот ракшасів»
"Every morning the Rakshasas leave"
«Щоранку ракшаси йдуть»
"They go to the other side of the ocean"
«Вони йдуть на інший бік океану»
"And they search for provisions there"
«І вони шукають там провізію»
"And before dusk they return again"
«А перед сутінками вони знову повертаються»
"My father was king in these regions"
«Мій батько був королем у цих краях»
"His kingdom had millions of subjects"
«Його королівство мало мільйони підданих»
"They lived in flourishing towns and cities"
«Вони жили в квітучих містах і селах»

"But some years ago the Rakshasas invaded"
«Але кілька років тому вторглися ракшаси»
"And they devoured all the subjects of the kingdom"
«І вони пожерли всіх підданих царства»
"The Rakshasas devoured my father and my mother"
«Ракшаси поглинули мого батька та мою матір»
"The Rakshasas devoured my brothers and sisters"
«Ракшаси поглинули моїх братів і сестер»
"And they devoured all the cattle of the country"
«І вони пожерли всю худобу в країні»
"There is no living human being in these regions"
«У цих регіонах немає жодної живої людини»
"I am the last human living left"
«Я — остання людина, що залишилася в живих»
"I too would have been devoured long ago"
«Мене б теж давно з'їли»
"But an old Rakshasi took a liking to me"
«Але один старий ракшасі мене полюбив»
"She prevents the other Rakshasas from eating me"
«Вона заважає іншим ракшасам з'їсти мене»
"Do you see those sticks of silver and gold?"
«Бачиш ці срібні та золоті палички?»
"Every morning she kills me with the silver stick"
«Щоранку вона вбиває мене срібною палицею»
"Every evening she re-animates me with the gold stick"
«Щовечора вона оживляє мене золотою паличкою»
"I do not know how to advise you"
«Я не знаю, що вам порадити»
"If the Rakshasas see you, you are a dead man"
«Якщо тебе побачать ракшаси, ти мертвий»
Then they talked in a very affectionate manner.
Потім вони розмовляли дуже ніжно.
And they laid their heads together.
І вони склали голови разом.
And they thought to devise a means of escape.
І вони подумали вигадати спосіб втечі.
Some way to get out of the hands of the Rakshasas.

Якийсь спосіб вирватися з рук ракшасів.

The hour of the return of the Rakshasas was coming.
Наближався час повернення ракшасів.
The seven hundred flesh-eaters were soon returning.
Сімсот плотоїдів невдовзі повернулися.
Keshavati called out to Champa-Dal.
Кешаваті покликав Чампа-Дала.
(Because that was the name of the princess)
(Бо так звали принцесу)
"Hide yourself in the heaps of the sacred trefoil"
«Сховайся в купах священного трилисника»
But first Champ Dal picked up the silver stick.
Але спочатку Чамп Дал підняв срібну палицю.
He touched Keshavati with the silver stick.
Він торкнувся Кешаваті срібною палицею.
And as soon as he touched her, she died.
І щойно він доторкнувся до неї, вона померла.
Then he went to the center of the temple of Siva.
Потім він пішов до центру храму Шиви.
And he hid beneath the heaps of sacred trefoil.
І він сховався під купами священного трилисника.
From his hiding place he heard the sound of wind rushing.
Зі свого сховища він почув шум вітру.
Then he heard terrible noises in the palace.
Потім він почув жахливі звуки в палаці.
The Rakshasas had come home from their hunt.
Ракшаси повернулися додому з полювання.
They had filled their stomachs with meat.
Вони наповнили свої шлунки м'ясом.
Sundry goats, sheep, cows, horses, buffaloes.
Різні кози, вівці, корови, коні, буйволи.
And they had devoured elephants too.
І вони також пожирали слонів.
The old Rakshasi returned to the palace too.
Старий ракшасі також повернувся до палацу.
She went to the room of the sleeping princess.

Вона пішла до кімнати сплячої принцеси.
And she woke her with the stick made of gold.
І вона розбудила її золотою палицею.
"Hye, mye, khye! A human being I smell"
«Хе, м'є, х'є! Я відчуваю людський запах»
"I am the only human being here," said the princess.
«Я тут єдина людина», – сказала принцеса.
"Eat me if you like," added Keshavati.
«З'їж мене, якщо хочеш», – додав Кешаваті.
To this the Rakshasi replied:
На це ракшасі відповів:
"Let me eat up your enemies"
«Дозволь мені з'їсти твоїх ворогів»
"Why should I eat you?" she asked the princess.
«Чому я маю тебе з'їсти?» — спитала вона принцесу.
She laid herself down on the ground.
Вона лягла на землю.
She was as long and high as the Vindhya Hills.
Вона була така ж довга та висока, як пагорби Віндх'я.
And in this position she fell asleep.
І в такому положенні вона заснула.
The other Rakshasas and Rakshasis soon fell asleep too.
Інші ракшаси та ракшасі також незабаром заснули.
Because they were tired from their gigantic labor.
Бо вони були втомлені від своєї гігантської праці.
Keshavati also composed herself to sleep.
Кешаваті також зібралася спати.
But Champa did not dare to come out from under the leaves.
Але Чампа не наважувався вийти з-під листя.
And he tried his best to pray to the god of repose.
І він щосили намагався молитися богу спокою.

At daybreak all seven hundred Rakshasas got up again.
На світанку всі сімсот ракшасів знову встали.
They went on their usual predatory excursion.
Вони вирушили у свою звичайну хижацьку екскурсію.
And along with them went the old Rakshasi.

І разом з ними пішов старий Ракшасі.
But first the old Rakshasi picked up the silver stick.
Але спочатку старий ракшасі підняв срібну палицю.
And she touched Keshavati with the silver stick.
І вона торкнулася Кешаваті срібною палицею.
Soon the coast was clear for Champa-Dal.
Невдовзі узбережжя стало вільним для Чампа-Далу.
And he dared to come out from under the pile of leaves.
І він наважився вийти з-під купи листя.
He walked back into the room of the princess.
Він повернувся до кімнати принцеси.
And he touched her with the golden stick.
І він торкнувся її золотою паличкою.
And the princess revived from her death again.
І принцеса знову ожила після смерті.
They sauntered about in the gardens.
Вони блукали по садах.
They enjoyed the cool breeze of the morning.
Вони насолоджувалися прохолодним ранковим вітерцем.
They bathed in a lucid pool of water.
Вони купалися в прозорій калюжі води.
And they ate and drank food in the palace.
І вони їли та пили їжу в палаці.
And they spent the day in sweet converse.
І вони провели день у солодких розмовах.
And they concocted a plan for their deliverance.
І вони вигадали план свого визволення.
Keshavaity was going to speak to the old Rakshasi.
Кешавайті збирався поговорити зі старим ракшасі.
She was going to ask on what a Rakshasa's life depended.
Вона збиралася запитати, від чого залежить життя
ракшаси.
And with that secret they were going to act accordingly.
І з цією таємницею вони збиралися діяти відповідно.

The hour of the return of the Rakshasas was coming again.
Знову наближалася година повернення ракшасів.

And events unfolded as they had the evening before.

І події розгорталися так само, як і попереднього вечора.

The seven hundred flesh-eaters were returning to the palace.

Сімсот плотоїдів поверталися до палацу.

Champ Dal touched Keshavati with the silver stick.

Чамп Дал торкнувся Кешаваті срібною палицею.

She died like the had died the night before.

Вона померла так само, як і напередодні ввечері.

Champa-Dal went to the center of the temple of Siva.

Чампа-Дал вирушив до центру храму Шиви.

He hid beneath the heaps of sacred trefoil again.

Він знову сховався під купами священного трилисника.

He heard the sound of wind rushing.

Він почув шум вітру, що посилювався.

And he heard terrible noises in the palace.

І він почув жахливі звуки в палаці.

The Rakshasas had come home from their hunt.

Ракшаси повернулися додому з полювання.

They had filled their stomachs with meat.

Вони наповнили свої шлунки м'ясом.

Sundry goats, sheep, cows, horses, buffaloes.

Різні кози, вівці, корови, коні, буйволи.

And they had devoured elephants too.

І вони також пожирали слонів.

The old Rakshasi returned to the palace too.

Старий ракшасі також повернувся до палацу.

She went to the room of the sleeping princess.

Вона пішла до кімнати сплячої принцеси.

And she woke her with the stick made of gold.

І вона розбудила її золотою палицею.

"Hye, mye, khye! A human being I smell"

«Хе, м'є, х'є! Я відчуваю людський запах»

"I am the only human being here," said the princess.

«Я тут єдина людина», – сказала принцеса.

"Eat me if you like," added Keshavati.

«З'їж мене, якщо хочеш», – додав Кешаваті.

To this the Rakshasi replied:

На це ракшасі відповів:

"Let me eat up your enemies"

«Дозволь мені з'їсти твоїх ворогів»

"Why should I eat you?" she asked the princess.

«Чому я маю тебе з'їсти?» — спитала вона принцесу.

She laid herself down on the ground.

Вона лягла на землю.

And she looked like a part of the Himalaya mountains.

І вона виглядала як частина Гімалаїв.

Keshavati had a phial of heated mustard oil.

У Кешаваті була пляшечка з розігрітою гірчичною олією.

And she approached the foot of the Rakshasi.

І вона наблизилася до підніжжя Ракшасі.

"Mother, your feet are sore from walking"

«Мамо, у тебе болять ноги від ходьби»

"Let me rub your sore feet with oil"

«Дозволь мені натерти твої болючі ноги олією»

And she began to rub with oil the Rakshasi's feet.

І вона почала натирати олією ноги ракшасі.

Then a few tear-drops fell from the eyes of the princess.

Тоді з очей принцеси впало кілька сліз.

And the tear-drops landed on the monster's legs.

І сльозинки впали на ноги монстра.

The Rakshasi tasted the tear-drops with her lips.

Ракшасі смакувала сльози губами.

And she found the tear-drops tasted briny.

І вона відчула, що сльози мали солоний смак.

"Why are you weeping, darling?" asked the Rakshasi.

«Чому ти плачеш, люба?» — спитав ракшасі.

"What aileth thee?" she wanted to know.

«Що з тобою?» — хотіла вона знати.

The princess tried to stop herself from crying.

Принцеса намагалася стримати сльози.

"Mother, I am weeping because you are old"

«Мамо, я плачу, бо ти стара»

"When you die one of the Rakshasas will devour me"

«Коли ти помреш, один з ракшасів пожере мене»

"When I die?! Don't be foolish, girl"

«Коли я помру?! Не будь дурною, дівчинко»

"Don't you know that Rakshasas never die?"

«Хіба ти не знаєш, що ракшаси ніколи не вмирають?»

"We are not naturally immortal"

«Ми не від природи безсмертні»

"There is a secret to our strength"

«Є секрет нашої сили»

"But no human can unravel this secret"

«Але жодна людина не може розгадати цю таємницю»

"But let me tell you the secret"

«Але дозвольте мені розкрити вам секрет»

"So that you are comforted a little"

«Щоб ви трохи заспокоїлися»

"Do you see the pool of water in the palace?"

«Бачиш той басейн з водою в палаці?»

"In that pool of water is a Sphatikasthamba"

«У тій калюжі води є Спхатікастхамба»

"The Sphatikasthamba is deep in the water"

«Сфатікастхамба глибоко затонула»

"And on the Sphatikasthamba are two bees"

«А на Спхатікастхамбі дві бджоли»

"A human being would have to dive into the water"

«Людині довелося б пірнути у воду»

"The human being would have to bring the bees onto dry land"

«Людині довелося б вивести бджіл на сушу »

"Then the human being would have to kill the two bees"

«Тоді людині довелося б убити двох бджіл»

"But not a drop of their blood must touch the ground"

«Але жодна крапля їхньої крові не повинна торкнутися землі»

"Only then can a human kill a Rakshasa"

«Тільки тоді людина може вбити ракшасу»

"But if the blood touches the ground, a thousand Rakshasas will rise"

«Але якщо кров торкнеться землі, повстане тисяча ракшасів»

"But what human will find out this secret?"

«Але яка людина дізнається про цю таємницю?»

"And what human can achieve this feat?"

«І яка людина може досягти такого подвигу?»

"No human knows the secret to the life of a Rakshasa"

«Жодна людина не знає таємниці життя ракшаси»

"And no human can achieve such a feat"

«І жодна людина не може досягти такого подвигу»

"So there is no reason to be sad, my darling"

«Тож немає причин сумувати, моя люба»

"I am practically immortal," she confirmed.

«Я практично безсмертна», – підтвердила вона.

Keshavati treasured the secret in her memory.

Кешаваті берегла цю таємницю у своїй пам'яті.

And then she went back to sleep.

А потім вона знову заснула.

Next morning the Rakshasas, as usual, went away.

Наступного ранку ракшаси, як завжди, пішли.

Champa came out of his hiding-place.

Чампа вийшов зі своєї схованки.

And he roused Keshavati from her sleep.

І він розбудив Кешаваті зі сну.

The princess told him the secret she had learnt.

Принцеса розповіла йому таємницю, яку дізналася.

Champa-Dal immediately started to prepare himself.

Чампа-Дал негайно почав готуватися.

He brought to the pool a knife.

Він приніс до басейну ніж.

And he brought a quantity of ashes.

І він приніс чимало попелу.

He took off his heavy clothes.

Він скинув з себе важкий одяг.

He put a drop or two of mustard oil into each ear.

Він закапав одну-дві краплі гірчичної олії в кожне вухо.

To prevent water from entering into his ears.
Щоб запобігти потраплянню води у вуха.
He swam out into the middle of the water.
Він виплив на середину води.
And from there he dove down into the pool.
І звідти він пірнув у басейн.
Soon he reached the top of the crystal pillar.
Невдовзі він досяг вершини кришталевої колони.
And on Sphatikasthamba were the two bees.
А на Спхатікастхамбі були дві бджоли.
He caught hold of the two bees he found there.
Він схопив двох бджіл, яких там знайшов.
And he swam up again in a singular breath.
І він знову виринув на одному вдиху.
He took the knife he had left at the edge of the water.
Він узяв ніж, який залишив на краю води.
And over the ashes he cut up the bees.
І над попелом він порізав бджіл.
A drop or two of the blood fell from the bees.
Крапля чи дві крові впали з бджіл.
But their blood did not touch the ground.
Але їхня кров не торкнулася землі.
Instead, their blood landed on the ashes.
Натомість їхня кров осіла на попелі.
A terrible scream was heard at a distance.
Десь здалеку почувся жахливий крик.
The scream was the wailing of the Rakshasas.
Крик був стогоном ракшасів.
They were all running home as fast as they could.
Всі вони так швидко бігли додому, як тільки могли.
They wanted to prevent the bees from being killed.
Вони хотіли запобігти загибелі бджіл.
But they could not reach the palace in time.
Але вони не змогли вчасно дістатися до палацу.
Because the bees had already perished.
Бо бджоли вже загинули.
The moment the bees were killed, all the Rakshasas died.

Щойно бджіл убили, всі ракшаси загинули.

Their carcasses fell on the very spot they were standing.

Їхні туші падали на те саме місце, де вони стояли.

Their carcasses now blocked the gateway of the palace.

Їхні туші тепер блокували ворота палацу.

In this manner the seven hundred Rakshasas were destroyed.

Таким чином було знищено сімсот ракшасів.

Afterwards Champa-Dal and Keshavati got married.

Після цього Чампа-Дал і Кешаваті одружилися.

They made the traditional exchange of garlands of flowers.

Вони здійснили традиційний обмін гірляндами квітів.

The princess had never been out of the house.

Принцеса ніколи не виходила з дому.

So she naturally expressed a desire to see the outer world.

Тож вона, природно, висловила бажання побачити зовнішній світ.

Every morning and evening they went on long walks.

Щоранку та щовечора вони вирушали на довгі прогулянки.

There was a large river Keshavati wished to bathe in.

Там була велика річка, в якій Кешаваті хотів скупатися.

As she bathed one of Keshavati's hairs came off.

Коли вона купалася, у Кешаваті випала одна з волосин.

There was a special custom in those times.

У ті часи існував особливий звичай.

A woman never threw away a hair away by itself.

Жінка ніколи не викидає жодної волосини самотужки.

A sea-shell was floating in the water.

У воді плавала морська мушля.

So Keshavati tied the strand of hair to the sea-shell.

Тож Кешаваті прив'язала пасмо волосся до морської мушлі.

And then the couple returned to the palace.

А потім подружжя повернулося до палацу.

Meanwhile the sea-shell floated down the stream.

Тим часом морська мушля пливла за течією.

And in due time the sea-shell reached another bathing spot.

І вчасно морська мушля досягла іншого місця для купання.

This was the bathing spot Sahasra-Dal went to.

Це було місце для купання, куди пішла Сахасра-Дал.

Here Champa-Dal's brother performed his ablutions.

Тут брат Чампа-Дала здійснив своє обмивання.

On this day Sahasra-Dal was in the water.

Цього дня Сахасра-Дал була у воді.

He was bathing and swimming with his friends.

Він купався та плавав зі своїми друзями.

And so the sea-shell floated past the men.

І так морська мушля пропливла повз чоловіків.

The men were in a playful mood that day.

Чоловіки того дня були в грайливому настрої.

"Whoever gets to the sea-shell first wins"

«Хто перший добереться до мушлі, той і перемагає»

And so they all swam towards the sea-shell.

І так вони всі попливли до морської мушлі.

Sahasra-Dal was the strongest swimmer among his friends.

Сахасра-Дал був найсильнішим плавцем серед своїх друзів.

And so he was the first the reach the sea-shell.

І ось він першим дістався до морської мушлі.

Examining the seashell, he found a hair tied to it.

Розглядаючи мушлю, він знайшов прив'язану до неї волосину.

But it was a hair of extraordinary length.

Але це була волосина надзвичайної довжини.

He had never seen such a long hair.

Він ніколи не бачив такого довгого волосся.

The strand of hair was exactly seven cubits long.

Пасмо волосся було рівно сім ліктів завдовжки.

"This strand of hair must belong to a woman"

«Це пасмо волосся має належати жінці»

"And this woman must be very remarkable"

«І ця жінка, мабуть, дуже чудова»

"I must see who this remarkable woman is"

«Я маю побачити, хто ця чудова жінка»

Sahasra-Dal was determined to find the remarkable woman.

Сахасра-Дал була сповнена рішучості знайти цю чудову жінку.

He went home from the river in a pensive mood.

Він повернувся додому з річки в задумливому настрої.

And he did not proceed to the zenana for breakfast.

І він не пішов до зенани на сніданок.

Instead he remained in the outer part of the palace.

Натомість він залишився у зовнішній частині палацу.

The queen-mother heard about Sahasra-Dal's melancholy.

Королева-мати почула про меланхолію Сахасра-Дала.

And she heard he had not come to breakfast.

І вона почула, що він не прийшов на сніданок.

So she went to him and asked the reason.

Тож вона підійшла до нього і спитала про причину.

He showed her the strand of hair he had found.

Він показав їй пасмо волосся, яке знайшов.

"I must see the woman who's head this strand of hair adorned"

«Я маю побачити жінку, на чиїй голові це пасмо волосся».

The queen-mother was happy to help her son-in-law.

Королева-мати була рада допомогти своєму зятю.

"Very well," she said to him.

«Добре», — сказала вона йому.

"You shall soon have that lady in the palace"

«Незабаром ця пані буде у вас у палаці»

"I promise you to bring her here"

«Я обіцяю тобі привести її сюди»

The queen mother already had a plan.

У королеви-матері вже був план.

Her favourite maid-servant would be good at the job.

Її улюблена служниця добре б впоралася з цією роботою.

Because this maid-servant was very resourceful.

Бо ця служниця була дуже винахідливою.

Of course the queen-mother did not really know her maid.

Звісно, королева-мати насправді не знала свою служницю.

She did not know her favourite maid was a Rakshasi.

Вона не знала, що її улюблена служниця була ракшасі.

"Please find the owner of this strand of hair," she asked.

«Будь ласка, знайдіть власника цього пасма волосся», – попросила вона.

And her maid-servant more than politely agreed.

І її служниця більш ніж чемно погодилася.

"It would my pleasure to find this woman"

«Мені було б дуже приємно знайти цю жінку»

"I will soon bring her to the palace"

«Я скоро приведу її до палацу»

"I will need a boat build from Hajol wood"

«Мені потрібен човен, який можна побудувати з дерева хайол»

"The oars of the boat must be made from Mon-Paban wood"

«Весла човна мають бути зроблені з деревини Мон-Пабан»

The boat makers soon made the boat.

Човнярі невдовзі зробили човен.

And the boat was launched on the stream.

І човен спустили на річку.

The maid-servant went on board of the boat.

Служниця піднялася на борт човна.

With her she took some baskets of wicker.

З собою вона взяла кілька плетених кошиків.

The baskets of wicker were of curious workmanship.

Кошики з лози були цікавої роботи.

She also took with her some sweetmeats.

Вона також взяла з собою кілька солодощів.

Into the sweetmeats some poison had been mixed.

У цукерки підмішали якусь отруту.

She snapped her fingers thrice.

Вона тричі клацнула пальцями.

And then she uttered the following charm:

А потім вона вимовила такі чари:

"Boat of Hajol! Oars of Mon Paban!"

"Човен Hajol! Весла Mon Paban!"

"Take me to the Ghat,"

«Відвези мене до Гхату»

"The Ghat in which Keshavati bathes"

«Гхат, у якому купається Кешаваті»

The boat heeded to her command.

Човен послухався її наказу.

And the boat flew like lightning over the waters.

І човен пролетів над водою, немов блискавка.

And the boat left many towns and cities behind.

І човен залишив позаду багато міст і селень.

At last the boat stopped at a bathing-place.

Нарешті човен зупинився біля місця для купання.

The Rakshasi maid-servant had reached her goal.

Служниця-ракшасі досягла своєї мети.

She concluded it was the bathing ghat of Keshavati.

Вона дійшла висновку, що це був гхат для купання Кешаваті.

She landed with the sweetmeats in her hand.

Вона приземлилася з цукерками в руці.

She went to the gate of the palace, and cried aloud:

Вона підійшла до брами палацу й голосно вигукнула:

"Oh Keshavati! Keshavati! I am your aunt"

«О Кешаваті! Кешаваті! Я твоя тітка»

"Oh Keshavati, I am your mother's sister"

«О Кешаваті, я сестра твоєї матері»

"I have come to see you, my darling"

«Я прийшов побачитися з тобою, люба моя»

"I have come after so many years"

«Я прийшов через стільки років»

"Are you home, Keshavati?" she asked.

«Ти вдома, Кешаваті?» — спитала вона.

The princess heard the words of the false-aunt.

Принцеса почула слова фальшивої тітки.

She came out of her room and to the entrance of the palace.

Вона вийшла зі своєї кімнати й підійшла до входу до палацу.

She had no doubt that it was really her aunt.

Вона не сумнівалася, що це справді її тітка.

And she embraced and kissed her aunt.

І вона обійняла й поцілувала свою тітку.

They both wept rivers of joy.

Вони обоє плакали ріками радості.

Although you should know the Rakshasi wept first.

Хоча тобі слід знати, що ракшасі плакали першими.

Keshavati wept with her out of empathy.

Кешаваті плакав разом з нею зі співчуття.

Champa-Dal also believed the Rakshasi to be her aunt.

Чампа-Дал також вважала ракшасі своєю тіткою.

They all ate and drank and enjoyed the happy occasion.

Всі вони їли, пили та насолоджувалися цією щасливою подією.

And then they took rest in the middle of the day.

А потім вони відпочивали посеред дня.

And they celebrated again in the evening.

І ввечері вони знову святкували.

The next day the celebrations continued at breakfast.

Наступного дня святкування продовжилося за сніданком.

Champa-Dal had a habit of sleeping after breakfast.

Чампа-Дал мав звичку спати після сніданку.

Towards afternoon, the supposed aunt said to Keshavati:

Ближче до полудня нібито тітка сказала Кешаваті:

"Let us both go to the river and wash ourselves:

«Ходімо обоє до річки та помиймося:»

Keshavati replied, "How can we go now?"

Кешаваті відповів: «Як нам тепер піти?»

"My husband is sleeping," she explained.

«Мій чоловік спить», – пояснила вона.

"Do not worry about your husband's sleep," said the aunt.

«Не хвилюйся за сон твого чоловіка», — сказала тітка.

"Let him sleep as much as he likes"

«Нехай спить скільки забажає»

"Let me put these sweetmeats near his bedside"

«Дозвольте мені покласти ці солодощі біля його ліжка»
"That way, when he awakes, he has something to eat"
«Таким чином, коли він прокинеться, у нього буде що поїсти»
Then they then went to the river-side.
Потім вони пішли на берег річки.
They went close to the spot where the boat was.
Вони підійшли близько до місця, де був човен.
From a distance Keshavati saw the baskets of wicker-work.
Здалеку Кешаваті побачила плетені кошики.
"Aunt, what beautiful things are those!"
«Тітонько, які ж це гарні речі!»
"I wish I could get some of those wicker baskets"
«Шкода, що я не можу отримати кілька тих плетених кошиків»
Her aunt happily obliged her.
Її тітка із задоволенням їй потурала.
"Come, my child, and look at the wicker baskets"
«Ходи, дитино моя, і подивись на плетені кошики»
"You can have as many baskets as you like"
«Можеш мати скільки завгодно кошиків»
Keshavati at first refused to go into the boat.
Кешаваті спочатку відмовився сідати в човен.
But her aunt was very persuasive.
Але її тітка була дуже переконливою.
And finally she went onto the boat.
І нарешті вона сіла на човен.
But once on the boat her aunt did a strange thing.
Але опинившись на човні, її тітка зробила дивну річ.
The aunt snapped her fingers thrice and said:
Тітка тричі клацнула пальцями й сказала:
"Boat of Hajol! Oars of Mon-Paban!"
"Човен Хаджол! Весла Мон-Пабан!"
"Take me to the Ghat,"
«Відвези мене до Гхату»
"The Ghat in which Sahasra-Dal bathes"
«Гхат, у якому купається Сахасра-Дал»

And the boat heeded to her command.

І човен послухався її наказу.

And the boat flew like an arrow over the waters.

І човен летів, немов стріла, над водою.

Keshavati was frightened and began to cry.

Кешаваті злякалася і почала плакати.

But the boat went on despite her crying.

Але човен плив далі, незважаючи на її плач.

And the boat left behind many towns and cities.

І човен залишив позаду багато міст і селень.

In a trice the boat reached its destination.

Миттю човен досяг місця призначення.

The ghat where Sahasra-Dal was in the habit of bathing.

Гхат, де Сахасра-Дал мала звичку купатися.

Keshavati was taken to the palace.

Кешаваті відвели до палацу.

Sahasra-Dal admired her beauty and the length of her hair.

Сахасра-Дал захоплювався її красою та довжиною волосся.

And the ladies of the palace tried their best to comfort her.

І палацові дами всіляко намагалися її втішити.

But she set up a loud cry of protest.

Але вона здійняла гучний крик протесту.

And she wanted to be taken back to her husband.

І вона хотіла, щоб її повернули до чоловіка.

Finally she saw that she had been taken captive.

Зрештою вона побачила, що її взяли в полон.

So she spoke to the ladies of the palace.

Тож вона звернулася до дам палацу.

"Upon marriage I made a vow to my husband"

«Після одруження я дала обітницю своєму чоловікові»

"I promised not to look upon the face of any other man"

«Я пообіцяв не дивитися в обличчя жодному іншому чоловікові»

"I promised to uphold this vow for six months"

«Я пообіцяв дотримуватися цієї обітниці протягом шести місяців»

She was then lodged away from the others in the palace.

Потім її поселили окремо від інших у палаці.
And she was given a small house to live in.
І їй дали невеликий будиночок для проживання.
The window of the house overlooked the road.
Вікно будинку виходило на дорогу.
There she spent the livelong day.
Там вона провела цілий день.
And there she spent the livelong night.
І там вона провела довгу ніч.
Because she had very little sleep.
Бо вона дуже мало спала.
Because her time was spent in sighing and weeping.
Бо час вона проводила у зітханнях та плачі.

In the meantime Champa-Dal awoke from his sleep.
Тим часом Чампа-Дал прокинувся від сну.
He was distracted with the grief of not finding his wife.
Його мучило горе від того, що він не знайшов своєї
дружини.
His suspicions turned to the aunt of Keshavati.
Його підозри звернулися до тітки Кешаваті.
He knew she was a cheat and an impostor.
Він знав, що вона шахрайка та самозванка.
It must have been her who carried away Keshavati.
Мабуть, це вона забрала Кешаваті.
He did not eat the sweetmeats left for him.
Він не їв солодощів, що залишилися для нього.
Because he suspected the sweets to have been poisoned.
Бо він підозрював, що солодощі отруїли.
He threw one of the sweets to a crow.
Він кинув одну з цукерок вороні.
The moment the crow ate the sweet, it dropped down dead.
Щойно ворона з'їла солодощі, вона впала мертвою.
This confirmed his suspicion of the pretend aunt.
Це підтвердило його підозру щодо удаваної тітки.
Maddened with grief, he rushed out of the house.
Збожеволівши від горя, він вибіг з дому.

He was determined to go wherever his feet took him.

Він був сповнений рішучості йти куди б його несли ноги.

Like a madman he blubbered, "Oh Keshavati! Oh Keshavati!"

Як божевільний, він зареготав: «О Кешаваті! О Кешаваті!»

He travelled on foot day after day.

Він подорожував пішки день за днем.

And he followed whatever way his feet took him.

І він ішов куди б не вели його ноги.

Six months he spent travelling in this wearisome manner.

Шість місяців він провів у таких виснажливих подорожах.

After six month he reached the capital of Sahasra-Dal.

Через шість місяців він досяг столиці Сахасра-Дали.

He passed by the gate of the palace.

Він пройшов повз ворота палацу.

And from the road he could see a small house.

А з дороги він міг бачити маленький будиночок.

And from in the house he could hear sighs.

А з будинку він чув зітхання.

Champa-Dal instantly recognized his wife.

Чампа-Дал одразу впізнав свою дружину.

And Keshavita instantly recognized her husband.

І Кешавіта миттєво впізнала свого чоловіка.

Keshavita told her husband everything that had happened.

Кешавіта розповіла чоловікові все, що сталося.

"The woman asked to go bathing after breakfast"

«Жінка попросила дозволити їй піти в купатися після сніданку»

"At the river there was a boat"

«На річці стояв човен»

"The woman persuaded me onto the boat"

«Жінка вмовила мене сісти на човен»

"And then the boat took us to this place"

«А потім човен привіз нас до цього місця»

"I realized that I had been made captive"

«Я зрозумів, що мене взяли в полон»

"So I told them of my vows to you"

«Тож я розповів їм про свої обітниці тобі»
"But tomorrow will be the end of six month"
«Але завтра закінчується шість місяців»
There was a custom in those days.
У ті часи існував такий звичай.
The fulfilments of vows were publicly recited.
Виконання обітниць публічно проголошували.
This was normally fulfilled by a learned Brahman.
Зазвичай це виконував вчений брахман.
They planned for Champa-Dal to take on this role.
Вони планували, що цю роль візьме на себе Чампа-Дал.
And so that evening the palace drum was beat.
І ось того вечора заграли у палацовий барабан.
The king wanted a learned Brahman to make a recitation.
Цар хотів, щоб вчений брахман продекламував.
The story of Keshavati on the fulfilment of her vow.
Історія Кешаваті про виконання її обітниці.
Champa-Dal touched the drum and volunteered.
Чампа-Дал торкнувся барабана та зголосився.
"I will make the recitation of Keshavita's vows"
«Я промовлятиму обітниці Кешавіти»
The next morning all assembled in the courtyard.
Наступного ранку всі зібралися на подвір'ї.
The old king and the queen mother.
Старий король і королева-мати.
Sahasra-Dal and his wife were there.
Сахасра-Дал та його дружина були там.
All the courtiers and the learned Brahmans of the country.
Усі придворні та вчені брахмани країни.
All royalty was under a huge canopy of silk.
Вся королівська родина була під величезним шовковим балдахіном.
Keshavati was also there, but behind a veil.
Кешаваті також був там, але за вуаллю.
So that she wouldn't be exposed to the rude gaze of people.
Щоб вона не була піддана грубим поглядам людей.
Champa-Dal, the reciter, sat on a dais.

Чампа-Дал, декламатор, сидів на підвищенні.

And he began to tell the story of Keshavati.

І він почав розповідати історію Кешаваті.

"There was once a poor dimwitted Brahman"

«Колись жив собі бідний, нерозумний брахман»

"This dimwitted man had a wife, but no children"

«У цього дурня була дружина, але не було дітей»

"But him not having children was probably for the best"

«Але, мабуть, те, що він не мав дітей, було на краще»

"Because he was barely able to meet his own needs"

«Тому що він ледве міг задовольнити власні потреби»

"And he could hardly supply enough for his wife"

«І він ледве міг забезпечити свою дружину достатньою кількістю»

"But his dimwittedness was not even his biggest problem"

«Але його тупотужність була навіть не найбільшою його проблемою»

And he continued the story as we have followed it.

І він продовжив історію так, як ми за нею стежили.

And sometimes he turned around to Keshavati.

А іноді він повертався до Кешаваті.

And he asked her if he was telling the story correctly.

І він запитав її, чи правильно він розповідає історію.

And she told him he was telling the story correctly.

І вона сказала йому, що він правильно розповідає історію.

"The Brahman woman concluded her fate was sealed"

«Жінка-брахманка зрозуміла, що її доля вирішена»

"And she thought her husband would meet the same fate"

«І вона думала, що її чоловіка спіткає така ж доля»

"And she did not expect her son to be spared either"

«І вона також не сподівалася, що її сина пощадять»

"That night she hardly slept at all"

«Тієї ночі вона майже не спала»

"The Rakshasi had prevented her from seeing her husband"

«Ракшасі завадили їй побачитися з чоловіком»

"Early next morning Champa-Dal went to school"

«Рано наступного ранку Чампа-Дал пішов до школи»

"Before he went to school, she gave her son a golden bottle"

«Перш ніж він пішов до школи, вона подарувала синові золоту пляшку»

"In the golden bottle was her own breast milk"

«У золотій пляшечці було її власне грудне молоко»

"Carefully watch the colour of the milk"

«Уважно стежте за кольором молока »

During the recitation the Rakshasi maid-servant grew pale.

Під час декламації служниця-ракшасі зблідла.

She perceived that her real character was going to be discovered.

Вона відчувала, що її справжній характер буде розкритий.

And Sahasra-Dal was astonished at the knowledge of the reciter.

І Сахасра-Дал була вражена знаннями декламатора.

The reciter clearly told the history of the prince's life.

Декламатор чітко розповів історію життя князя.

"A drop or two of the blood fell from the bees"

«Крапля чи дві крові впали з бджіл»

"But their blood did not touch the ground"

«Але їхня кров не торкнулася землі»

"Instead, their blood landed on the ashes"

«Натомість їхня кров осіла на попелі»

"A terrible scream was heard at a distance"

«Здалеку почувся жахливий крик»

"The scream was the wailing of the Rakshasas"

«Крик був стогоном ракшасів»

"They were all running home as fast as they could"

«Вони всі бігли додому так швидко, як тільки могли»

"They wanted to prevent the bees from being killed"

«Вони хотіли запобігти загибелі бджіл»

"But they could not reach the palace in time"

«Але вони не змогли вчасно дістатися до палацу»

"Because the bees had already been killed"

«Тому що бджіл вже було вбито»

"The moment the bees were killed, all the Rakshasas died"

«Щойно вбили бджіл, як загинули всі ракшаси»

"Their carcasses fell on the very spot they were standing"

«Їхні туші впали на те саме місце, де вони стояли»

"Their carcasses now blocked the gateway of the palace"

«Їхні туші тепер заблокували ворота палацу»

"In this manner the seven hundred Rakshasas were destroyed"

«Таким чином було знищено сімсот ракшасів»

All where enthralled by the story of the Rakshasas.

Усіх захопила історія ракшасів.

Because the story was being told by a true storyteller.

Тому що історію розповідав справжній оповідач.

All enjoyed the story except for the maid-servant.

Усім сподобалася історія, окрім служниці.

Because her real character was bound to be discovered.

Бо її справжній характер неминуче розкриється.

"Champa-Dal touched the drum and volunteered.

«Чампа-Дал торкнувся барабана та зголосився.»

"I will make the recitation of Keshavita's vows"

«Я промовлятиму обітниці Кешавіти»

"The next morning all assembled in the courtyard"

«Наступного ранку всі зібралися на подвір'ї»

"The old king and the queen mother"

«Старий король і королева-мати»

"Sahasra-Dal and his wife were there"

«Сахасра-Дал та його дружина були там»

"All the courtiers and the learned Brahmans of the country"

«Усі придворні та вчені брахмани країни»

"All royalty was under a huge canopy of silk"

«Уся королівська родина була під величезним шовковим балдахіном»

"Keshavati was also there, but behind a veil"

«Кешаваті також була там, але за вуаллю»

"So that she wouldn't be exposed to the rude gaze of people"

«Щоб вона не була піддана грубим поглядам людей»

"Champa-Dal, the reciter, sat on a dais"

«Чампа-Дал, декламатор, сидів на підвищенні»

"And he began to tell the story of Keshavati"

«І він почав розповідати історію Кешаваті»
Sahasra-Dal jumped up from his seat.
Сахасра-Дал схопився зі свого місця.
And he embraced the reciter of the story.
І він обійняв декламатора.
"You can be none other than my brother Champa-Dal"
«Ти можеш бути не ким іншим, як моїм братом Чампа-Далом»
Then the prince was inflamed with rage.
Тоді князь розлютився.
He ordered the maid-servant to come into his presence.
Він наказав служниці увійти до нього.
A hole the height of a man was dug in the ground.
У землі викопали яму заввишки з людський зріст.
And the maid-servant was put into the hole, standing.
І служницю впустили в яму, вона стояла.
Prickly thorns were heaped around her.
Навколо неї були нагромаджені колючі терни.
Up to the crown of her head she was covered in thorns.
Аж до маківки вона була вкрита терням.
In this way the maid-servant was buried alive.
Таким чином, служницю поховали живцем.
After this all lived happily together for many years.
Після цього всі вони щасливо жили разом багато років.
Sahasra-Dal and his princess, and Champa-Dal and Keshavati.
Сахасра-Дал і його принцеса, а також Чампа-Дал і Кешаваті.

The Story of Swet and Bachanta
Історія Світ та Бачанти

There was once upon a time a rich merchant.
Колись давно жив собі багатий купець.
This rich merchant had only one son.
У цього багатого купця був лише один син.
And he loved his only son very much.
І він дуже любив свого єдиного сина.
He gave to his son whatever he wanted.
Він давав синові все, що той хотів.
Of course his son wanted a beautiful house.
Звісно, його син хотів гарний будинок.
And he also wanted to have a large garden.
А ще він хотів мати великий сад.
So a beautiful house was built for him.
Тож для нього збудували гарний будинок.
And a fine garden was made for him too.
І для нього також розбили чудовий сад.
The merchant's son was pleased with the garden.
Купецький син був задоволений садом.
And he enjoyed walking in the garden.
І йому подобалося гуляти в саду.
One day a bird's nest caught his attention.
Одного разу його увагу привернуло пташине гніздо.
This bird happens to be called Toontooni.
Цього птаха випадково називають Тунтуні.
He put his hand into the small bird's nest.
Він засунув руку в маленьке пташине гніздо.
And in the nest he found an egg.
А в гнізді він знайшов яйце.
He took the egg out of its nest.
Він вийняв яйце з гнізда.
There was an almirah in the wall of his house.
У стіні його будинку була альміра.
So he put the egg in the almirah.
Тож він поклав яйце в альміру.

He closed the door of the almirah.

Він зачинив двері альміри.

And then he thought no more of the egg.

І тоді він більше не думав про яйце.

The merchant's son had a house of his own.

Син купця мав власний будинок.

But he had a house without a household.

Але в нього був будинок без домогосподарства.

So in his house there was no cook.

Тож у його будинку не було кухаря.

But he had no need for his own cook.

Але йому не потрібен був власний кухар.

Because his mother regularly sent him food.

Бо мати регулярно надсилала йому їжу.

In the morning she sent him breakfast.

Вранці вона надіслала йому сніданок.

And every day she had dinner sent to him.

І щодня вона замовляла вечерю, щоб їй надсилали.

One day the egg in the almirah burst.

Одного разу яйце в альмірі лопалося.

But it was not a bird that came out of the egg.

Але це не був птах, що виліз з яйця.

Out of the egg came a beautiful infant.

З яйця вийшла прекрасна дитина.

The infant was not a bird, but a human girl.

Немовля було не птахом, а людською дівчинкою.

But the merchant's son knew nothing of the event.

Але син купця нічого не знав про цю подію.

He had forgotten everything about the egg.

Він забув усе про яйце.

The door of the wall-almirah had been kept closed.

Двері стінної альміри були зачинені.

However, the merchant's son did not lock the door.

Однак син купця не замкнув дверей.

The child grew up within the wall-almirah.

Дитина виросла в стіні-альмірі.

She had no knowledge of the merchant's son.

Вона нічого не знала про сина купця.

Nor did she know of anyone else.

Вона також нікого іншого не знала.

When the child could walk it grew curious.

Коли дитина навчилася ходити, їй стало цікаво.

And out of curiosity she opened the door.

І з цікавості вона відчинила двері.

That day, too, the mother had sent breakfast.

Того дня мати також прислала сніданок.

And the breakfast had been put on the floor.

А сніданок лежав на підлозі.

The child saw the food that was on the floor.

Дитина побачила їжу, яка лежала на підлозі.

Of course the child ate from the food.

Звісно, дитина їла з їжі.

And then the child returned into the wall.

А потім дитина повернулася в стіну.

The merchant's mother always made a lot of food.

Мати купця завжди готувала багато їжі.

It was more food than he could possibly eat.

Їжі було більше, ніж він міг з'їсти.

So he didn't notice that any food was missing.

Тож він не помітив, що зникла якась їжа.

The girl of the wall-almirah came out every day.

Дівчина зі стіни-альміри виходила щодня.

And every day she ate a part of the food.

І щодня вона з'їдала частину їжі.

After eating the food she returned to the almirah.

З'ївши їжу, вона повернулася до альміри.

But with time the girl got older and older.

Але з часом дівчина ставала все старшою і старшою.

And with age she got bigger and bigger.

А з віком вона ставала все більшою і більшою.

And the bigger she got the hungrier she got.

І чим більшою вона ставала, тим голоднішою ставала.

And she began to eat more of the food each day.

І вона почала їсти більше цієї їжі щодня.

Eventually the merchant's son noticed the missing food.

Зрештою син купця помітив зниклу їжу.

But he had no way of knowing where the food went.

Але він не мав жодної можливості дізнатися, куди поділася їжа.

The last thing he suspected was a girl from inside the almirah.

Останнє, про що він підозрював, це дівчину з альміри.

And so he came to a very different conclusion.

І тому він дійшов зовсім іншого висновку.

"Why is mother sending such a small quantity of food?".

«Чому мама надсилає таку малу кількість їжі?»

And he had a message sent to his mother.

І він надіслав повідомлення своїй матері.

"Why am I being sent insufficient food?".

«Чому мені надсилають недостатньо їжі?»

"And why is the dish served so slovenly?".

«А чому страву подають так неохайно?»

Of course we know why the food was insufficient.

Звичайно, ми знаємо, чому їжі було недостатньо.

And we know why the food was presented slovenly.

І ми знаємо, чому їжу подавали неохайно.

The girl from in the wall ate from his food.

Дівчина з-за стіни їла його їжу.

And as she ate she fingered the rice and curry.

І поки вона їла, вона пальцями перебирала рис і каррі.

And she always hurried back into her cell in the wall.

І вона завжди поспішала назад до своєї келії в стіні.

So that she would not be seen by anyone.

Щоб її ніхто не бачив.

She had no time to put the rice in proper order.

У неї не було часу належним чином розкласти рис.

The mother was astonished at her son's complaint.

Мати була вражена скаргою сина.

She gave him more than he could eat.

Вона дала йому більше, ніж він міг з'їсти.

The food was served up on a silver plate.

Їжу подавали на срібній тарілці.

And she neatly arranged the food herself.

І вона сама акуратно розклала їжу.

But her son repeated the same complaint again.

Але її син знову повторив ту саму скаргу.

Day after day he complained of the small portions.

День за днем він скаржився на маленькі порції.

Day after day he complained of the messy food.

День за днем він скаржився на неакуратну їжу.

And so his mother began to suspect foul play.

І тоді його мати почала підозрювати нечесну гру.

She told her son to watch over the food.

Вона сказала синові, щоб той доглядав за їжею.

“See if anyone is eating your food”.

«Подивись, чи хтось їсть твою їжу».

The next day a servant brought the food.

Наступного дня слуга приніс їжу.

The servant laid the food in a clean place.

Слуга поклав їжу на чисте місце.

Normally the merchant's son took a bath.

Зазвичай купецький син купався.

But this day he did not go for a bath.

Але цього дня він не пішов купатися.

Instead, on this day he hid himself nearby.

Натомість цього дня він сховався неподалік.

From his hiding place he could see the food.

Зі свого сховища він міг бачити їжу.

The merchant's son did not have to wait for long.

Купецькому синові не довелося довго чекати.

Soon he saw the wall-almirah open.

Невдовзі він побачив, як відчинилися стінні двері-альміри.

And he saw a beautiful damsel step out.

І він побачив, як вийшла прекрасна дівчина.

She could not have been more than sixteen.

Їй не могло бути більше шістнадцяти.

She sat on the carpet by the breakfast.

Вона сиділа на килимі біля сніданку.

And she began to eat from the food left on the floor.

І вона почала їсти їжу, залишену на підлозі.

The merchant's son came out of his hiding-place.

Купецький син вийшов зі своєї схованки.

And the damsel could not escape from him.

І дівчина не могла від нього втекти.

"Who are you, beautiful creature?".

«Хто ти, прекрасне створіння?»

"You do not seem to be earth-born".

«Ви не схожі на народженого на землі».

"Are you one of the daughters of the gods?".

«Ти одна з дочок богів?»

The girl replied, "I do not know who I am".

Дівчина відповіла: «Я не знаю, хто я».

"But there is one thing I do know," the girl continued.

«Але одне я точно знаю», – продовжила дівчина.

"One day I found myself in the almirah in the wall".

«Одного разу я опинився в альмірі в стіні».

"And since then I have been living in the wall".

«І відтоді я живу в стіні».

The merchant's son thought her story was strange.

Син купця вважав її історію дивною.

But then he thought a bit more about the story.

Але потім він трохи більше подумав над цією історією.

And he remembered what happened sixteen years ago.

І він згадав, що сталося шістнадцять років тому.

He remembered the nest of the toontoori bird.

Він згадав гніздо птаха тунтурі.

And he remembered finding an egg in the nest.

І він згадав, як знайшов яйце в гнізді.

And he remembered putting the egg in the almirah.

І він згадав, як поклав яйце в альміру.

The wall-almirah girl was of uncommon beauty.

Дівчина-альміра, що стояла біля стіни, була надзвичайно вродливою.

And the merchant's son was struck by her beauty.

І син купця був вражений її красою.

Her beauty made a deep impression on his mind.

Її краса справила глибоке враження на його душу.

And he resolved in his mind to marry her.

І він подумки вирішив одружитися з нею.

From then on the girl didn't stay in the almirah.

Відтоді дівчина не залишалася в альмірі.

She was given a room in the merchant's son's house.

Їй дали кімнату в будинку купецького сина.

The next day the merchant's son wrote a message.

Наступного дня син купця написав повідомлення.

And he had the message sent to his mother.

І він наказав відправити повідомлення своїй матері.

You can guess the general theme of the message.

Ви можете здогадатися про загальну тему повідомлення.

The merchant's son said he would like to get married.

Купецький син сказав, що хоче одружитися.

The mother of the merchant's son reproached herself.

Мати купецького сина дорікала собі.

She had not tried to find a wife for his son.

Вона не намагалася знайти дружину для його сина.

She felt she should have thought of his marriage.

Вона вважала, що їй слід було подумати про його шлюб.

And so she promptly replied to her son's message.

І тому вона одразу відповіла на повідомлення сина.

She and her father were going to send out ghataks.

Вона та її батько збиралися відправити ґхатаки.

The ghataks were going to go to different countries.

Ґхатаки збиралися поїхати до різних країн.

There they were going to look for suitable brides.

Там вони збиралися шукати підходящих наречених.

But the merchant's son said there would be no need.

Але син купця сказав, що в цьому не буде потреби.

He had secured himself a lovely young lady.

Він забезпечив собі чарівну молоду леді.

If they had no objection, he would introduce her to them.

Якщо вони не заперечуватимуть, він познайомить її з ними.

And so the young lady was taken to the merchant's house.

І ось молоду пані відвели до купецького дому.

The merchant and his wife welcomed the stranger.

Купець і його дружина привітали незнайомця.

And they were also struck by her unmatched beauty.

І їх також вразила її неперевершена краса.

The girl was of perfect loveliness and grace.

Дівчина була вражаючою красою та грацією.

The parents made no questions to her birth.

Батьки не ставили жодних питань щодо її народження.

And the nuptials were celebrated there and then.

І весілля відсвяткували там і тоді.

In the course of time the merchant's son had two sons.

З плином часу у купецького сина народилося двоє синів.

The elder of the sons he named Swet.

Старшого з синів він назвав Светом.

And the younger son he named Basanta.

А молодшого сина він назвав Басантою.

After the passing of more time the old merchant died.

Через деякий час старий купець помер.

So the merchant's son now became the merchant.

Тож син купця тепер став купцем.

And after some time his mother died too.

А через деякий час померла й його мати.

Swet and Basanta grew up to be fine lads.

Світ і Басанта виросли чудовими хлопцями.

And the elder son was in due time married.

А старший син з часом одружився.

Sometime after Swet's marriage his mother also died.

Через деякий час після одруження Света померла також і його мати.

The girl from in the wall was no more.

Дівчини зі стіни більше не було.

The widower lost no time in marrying again.

Вдівець не гаючи часу одружився знову.

And he had a new young and beautiful wife.

І в нього була нова молода й красива дружина.
Swet's wife was older than his stepmother.
Дружина Света була старша за його мачуху.
So his wife became the mistress of the house.
Тож його дружина стала господинею дому.
The stepmother was like all stepmothers are.
Мачуха була така ж, як і всі мачухи.
She hated Swet and Basanta with a perfect hatred.
Вона ненавиділа Света та Басанту безмежною ненавистю.
And the two ladies also couldn't stand each other.
І ці дві пані також терпіти не могли одна одну.
It so happened one day that a fisherman came.
Одного разу трапилося так, що прийшов рибалка.
The fisherman brought to the merchant a fish.
Рибалка приніс купцю рибу.
This fish was of singular and remarkable beauty.
Ця риба була незвичайної та надзвичайної краси.
It was unlike any other fish that had been seen.
Вона була не схожа на жодну іншу рибу, яку бачили
раніше.
And the fish had other qualities too.
А риба мала й інші якості.
The fisherman explained the wonders of the fish.
Рибалка пояснив дива риби.
"Two things will happen if you eat this fish".
«Якщо ви з'їсте цю рибу, станеться дві речі».
"When you laugh maniks will drop from your mouth".
«Коли ти смієшся, дурниці падатимуть у тебе з рота».
"And when you weep pearls will drop from your eyes".
«І коли ти плачеш, перли падатимуть з твоїх очей».
The merchant was astounded by what he had heard.
Купець був вражений почутим.
And he wanted the wonderful properties of the fish.
І він хотів насолодитися чудовими властивостями риби.
And so he bought the fish at one thousand rupees.
І ось він купив рибу за тисячу рупій.
And he put the fish into the hands of Swet's wife.

І він поклав рибу в руки дружини Света.
Because Swet's wife was the mistress of the house.
Бо дружина Света була господинею в домі.
He strictly instructed her to cook the fish well.
Він суворо наказав їй добре приготувати рибу.
And he told her to give the fish to him alone to eat.
І він сказав їй дати рибу з'їсти лише йому.
The house-mother however knew the fish's secret.
Однак господиня знала таємницю риби.
She had overheard what the fisherman had said.
Вона випадково підслухала, що сказав рибалка.
Secretly she made a different plan in her mind.
Таємно вона вигадала інший план.
She was going to cook the fish for her husband.
Вона збиралася приготувати рибу для свого чоловіка.
And she was going to share the fish with his brother.
І вона збиралася поділитися рибою з його братом.
For her father-in-law she was going to prepare a frog.
Для свого тестя вона збиралася приготувати жабу.
Soon she had finished cooking the marvelous fish.
Невдовзі вона закінчила готувати чудову рибу.
And she had finished cooking a frog too.
І вона також закінчила готувати жабу.
But from the kitchen she could hear a squabble.
Але з кухні вона чула сварку.
She could hear who it was that was arguing.
Вона чула, хто сперечається.
Her stepmother-in-law and her husband's brother.
Її мачуха та брат її чоловіка.
And she understood the cause of the argument.
І вона зрозуміла причину суперечки.
Basanta was still but a young lad.
Басанта був ще зовсім молодим хлопцем.
But he was passionately fond of his pigeons.
Але він палко любив своїх голубів.
And he tamed his pigeons very well.
І він дуже добре приборкав своїх голубів.

Nonetheless, one of his pigeons had escaped.

Однак один з його голубів утік.

And the pigeon flew into his stepmother's room.

І голуб залетів до кімнати мачухи.

His stepmother hid the pigeon in her clothes.

Його мачуха сховала голуба у своєму одязі.

Basanta rushed after the pigeon into the room.

Басанта кинувся за голубом у кімнату.

And he loudly demanded to have the pigeon back.

І він голосно вимагав повернути голуба.

His stepmother denied having the pigeon.

Його мачуха заперечувала, що мала голуба.

Swet, however, did know she had the pigeon.

Однак Світ знала, що голуб у неї.

And the older brother forcibly took the bird.

І старший брат силоміць забрав птаха.

And he freed the pigeon from her clothes.

І він звільнив голубу від її одягу.

And he gave the pigeon back to his brother.

І він повернув голуба своєму братові.

The stepmother cursed and swore, and added;

Мачуха лаялася, лаялася і додала;

"Wait until the head of the house comes home".

«Зачекай, поки повернеться додому голова сім'ї».

"He will get no water till he sheds your blood".

«Він не отримає води, доки не проллє твоєї крові».

Swet's wife called her husband and said to him;

Дружина Света подзвонила чоловікові та сказала йому;

"My dearest lord, that woman is a most wicked woman".

«Мій найдорожчий пане, ця жінка — найнечестивіша жінка».

"And she has boundless influence over my father-in-law".

«І вона має безмежний вплив на мого тестя».

"She will make him do what she has threatened".

«Вона змусить його зробити те, чим погрожувала».

"All our lives are in imminent danger".

«Життя кожного з нас у безпосередній небезпеці».

"But let us first eat a little," she added.

«Але спочатку давайте трохи поїмо», – додала вона.

"And then let us all three run away from this place".

«А тоді давайте всі троє втечемо звідси».

Swet forthwith called Basanta to him.

Світ негайно покликав до себе Басанту.

And he told him what he had heard from his wife.

І він розповів йому те, що почув від своєї дружини.

They resolved to run away before nightfall.

Вони вирішили втекти до настання темряви.

The woman placed before her husband the fish.

Жінка поклала перед чоловіком рибу.

And her brother-in-law ate of the fish too.

І її зять теж їв рибу.

And they ate of the fish heartily.

І вони їли рибу з великим задоволенням.

The woman packed up all her jewels in a box.

Жінка зібрала всі свої коштовності в скриньку.

There was only one horse in the stables.

У стайні був лише один кінь.

But the horse was of uncommon fleetness.

Але кінь був надзвичайно швидким.

They could all sit on the horse together.

Вони всі могли разом сісти на коня.

Swet held the reins of the horse.

Світ тримав віжки коня.

The woman sat in the middle of the horse.

Жінка сиділа посеред коня.

And she had the jewel-box in her lap.

А скринька з коштовностями тримала́ся в неї на колінах.

And Basanta sat on the rear of the horse.

А Басанта сидів на задньому сидінні коня.

The horse galloped with the utmost swiftness.

Кінь скакав з надзвичайною швидкістю.

They passed through many a plain and noted town.

Вони проїхали через багато простих і відомих міст.

After midnight they found themselves in a forest.

Після півночі вони опинилися в лісі.

And they were not far from the banks of a river.

І вони були недалеко від берегів річки.

Here the most untoward event took place.

Тут сталася найнеприємніша подія.

Swet's wife began to feel the pains of child-birth.

Дружина Света почала відчувати муки пологів.

They dismounted from the horse without delay.

Вони без зволікання злізли з коня.

And within an hour Swet's wife gave birth to a son.

І протягом години дружина Света народила сина.

What were the two brothers to do in this forest?

Що мали робити два брати в цьому лісі?

They knew that a fire had to be kindled.

Вони знали, що треба розпалити вогонь.

The mother and the new-born baby needed warmth.

Матері та новонародженій дитині потрібне було тепло.

But from where was there fire to be gotten?

Але звідки ж було взяти вогонь?

There were no human habitations visible.

Не було видно жодних людських осель.

Nonetheless, a fire had to be procured.

Тим не менш, вогонь довелося розводити.

And it was the winter month of December.

І це був зимовий місяць грудень.

The mother and the baby would certainly perish.

Мати і дитина неодмінно загинули б.

Swet told Basanta to sit beside his wife.

Свет сказав Басанті сісти поруч з його дружиною.

And he set out in the darkness of the night.

І він вирушив у дорогу в темряві ночі.

And he went in search of wood to make a fire.

І він пішов шукати дрова, щоб розпалити вогонь.

Swet walked many a mile through the darkness.

Світ пройшов багато миль крізь темряву.

But despite the distance he saw no human habitations.

Але, незважаючи на відстань, він не бачив жодного людського житла.

But eventually his eyes were given some help.

Але зрештою його очам трохи допомогли.

The genial light of Sukra somewhat illumined his path.

Доброзичливе світло Шукри якось освітлювало його шлях.

And he saw at a distance what seemed a large city.

І він побачив здалеку щось, що здавалося великим містом.

He was congratulating himself on his journey's end.

Він вітав себе із завершенням своєї подорожі.

And he congratulated himself for finding fire.

І він привітав себе зі знахідкою вогню.

The fire that was going to benefit his poor wife.

Вогонь, який мав принести користь його бідній дружині.

His wife that was lying cold in the forest.

Його дружина, що лежала мерзла в лісі.

The fire that was going to save his new-born child.

Вогонь, який мав врятувати його новонароджену дитину.

The new-born baby born into the coldness.

Новонароджена дитина, народжена в холоді.

Suddenly an elephant shot across his path.

Раптом йому дорогу перетнув слон.

The elephant was gorgeously caparisoned.

Слон був у розкішному вбранні.

And the elephant gently picked him with his trunk.

І слон ніжно підчепив його хоботом.

He placed him on the rich howdah on its back.

Він посадив його на багату хауду на спину.

The elephant then walked rapidly towards the city.

Потім слон швидко пішов до міста.

Swet was quite taken aback by the events.

Світ був досить приголомшений подіями.

He did not understand the elephant's actions.

Він не розумів дій слона.

And he wondered what was in store for him.

І він розмірковував, що ж його чекає.

A crown is that which was in store for him.

Корона — це те, що чекало на нього.

He was being taken to the chief city of a kingdom.

Його вели до головного міста королівства.

In this kingdom every morning a king was elected.

У цьому королівстві щоранку обирали короля.

Because the kings of this city lasted but a day.

Бо царі цього міста проіснували лише один день.

Every night the new king joined the queen in her room.

Щоночі новий король приєднувався до королеви в її кімнаті.

And every morning the previous king was found dead.

І щоранку попереднього короля знаходили мертвим.

No one knew what caused the deaths of the kings.

Ніхто не знав, що стало причиною смерті королів.

Not even the queen knew what caused their death.

Навіть королева не знала, що стало причиною їхньої смерті.

So this kingdom had its own king-maker.

Отже, це королівство мало свого власного царя-творця.

The elephant who suddenly took hold of Swet.

Слон, який раптово схопив Світа.

Early in the morning the elephant roamed about.

Рано-вранці слон блукав навколо.

Sometimes the elephant went to distant places.

Іноді слон відправлявся у далекі місця.

And every evening the elephant returned with a man.

І щовечора слон повертався з людиною.

The man on the elephant's became their king.

Чоловік на слоні став їхнім королем.

The elephant majestically marched through the streets.

Слон велично крокував вулицями.

A crowd of people welcomed their new king.

Натовп людей вітав свого нового короля.

But Swet did not yet understand their cheers.

Але Свет ще не розуміла їхніх оплесків.

The elephant entered the kingdom's palace.

Слон увійшов до палацу королівства.

And the elephant placed Swet on the throne.
І слон посадив Света на трон.
Amid much rejoicing he was proclaimed king.
Серед великої радості його проголосили королем.
But there were lamentations in the crowd too.
Але в натовпі також лунали голосіння.
In the course of the day he heard of the curse.
Протягом дня він почув про прокляття.
The nightly death of every newly elected king.
Щонічна смерть кожного новообраного короля.
But Swet was possessed of great discretion.
Але Свет мав велику розсудливість.
And he had the courage not to try an escape.
І в нього вистачило сміливості не намагатися втекти.
He took every precaution that he could take.
Він вжив усіх можливих запобіжних заходів.
But he did not know how to avert the catastrophe.
Але він не знав, як запобігти катастрофі.
And he knew not what expedients to adopt.
І він не знав, які засоби вжити.
Because he didn't know the nature of the danger.
Бо він не знав суті небезпеки.
He resolved, however, upon two things;
Однак він вирішив обрати дві речі;
He was going to go armed into the bedchamber.
Він збирався озброєним піти до спальні.
And he was going to stay awake the whole night.
І він збирався не спати всю ніч.
The queen was young and of exquisite beauty.
Королева була молода і вишуканої краси.
Guileless and benevolent was the expression of her face.
Безхитростним і доброзичливим був вираз її обличчя.
It was impossible to attribute her any malice.
Неможливо було приписати їй будь-який злий умисел.
No one believed she caused all the kings' deaths.
Ніхто не вірив, що вона спричинила смерть усіх королів.
In the queen's chamber Swet spent an agreeable evening.

У покоях королеви Світ провела приємний вечір.
As the night advanced the queen fell asleep.
З настанням ночі королева заснула.
But Swet kept awake, and was on the alert.
Але Світ не спав і був напоготові.
He looked at every creek and corner of the room.
Він оглянув кожен струмок і куточок кімнати.
And he expected every minute to be murdered.
І він очікував, що кожну хвилину буде вбитий.
But the queen did not rise to murder him.
Але королева не наважилася його вбити.
And no one entered the room to murder him either.
І ніхто не заходив до кімнати, щоб його вбити.
Nor did he feel anything other than sleepiness.
Він також не відчував нічого, окрім сонливості.
But in the dead of night he perceived something.
Але посеред ночі він щось помітив.
A thread was coming out the queen's nostril.
З ніздрі королеви стирчала нитка.
The thread was so thin that it was almost invisible.
Нитка була така тонка, що її майже не було видно.
Slowly the thread reached several yards in length.
Повільно нитка досягла кількох ярдів завдовжки.
And eventually all the thread came out.
І врешті-решт вся нитка вийшла назовні.
Only then did the thread begin to grow thicker.
Тільки тоді нитка почала товстішати.
Soon the thread took on its real shape.
Невдовзі нитка набула своєї справжньої форми.
The thread was in fact a huge serpent.
Нитка насправді була величезним змієм.
Immediately Swet cut off the head of the serpent.
Світ негайно відрубав голову змію.
The body of the serpent wriggled violently.
Тіло змія люто звивалося.
He sat quiet in the room, expecting other adventures.
Він мовчки сидів у кімнаті, чекаючи на нові пригоди.

But nothing else happened the rest of the night.

Але решту ночі більше нічого не сталося.

The queen slept longer than usual.

Королева спала довше, ніж зазвичай.

Because she had been relieved of the huge snake.

Бо вона позбулася величезної змії.

Early next morning the ministers came.

Рано наступного ранку прийшли міністри.

They were expecting to hear of the king's death.

Вони очікували звістки про смерть короля.

The ladies of the bedchamber knocked at the door.

Дами зі спальні постукали у двері.

But to their astonishment Swet come out.

Але, на їхній подив, Світ вийшов.

The folk learned the mystery of all the kings' deaths.

Народ дізнався таємницю смерті всіх королів.

And now the country rejoiced their permanent king.

І тепер країна раділа своєму незмінному королю.

There is a strange thing you probably noticed.

Є дивна річ, яку ви, мабуть, помітили.

Swet did not remember his wife he left behind.

Свет не пам'ятав своєї дружини, яку залишив.

It is a strange thing, nevertheless it is true.

Це дивна річ, проте це правда.

Nor did he remember the defenseless new-born babe.

Він також не пам'ятав про беззахисне новонароджене немовля.

And he did not remember his brother either.

І брата свого він теж не пам'ятав.

He had no time to remember when the elephant came.

У нього не було часу згадати, коли прийшов слон.

On the first night he had to worry for his own life.

Першої ночі йому довелося хвилюватися за власне життя.

And now the crown brought on his forgetfulness.

А тепер корона навела на нього забудькуватість.

But he had entrusted his wife and child to Basanta.

Але він довірив свою дружину та дитину Басанті.

And his brother sat waiting for many weary hours.
А його брат сидів і чекав багато виснажливих годин.
Every moment he expected to see Swet return with fire.
Щохвилини він очікував побачити Світове повернення з вогнем.
But the whole night passed away without his return.
Але вся ніч минула без його повернення.
At sunrise he went to the bank of the river.
На світанку він вийшов на берег річки.
There he anxiously looked about for his brother.
Там він тривожно шукав брата.
But his waiting and searching were all in vain.
Але всі його очікування та пошуки були марними.
Distressed beyond measure, he wept at the riverside.
Неймовірно засмучений, він плакав на березі річки.
As he was weeping a boat was passing by.
Коли він плакав, повз пропливав човен.
In the boat a merchant was returning from business.
У човні купець повертався з торгівлі.
The boat was not far from the shore.
Човен був недалеко від берега.
So the merchant could see Basanta weeping.
Тож купець міг бачити, як Басанта плаче.
Something struck the attention of the merchant.
Щось привернуло увагу купця.
By the weeping man appeared to be a pile of pearls.
Біля плачучого чоловіка здалася купа перлів.
The merchant requested the boatman to halt.
Купець попросив човняра зупинитися.
And the merchant went to the weeping man.
І купець підійшов до плачучого чоловіка.
By the weeping man was in fact a pile of pearls.
Біля чоловіка, що плакав, насправді лежала купа перлів.
And the pearls were of the highest quality.
А перли були найвищої якості.
And another thing astonished the merchant.
І ще одна річ здивувала купця.

The pile of pearls grew larger every second.

Купа перлів з кожною секундою ставала все більшою.

Because the man was crying, but not tears.

Бо чоловік плакав, але не сльози.

Because his tears turned to pearls on the ground.

Бо його сльози перетворилися на перли на землі.

The merchant stowed away the pearls into his boat.

Купець сховав перли у свій човен.

Then the merchant got his servants to help him.

Тоді купець покликав своїх слуг на допомогу.

And together they captured the crying man.

І разом вони спіймали чоловіка, що плакав.

They put him on board of the vessel.

Вони посадили його на борт судна.

And he tied him to one of the ship's masts.

І він прив'язав його до однієї з щогл корабля.

Basanta, of course, tried his best to resist.

Басанта, звісно, намагався всіма силами чинити опір.

But what could he do against so many sailors?

Але що він міг зробити проти такої кількості моряків?

He thought of his brother who never returned.

Він подумав про свого брата, який так і не повернувся.

He thought of his sister-in-law in the forest.

Він подумав про свою невістку в лісі.

And he thought of his newly born niece.

І він подумав про свою щойно народжену племінницю.

And he cried even more bitterly than before.

І він заплакав ще гірко, ніж раніше.

His weeping mightily pleased the merchant.

Його плач дуже порадував купця.

Because even more pearls were falling to the ground.

Бо ще більше перлин падало на землю.

And the merchant became richer and richer.

І купець ставав багатшим і багатшим.

Eventually the merchant reached his native town.

Зрештою купець дістався рідного міста.

When they got there he confined Basanta in a room.

Коли вони туди прибули, він замкнув Басанту в кімнаті.

At stated hours every day he had him whipped.

Щодня у встановлений час він наказував його шмагати.

In order to make him shed yet more tears.

Щоб змусити його пролити ще більше сліз.

And every tear converted into a bright pearl.

І кожна сльоза перетворилася на яскраву перлину.

The merchant one day said to his servants;

Одного разу купець сказав своїм слугам:

"The fellow is making me rich by his weeping".

«Цей хлопець робить мене багатим своїм плачем».

"Let us see what he gives me by laughing".

«Подивимося, що він мені дасть своїм сміхом».

Accordingly, he began to tickle his captive.

Відповідно, він почав лоскотати свого полонянина.

Upon being tickled Basanta began to laugh.

Коли Басанту лоскотали, вона почала сміятися.

Of course he was not laughing out of happiness.

Звісно, він не сміявся від щастя.

But none the less maniks dropped from his mouth.

Але все ж таки, з його рота злетіли дурниці.

After this Basanta was not just whipped anymore.

Після цього Басанту більше не просто шмагали.

Now he was alternately whipped and tickled.

Тепер його то шмагали, то лоскотали по черзі.

All day and far into the night he was exploited.

Весь день і до пізньої ночі його експлуатували.

The merchant's wealth increased day and night.

Багатство купця зростало день і ніч.

Soon he became the wealthiest man in the land.

Невдовзі він став найбагатшою людиною в країні.

But let us return to Basanta's subjugation later.

Але повернімося до підкорення Басанти пізніше.

Now let us turn our attention to Swet's wife.

А тепер звернемо нашу увагу на дружину Света.

Swet's abandoned wife was still in the forest.

Покинута дружина Света все ще була в лісі.

She had just given birth to her child.

Вона щойно народила свою дитину.

But now she was alone in the forest.

Але тепер вона була сама в лісі.

First her husband had abandoned her.

Спочатку її покинув чоловік.

And now her brother-in-law abandoned her too.

А тепер її покинув і зять.

Imagine how overwhelmed with grief she felt.

Уявіть собі, як її переповнювало горе.

Alone, and in a forest, far from civilization.

Сам, у лісі, далеко від цивілізації.

Her case was indeed deserving of sympathy.

Її випадок справді заслуговував на співчуття.

She wept rivers of sad and lonely tears.

Вона пролила ріки сумних і самотніх сліз.

Excessive grief, however, brought her relief.

Однак надмірне горе принесло їй полегшення.

She fell asleep with the new-born in her arms.

Вона заснула з новонародженим на руках.

While she was deep in sleep another tragedy took place.

Поки вона глибоко спала, сталася ще одна трагедія.

It so happened that the Kotwal was passing by.

Так сталося, що повз проходив Котвал.

He had recently suffered his own misfortune.

Нещодавно він сам пережив нещастя.

But his misfortune was of a different nature.

Але його нещастя було іншого характеру.

The children his wife bore died shortly after birth.

Діти, яких народила його дружина, померли невдовзі після народження.

And he was now going to bury the last infant.

І тепер він збирався поховати останнє немовля.

He was heading to the banks of the river.

Він прямував до берегів річки.

The place where the other infants were buried.

Місце, де були поховані інші немовлята.
But then he saw the woman sleeping in the forest.
Але потім він побачив жінку, яка спала в лісі.
And in her arms he saw her holding a baby.
І на руках він побачив, як вона тримає немовля.
The infant was a lively and beautiful boy.
Немовля було жвавим і гарним хлопчиком.
His liveliness did not disturb his mother's sleep.
Його жвавість не порушувала сну матері.
The Kotwal wanted the lovely infant very much.
Котвал дуже хотів це миле немовля.
He quietly took the child from his mother.
Він тихо забрав дитину від матері.
And in her arms he placed his own dead child.
І на її руки він поклав свою мертву дитину.
Of course this is not what he could tell his wife.
Звісно, це не те, що він міг сказати своїй дружині.
"We both thought that our son had died".
«Ми обоє думали, що наш син помер».
"And I carried his body to the river bank".
«І я відніс його тіло на берег річки».
"And that was when a miracle occurred".
«І саме тоді сталося диво».
"Once more our son opened his young eyes".
«Знову наш син відкрив свої юні очі».
"And now we have a beautiful and lively boy".
«А тепер у нас є гарний і жвавий хлопчик».
But Swet's wife did not know the true events.
Але дружина Света не знала справжніх подій.
When she woke she held the dead child in her arms.
Коли вона прокинулася, то тримала на руках мертву
дитину.
And she thought it was her child that had died.
І вона думала, що це її дитина померла.
The distress of her mind may easily be imagined.
Легко уявити собі її душевний біль.
The whole world became dark to her.

Весь світ став для неї темним.
She was distracted by the loss of her child.
Її відволікала втрата дитини.
And in her distraction she formed a resolution.
І у своїй неуважності вона вирішила.
She had resolved to take her own life.
Вона вирішила покінчити життя самогубством.
The river was not far from where she had slept.
Річка була недалеко від того місця, де вона спала.
And she determined to drown herself in the river.
І вона вирішила втопити себе в річці.
She took in her hand the bundle of jewels.
Вона взяла в руку згорток коштовностей.
And then she proceeded to the river-side.
А потім вона вирушила до берега річки.
An old Brahman was at no great distance.
Неподалік був старий брахман.
The Brahman was performing his morning ablutions.
Брахман здійснював ранкове обмивання.
He noticed the woman going into the water.
Він помітив, як жінка зайшла у воду.
Naturally he thought that she was going to bathe.
Звичайно, він подумав, що вона збирається купатися.
But then he saw her going into the deep waters.
Але потім він побачив, як вона йде у глибокі води.
Something akin to suspicion arose in his mind.
Щось схоже на підозру виникло в його свідомості.
The Brahman discontinued his devotions.
Брахман припинив свої віддані служіння.
He too waded out towards the river's depth.
Він також пішов убрід, до глибини річки.
And he ordered the woman to come to him.
І він наказав жінці підійти до нього.
Swet's wife heard the old man calling her.
Дружина Света почула, як старий кличе її.
So she retraced her steps to the old man.
Тож вона повернулася до старого.

"What were your intentions?" asked the Braham.

«Які були ваші наміри?» — спитав Брахем.

And the woman confirmed his suspicions.

І жінка підтвердила його підозри.

"I was going to put an end to my life".

«Я збирався покласти край своєму життю».

And she thanked the Brahman for saving her.

І вона подякувала брахману за те, що той порятував її.

"Accept these jewels as a sign of appreciation".

«Прийміть ці коштовності як знак вдячності».

The Brahman accepted the sign of appreciation.

Брахман прийняв знак вдячності.

But he was more interested in her story.

Але його більше цікавила її історія.

And at his request she related her story.

І на його прохання вона розповіла свою історію.

She had escaped from her stepmother in law.

Вона втекла від своєї мачухи.

In the forest she gave birth to a child.

У лісі вона народила дитину.

First her husband went looking for fire.

Спочатку її чоловік пішов шукати вогонь.

But her husband never came back to her.

Але чоловік до неї так і не повернувся.

Then her brother-in-law looked for her husband.

Тоді її зять шукав її чоловіка.

But her brother-in-law did not return either.

Але її зять також не повернувся.

Eventually she fell asleep with her child.

Зрештою вона заснула разом зі своєю дитиною.

But when she woke her child was dead.

Але коли вона прокинулася, її дитина була мертва.

And that's when she decided to drown herself.

І саме тоді вона вирішила втопити себе.

She felt the relieve of telling her fate.

Вона відчула полегшення, розповівши свою долю.

The Brahman invited the woman to his house.

Брахман запросив жінку до себе додому.
And the woman was accepted into his family.
І жінку прийняли в його родину.
The Brahman's wife treated her like a daughter.
Дружина брахмана ставилася до неї як до доньки.
And she spent years with her new family.
І вона провела роки зі своєю новою родиною.
Swet spend those years in his kingdom.
Світ провів ці роки у своєму королівстві.
Basanta spent those years being tortured.
Ці роки Басанту катували.
And the adopted son of the Kotwal grew up.
І прийомний син Котвала виріс.
The Brahman's house was not far from the Kotwal's.
Будинок брахмана був недалеко від будинку Котвалів.
So the Kotwal's son met the Brahman's adopted daughter.
Тож син Котвала зустрів прийомну дочку брахмана.
And the lad thought he fell in love with her.
І хлопець подумав, що закохався в неї.
He spoke to his father about the woman.
Він розмовляв зі своїм батьком про ту жінку.
And the father spoke to the Brahman about the woman.
І батько розповів брахману про жінку.
The Brahman's rage knew no bounds.
Гнів брахмана не знав меж.
"What is this insolence!" the Brahman protested.
«Що це за зухвалість!» — заперечив брахман.
"Your son is the son of an infidel".
«Ваш син — син невірного».
"How can he aspire to the hand of a Brahman's daughter!?".
«Як він може прагнути руки дочки брахмана!?»
"A dwarf may as well aspire to catch hold of the moon!".
«Гном може так само прагнути вхопити місяць!»
But the Kotwal's son determined to have her by force.
Але син Котвала вирішив заволодіти нею силою.
One day he scaled the wall of the Brahman's house.
Одного дня він переліз на стіну будинку брахмана.

He got upon the thatched roof of the cow-house.
Він виліз на солом'яний дах корівника.
And from that lofty position he reconnoitered.
І з цього високого положення він розвідав.
And he saw two young calves below him.
І побачив він під собою двох молодих телят.
And he overheard the conversation of two young calves.
І він підслухав розмову двох молодих телят.
"Men accuse us of brutish ignorance and immorality".
«Чоловіки звинувачують нас у грубій некомпетентності та аморальності».
"But in my opinion men are fifty times worse".
«Але, на мою думку, чоловіки в п'ятдесят разів гірші».
"What makes you say so, brother?" the calf asked.
«Що тебе змушує так говорити, брате?» — спитало теля.
"Have you witnessed instances of human depravity?".
«Чи бачили ви випадки людської розбещеності?»
"Who is a greater monster than the Kotwal's son?".
«Хто більший монстр, ніж син Котвала?»
"The same lad standing on the thatched roof".
«Той самий хлопець, що стоїть на солом'яному даху».
"The roof of this hut above our heads".
«Дах цієї хатини над нашими головами».
"I thought he was just the son of our Kotwal".
«Я думав, що він просто син нашого Котвала».
"I never heard that he was exceptionally vicious".
«Я ніколи не чув, що він був надзвичайно жорстоким».
"You may have never heard of his wickedness".
«Можливо, ви ніколи не чули про його злочестивість».
"But now you will hear of his wickedness from me".
«Але тепер ви почуєте про його зло від мене».
"This wicked lad is now making immoral plans".
«Цей лиходій тепер будує аморальні плани».
"He is trying get married to his own mother!".
«Він намагається одружитися зі своєю матір'ю!»
The First Calf then related the whole story.
Тоді Перше Теля розповів усю історію.

And the inquisitive Second Calf listened.
І допитливий Друге Теля слухав.
And the calf told Swet's and Basanta's story.
І теля розповіло історію Света та Басанти.
"A merchant built a house for his son"
«Купець збудував будинок для свого сина»
"In the garden of the house was a Toontooni bird"
«У саду біля будинку був птах тунтуні»
"In the nest of the Toontooni bird was an egg"
«У гнізді птаха Тунтуні було яйце»
"The merchant's son put the egg in an almirah"
«Син купця поклав яйце в альміру»
"Out of the egg came a beautiful girl"
«З яйця вийшла прекрасна дівчина»
"Eventually the merchant's son married this beautiful girl"
«Зрештою, син купця одружився з цією прекрасною
дівчиною»
"Together they had two children; Swet and Basanta"
«Разом у них було двоє дітей: Світ і Басанта»
"Some time later the grandfather of the children died"
«Через деякий час дідусь дітей помер»
"Some time later again their grandmother died too"
«Через деякий час померла й їхня бабуся»
"At the right time, the oldest son, Swet, got married"
«У потрібний час старший син, Свет, одружився»
"His mother, the Toontooni woman, died sometime later"
«Його мати, жінка з Тунтуні, померла деякий час потому»
"Soon after their father married a younger woman"
«Невдовзі після того, як їхній батько одружився з
молодшою жінкою»
"But their new stepmother hated her stepsons"
«Але їхня нова мачуха ненавиділа своїх пасинків»
"And she also hated her new stepdaughter-in-law"
«А ще вона ненавиділа свою нову падчерку»
"One day a fisherman happened to visit the merchant"
«Одного разу до купця випадково завітав рибалка»
"The Fisherman had sold the merchant a magical fish"

«Рибалка продав купцю чарівну рибку»
"Whoever ate the fish would laugh maniks"
«Хто б рибу з'їв, той би сміявся до нестями»
"And whoever ate the fish would weep pearls"
«А хто б рибу з'їв, той би плакав перлами»
"The same day there was an argument over some pigeons"
«Того ж дня виникла суперечка через голубів»
"The stepmother was terribly vengeful to her stepsons"
«Мачуха була жахливо мстива своїм пасинкам»
"And she swore revenge on her stepsons"
«І вона поклялася помститися своїм пасинкам »
"That day Swet, his wife, and Basanta escaped"
«Того дня Свєт, його дружина та Басанта втекли»
"But before leaving they ate the magical fish"
«Але перед тим, як піти, вони з'їли чарівну рибку»
"On their journey Swet's wife gave birth to a baby boy"
«Під час їхньої подорожі дружина Света народила
хлопчика»
"Swet went to look for wood to make a fire"
«Світ пішов шукати дрова, щоб розпалити вогонь»
"But he was carried away by an elephant"
«Але його поніс слон»
"He was taken to a Queen haunted by a snake"
«Його відвели до королеви, яку переслідувала змія »
"But he succeeded in killing the serpent"
«Але йому вдалося вбити змія»
"And so he became king of the land"
«І так він став королем країни»
"Basanta went looking for his brother"
«Басанта пішов шукати свого брата»
"But he was captured by a merchant"
«Але його захопив купець»
"And now he's flogged and tickled daily"
«А тепер його щодня шмагають і лоскочуть»
"And he cries pearls and laughs maniks"
«І він плаче перлами та сміється, як манікюр»
"The Kotwal's son had died that night"

«Син Котвала помер тієї ночі»

"So the Kotwal exchanged the two babies"

«Тож котвали обмінялися двома немовлятами»

"The mother couldn't bear the loss of her child"

«Мати не змогла пережити втрату своєї дитини»

"So she made the decision to drown herself"

«Тож вона вирішила втопити себе»

"But there was a Brahman that saved her life"

«Але був один брахман, який врятував їй життя»

"And this Brahman took her into his home"

«І цей брахман взяв її до себе додому»

"The Kotwal's son grew up a hardy boy"

«Син Котвала виріс витривалим хлопчиком»

"And he fell in love with the woman"

«І він закохався в жінку»

"And now he stands on the roof"

«А тепер він стоїть на даху»

"And he's intent on having the woman"

«І він має намір заволодіти цією жінкою»

All this the Kotwal's son heard.

Все це почув син Котвала.

And he was struck with horror.

І його охопив жах.

He forthwith got down from the thatch.

Він негайно зліз із солом'яної стріхи.

And he went home to his father.

І він пішов додому до батька.

And he said he must speak with the king.

І він сказав, що мусить поговорити з королем.

The father protested against the request.

Батько заперечив це прохання.

But he got an interview with the king.

Але він отримав інтерв'ю у короля.

He told the king about the two calves.

Він розповів цареві про двох телят.

And he repeated the whole story.

І він повторив усю історію.

The king now remembered his poor wife.

Король тепер згадав про свою бідну дружину.

So a servant was sent to the Brahman.

Тож до брахмана було послано слугу.

And the Brahman was richly rewarded.

І брахман був щедро винагороджений.

And his wife was brought back to the palace.

І його дружину повернули до палацу.

His wife was put in her proper position.

Його дружину поставили на належне місце.

And she became queen of the kingdom.

І вона стала королевою королівства.

The reputed son of the Kotwal was readopted.

Вважаного сина Котвала знову усиновили.

And he was proclaimed heir to the throne.

І його проголосили спадкоємцем престолу.

Basanta was brought out of the dungeon.

Басанту вивели з підземелля.

And the wicked merchant was buried alive.

І злого купця поховали живцем.

And thorns were put in his burying-place.

І терня поклали на його гробницю.

And all lived together happily for many years.

І всі вони щасливо прожили разом багато років.

Swet, his wife and son, and Basantas.

Свет, його дружина та син, і Басантас.

<h1 style="text-align:center">The Evil Eye of Sani</h1>

Зле око Сані

Once upon a time Sani and Lakshmi fell out with each other.

Колись давно Сані та Лакшмі посварилися.

Sani, also known as Saturn, is the God of bad luck.

Сані, також відомий як Сатурн, є богом невдачі.

And Lakshmi is the Goddess of good luck.

А Лакшмі — богиня удачі.

And these two Gods fell out with each other in heaven.

І ці два боги посварилися один з одним на небесах.

Sani said he was higher in rank than Lakshmi.

Сані сказав, що він мав вищий ранг, ніж Лакшмі.

And Lakshmi said she was higher in rank than Sani.

А Лакшмі сказала, що вона має вищий ранг, ніж Сані.

But there were just as many Gods as there were Goddesses.

Але Богів було стільки ж, скільки й Богинь.

Therefore the dispute could not be settled in heaven.

Тому суперечку не можна було вирішити на небесах.

The contending deities agreed to refer the matter to humans.

Божества, що сперечалися, погодилися передати це питання людям.

The humans had a name for wisdom and justice.

У людей було ім'я для мудрості та справедливості.

There lived at that time upon earth a man named Sribatsa.

У той час на землі жив чоловік на ім'я Шрібаца.

(Sri is another name of Lakshmi).

(Шрі — це інше ім'я Лакшмі).

(And "batsa" is another word for child).

(А «баца» – це ще одне слово для позначення дитини).

(so Sribatsa literally means "the child of fortune").

(тому Шрібаца буквально означає «дитина удачі»).

Sribatsa had as much wisdom as he had wealth.

Шрібаца мав стільки ж мудрості, скільки й багатства.

And he was as fair as he was rich, too.

І він був такий же справедливий, як і багатий.

He was therefore a good judge for the dispute.

Тому він був добрим суддею у цій суперечці.

And the God and Goddess agreed he could judge their case.

І Бог і Богиня погодилися, що він може розсудити їхню справу.

One day, accordingly, Sribatsa was contacted.

Одного дня, відповідно, зв'язалися зі Шрібацою.

He was told that Sani and Lakshmi would come to him.

Йому сказали, що до нього прийдуть Сані та Лакшмі.

And he was told they wished for him to settle their dispute.

І йому сказали, що вони хочуть, щоб він врегулював їхню суперечку.

This put Sribatsa in a delicate situation.

Це поставило Шрібацу у делікатне становище.

He could say Sani was higher in rank than Lakshmi.

Він міг сказати, що Сані мала вищий ранг, ніж Лакшмі.

But then she would be angry with him and forsake him.

Але тоді вона розгнівалась на нього і покинула його.

He could say Lakshmi was higher in rank than Sani.

Він міг сказати, що Лакшмі мала вищий ранг, ніж Сані.

But then Sani would cast his evil eye upon him.

Але тоді Сані кидав на нього своє лихе око.

He made up his mind not to say anything directly.

Він вирішив нічого не говорити прямо.

The god and the goddess had to observe his actions.

Бог і богиня повинні були спостерігати за його діями.

And from his actions they could gather their opinions.

І з його дій вони могли скласти свою думку.

Sribatsa ordered two chairs to be made.

Шрібаца замовив виготовити два стільці.

One of the chairs was made from gold.

Один зі стільців був зроблений із золота.

And the other chair was made from silver.

А інший стілець був зроблений зі срібла.

And he placed the two chairs beside himself.

І він поставив два стільці поруч себе.

The day came when Sani and Lakshmi visited Sribatsa.

Настав день, коли Сані та Лакшмі відвідали Шрібацу.

He told Sani to sit upon the silver chair.
Він сказав Сані сісти на срібний стілець.
And he told Lakshmi to sit upon the gold chair.
І він сказав Лакшмі сісти на золотий стілець.
Sani became mad with rage, and spoke angrily;
Сані розлютилася і сердито заговорила;
"You consider me lower in rank than Lakshmi"
«Ти вважаєш мене нижчим за рангом, ніж Лакшмі»
"I will cast my eye on you for three years"
«Я буду дивитися на тебе три роки»
"We shall see how you fare at the end of that period"
«Побачимо, як у вас справи в кінці цього періоду»
The god then went away in great anger.
Тоді бог пішов геть у великому гніві.
Lakshmi, before she went away, said to Sribatsa;
Лакшмі, перш ніж піти, сказала Шрібатсі:
"My child, do not fear. I'll befriend you"
«Дитино моя, не бійся. Я з тобою потоваришую»
The god and the goddess then went away.
Потім бог і богиня пішли геть.
Sribatsa spoke to his wife, Chantamani;
Шрібаца розмовляв зі своєю дружиною, Чантамані;
"Dearest, the evil eye of Sani will be upon me"
«Люба, на мене буде наглядати лихе око Сані»
"I had better go away from the house"
«Краще мені піти з дому»
"If I stay evil will befall you and me"
«Якщо я залишуся, зло спіткає мене і тебе»
"But if I go, evil will overtake me only"
«Але якщо я піду, то зло наздожене тільки мене»
Chintamani said, "it cannot be that way"
Чінтамані сказав: «Так бути не може»
"Wherever you go, I will go with you"
«Куди б ти не пішов, я піду з тобою»
"Your good luck shall be my good luck"
«Твоя удача буде моєю удачею»
"And your bad luck shall be my bad luck"

«І твоя невдача стане моєю невдачею»

The husband tried hard to persuade his wife to stay.

Чоловік дуже намагався вмовити дружину залишитися.

But all his efforts were of no use.

Але всі його зусилля були марними.

She refused to abandon her husband.

Вона відмовилася покинути чоловіка.

Sribatsa told his wife to make an opening in their mattress.

Шрібаца сказав своїй дружині зробити отвір у їхньому матраці.

And he told her to stow away all their money and jewels.

І він сказав їй сховати всі їхні гроші та коштовності.

On the eve of leaving their house, Sribatsa invoked Lakshmi.

Напередодні виходу з дому Шрібаца закликав Лакшмі.

Upon being invoked, Lakshmi forthwith appeared.

Після заклику Лакшмі негайно з'явилася.

"Mother Lakshmi, the evil eye of Sani is upon us"

«Мати Лакшмі, на нас налякане лихе око Сані»

"We are going away into exile"

«Ми вирушаємо у вигнання»

"Please befriend us, and take care of our property"

«Будь ласка, потоваришуйте з нами та дбайте про наше майно»

The goddess of good luck answered.

Богиня удачі відповіла.

"Do not fear; I'll befriend you"

«Не бійся, я з тобою потоваришую»

"In the end all will be right"

«Зрештою, все буде добре»

They then set out on their journey.

Потім вони вирушили в свою подорож.

Sribatsa rolled up the mattress and put it on his head.

Шрібаца згорнув матрац і поклав його собі на голову.

They had not gone many miles when they saw a river.

Вони не пройшли й багато миль, як побачили річку.

There was a canoe with a man sitting in it.

Там було каное, в якому сидів чоловік.

The travelers requested the ferryman to take them across.

Мандрівники попросили поромника перевезти їх на інший бік.

The ferryman said he could only take one at a time.

Поромник сказав, що може взяти лише один за раз.

"Tere are three of you," he objected.

«Вас троє», — заперечив він.

"There is you, your wife, and your mattress"

«Ось ти, твоя дружина і твій матрац»

Sribatsa proposed in what order they should ferry over the river.

Шрібаца запропонував, у якому порядку їм слід переправитися через річку.

"First my wife should be taken across the river"

«Спочатку мою дружину треба переправити через річку»

"After my wife, take the mattress across the river"

«Після моєї дружини перевези матрац через річку»

"And then you can take me across the river"

«А потім ти можеш перевезти мене через річку»

But the ferryman would not hear of it.

Але перевізник і чути про це не хотів.

"Only one at a time," he repeated.

«Тільки по одному за раз», — повторив він.

"First let me take across the mattress"

«Спочатку дозвольте мені пройти через матрац»

Sribatsa saw no reason to object to the proposal.

Шрібаца не бачив причин заперечувати проти пропозиції.

The ferryman started taking the mattress across the river.

Поромник почав перевозити матрац через річку.

He had reached halfway across the river.

Він дійшов до середини річки.

But then, from nowhere, a fierce gale arose.

Але потім, нізвідки, знявся лютий шторм.

The ferryman lost control of his canoe.

Поромник втратив керування своїм каное.

The mattress was blown into the river.

Матрац здуло в річку.

The river carried everything away with it.

Річка все з собою забрала.

And the ferrymen, canoe, and mattress were never seen again.

А поромників, каное та матраца більше ніколи не бачили.

But that was not even the strangest events.

Але це були ще не найдивніші події.

Because the river also disappeared into thin air.

Бо річка також зникла як у повітрі.

Where there was water there was now dry ground.

Там, де була вода, тепер була суша.

Sribatsa knew the evil eye of Sani had been watching.

Шрібаца знав, що за ним спостерігає лихе око Сані.

Sribatsa and his wife had not a pice in their pockets.

У Шрібаци та його дружини не було ні гроша в кишені.

Together, impoverished, they went to a nearby village.

Разом, збіднівши, вони вирушили до сусіднього села.

The village was dwelt in mostly by wood-cutters.

У селі жили переважно лісоруби.

At sunrise the woodcutters went to cut wood.

На світанку лісоруби пішли рубати дрова.

And the wood they cut they sold in a faraway town.

А деревину, яку вони зрубали, продали в далекому містечку.

Sribatsa asked to work with the wood-cutters.

Шрібаца попросився працювати з лісорубами.

And the wood-cutters agreed to let him cut wood.

І лісоруби погодилися дозволити йому рубати дрова.

He could fell trees as well as the best of them.

Він умів валяти дерева так само добре, як і найкращий з них.

But Sribatsa was different from the wood-cutters.

Але Шрібаца відрізнявся від лісорубів.

The wood-cutters cut any and every sort of wood.

Лісоруби ріжуть будь-які породи деревини.

But Sribatsa cut only the precious types of wood.

Але Шрібаца різав лише дорогоцінні породи деревини.

His efforts were focused on cutting down sandal-wood.

Його зусилля були зосереджені на вирубці сандалового дерева.

The wood-cutters brought to market large loads of common wood.

Лісоруби привозили на ринок великі вантажі звичайної деревини.

Sribatsa brought only a few pieces of sandal-wood to the market.

Шрібаца привіз на ринок лише кілька шматочків сандалового дерева.

He was paid a great deal more money than the others.

Йому платили значно більше грошей, ніж іншим.

Things went on this way for some days.

Так тривало кілька днів.

And the wood-cutters became jealous of Sribatsa.

І лісоруби почали заздрити Шрібаці.

In their jealousy they plotted against Sribatsa.

У своїй заздрості вони задумали змову проти Шрібаци.

And finally they drove Sribatsa and his wife from the village.

І нарешті вони вигнали Шрібацу та його дружину з села.

Sribatsa and his wife made their way to another village.

Шрібаца та його дружина вирушили до іншого села.

In this village there were many women that weaved.

У цьому селі було багато жінок, які ткали.

Here Chintamani made herself useful by spinning cotton.

Тут Чінтамані приносила користь, прядучи бавовну.

Chintamani was an intelligent and skillful woman.

Чінтамані була розумною та вмілою жінкою.

So she spun finer thread than the other women.

Тож вона пряла тоншу нитку, ніж інші жінки.

And she got paid more money than the other women.

І їй платили більше грошей, ніж іншим жінкам.

This roused the envy of the native women of the village.

Це викликало заздрість у місцевих жінок села.

But the envy of the other women was not all.

Але заздрість інших жінок була ще не всею.

Sribatsa wanted to gain the good grace of the weavers.

Шрібаца хотів здобути прихильність ткачів.

So he invited the women that spun cotton to a feast.

Тож він запросив жінок, які пряли бавовну, на бенкет.

The dishes of the feat were all cooked by his wife.

Страви для подвигу були приготовані його дружиною.

Chintamani was a good weaver, and an excellent in cook.

Чінтамані була хорошою ткалею і чудово кухаркою.

She placed the delicacies before the women.

Вона поставила делікатеси перед жінками.

And the barbarous weavers were quite charmed.

І варвари-ткачі були цілком зачаровані.

The men went to their homes with their bellies full.

Чоловіки розійшлися по домівках з повними животами.

But when they got home, they reproached their wives.

Але коли вони повернулися додому, вони дорікали своїм дружинам.

"Why do you not cook like the wife of Sribatsa"

«Чому ти не готуєш, як дружина Шрібаци?»

And the men called their wives good-for-nothing women.

А чоловіки називали своїх дружин нікчемними жінками.

This made the women hate Chintamani the more.

Це ще більше зненавиділо жінок до Чінтамані.

One day Chintamani went to the river-side.

Одного дня Чінтамані пішла на берег річки.

She wanted to bathe along with the other women of the village.

Вона хотіла скупатися разом з іншими жінками села.

A boat had been lying on the bank, stranded on the sand.

Човен лежав на березі, прикинутий до піску.

The boat had been stranded there for many days.

Човен простояв там на мілині багато днів.

They had tried to move the boat, but in vain.
Вони намагалися зрушити човен, але марно.
It so happened that Chintamani touched the boat.
Так сталося, що Чінтамані торкнулася човна.
It was an accident, for she did not mean to touch the boat.
Це був нещасний випадок, бо вона не хотіла торкатися
човна.
But whether she meant to or not, the boat moved.
Але, хотіла вона того чи ні, човен рушив.
And soon the boat was heading off to the river.
І невдовзі човен попрямував до річки.
The boatmen were astonished by what they had seen.
Човнярі були вражені побаченим.
They thought that the woman had uncommon power.
Вони вважали, що жінка має незвичайну силу.
And so they thought she might be useful in future.
І тому вони подумали, що вона може бути корисною в
майбутньому.
They therefore caught hold of her, against her will.
Тож вони схопили її проти її волі.
And they put her in the boat, and rowed off.
І вони посадили її в човен і попливли.
The women of the village were present for this kidnapping.
Жінки села були присутні під час цього викрадення.
But they did not offer Chintamani any assistance.
Але вони не запропонували Чінтамані жодної допомоги.
Because Chintamani had put them in a bad light.
Бо Чінтамані виставила їх у поганому світлі.

**Sribatsa heard how his wife had been carried away by
boatmen.**
Шрібаца почув, як човнярі забрали його дружину.
I will let you imagine how he became mad with grief.
Дозвольте собі уявити, як він збожеволів від горя.
He left the village and went to the river-side.
Він вийшов із села і пішов на берег річки.
And he resolved to follow the course of the stream.

І він вирішив йти вздовж течії струмка.

Along the stream he was sure to meet the kidnappers' boat.

Вздовж струмка він неодмінно зустріне човен викрадачів.

He travelled on and on, along the side of the river.

Він мандрував і мандрував вздовж річки.

And he travelled till it eventually became dark.

І він їхав, аж поки нарешті не стемніло.

Where he was there were no huts to be seen.

Там, де він був, не було видно жодної хатини.

So he climbed into a tree to sleep for the night.

Тож він заліз на дерево, щоб переночувати.

In the next morning he got down from the tree.

Наступного ранку він зліз з дерева.

At the foot of the tree he saw a Kapila-cow.

Біля підніжжя дерева він побачив корову Капілу.

A Kapila-cow never has any calves of her own.

У корови Капіла ніколи не буває власних телят.

But she can be milked at all hours of the day.

Але її можна доїти в будь-який час доби.

Sribatsa milked the cow without her objecting.

Шрібаца видоїв корову, не заперечуючи.

And he drank the milk to his heart's content.

І він випив молоко досхочу.

And then he noticed something else about the cow.

А потім він помітив ще дещо щодо корови.

The dung of the cow was of a bright yellow color.

Коров'ячий гній був яскраво-жовтого кольору.

In fact, the dung of the cow was made of pure gold.

Насправді, коров'ячий гній був зроблений з чистого золота.

The golden cow dung was still in a soft state.

Золотий коров'ячий гній був ще в м'якому стані.

So he was able to write his name in the golden dung.

Тож він зміг написати своє ім'я на золотому гної.

During the course of the day the dung hardened.

Протягом дня гній затвердів.

And finally the dung looked like a brick of gold.

І нарешті гній виглядав як золота цеглина.

The tree he had slept in grew on the river-side.

Дерево, на якому він спав, росло на березі річки.

And the Kapila-cow supplied him with milk all day.

І корова Капіла давала йому молоко цілий день.

So Sribatsa decided to wait there for the boat.

Тож Шрібаца вирішив чекати там на човен.

In the morning the cow deposited the precious article.

Вранці корова знесла дорогоцінний предмет.

And at night the cow deposited the precious article.

А вночі корова залишила дорогоцінний предмет.

So the gold bricks increased every day.

Тож золотих цеглин щодня зростало.

And on each golden brick he had engraved his name.

І на кожній золотій цеглині він вигравіював своє ім'я.

He stacked the bricks on top of each other.

Він складав цеглини одну на одну.

From a distance it looked like a hillock of gold.

Здалеку це виглядало як золотий пагорб.

But now we must leave Sribatsa to stack his gold.

Але тепер ми мусимо залишити Шрібацу складати своє золото.

And we must turn our attention to Chintamani.

І ми повинні звернути свою увагу на Чінтамані.

Chintamani was a graceful woman of great beauty.

Чінтамані була витонченою жінкою надзвичайної краси.

She had worried her beauty might be her ruin.

Вона хвилювалася, що її краса може стати її погибеллю.

So she offered a prayer as she was being kidnapped.

Тож вона помолилася, коли її викрадали.

"Lakshmi, O Mother Lakshmi! have pity upon me"

«Лакшмі, о Мати Лакшмі! змилуйся наді мною»

"Thou hast made me beautiful, you have"

«Ти зробив мене прекрасною, ти зробив»

"But now my beauty will undoubtedly be my ruin"

«Але тепер моя краса, безсумнівно, стане моєю
погибеллю»
"I am bound to loss my honor and my chastity"
«Я приречений втратити свою честь і цнотливість»
"I therefore beseech thee, gracious Mother;"
«Тому благаю Тебе, милосердна Мати;»
"Take my beauty from me, and make me ugly"
«Забери в мене мою красу і зроби мене потворною»
"Cover my body with some loathsome disease"
«Покрий моє тіло якоюсь огидною хворобою»
"That way the boatmen might not touch me"
«Таким чином човнярі мене не чіпатимуть»
Chintamani was in the arms of the boatmen.
Чінтамані була в обіймах човнярів.
But the Goddess of good fortune heard her prayer.
Але Богиня удачі почула її молитву.
In the twinkling of an eye her form changed.
Вмить ока її форма змінилася.
Her naturally beautiful form faded away.
Її природно красива форма зникла.
And she was turned into a vile carcass.
І вона перетворилася на мерзенну тушу.
The boatmen were putting her down in the boat.
Човнярі спускали її в човен.
They found her body was covered with loathsome sores.
Вони виявили, що її тіло було вкрите жахливими
виразками.
And the sores were giving out a disgusting stench.
А від виразок йшов огидний сморід.
They therefore threw her into the hold of the boat.
Тож вони кинули її в трюм човна.
And they left her amongst the cargo of the ship.
І вони залишили її серед вантажу корабля.
Morning and evening they sent her some food.
Вранці та ввечері вони надсилали їй трохи їжі.
A little boiled rice, and some water to drink.
Трохи вареного рису та трохи води для пиття.

Chintamani was miserable in the hull of the ship.

Чінтамані почувалася нещасно в корпусі корабля.

But she greatly preferred misery to the alternative.

Але вона набагато більше воліла страждання, ніж альтернативу.

She would rather be miserable than loss her chastity.

Вона воліла б бути нещасною, ніж втратити свою цнотливість.

The boatmen had gone to some port to sell cargo.

Човнярі поїхали до якогось порту продавати вантаж.

While sailing back they caught sight something.

Під час зворотного плавання вони щось помітили.

By the river-side there seemed to be a hillock of gold.

Біля річки здавалося, що це був золотий пагорб.

Sribatsa had been keeping watch by the river.

Шрібаца спостерігав біля річки.

So he was delighted to see a boat approach him.

Тож він зрадів, побачивши, як до нього наближається човен.

Because he fondly imagined his wife might be on board.

Бо він ніжно уявляв, що його дружина може бути на борту.

The boatmen went greedily to the hillock of gold.

Човнярі жадібно попрямували до золотого пагорба.

Of course Sribatsa told them the gold was his.

Звісно, Шрібаца сказав їм, що золото належить йому.

But that didn't help Sribatsa very much.

Але це не дуже допомогло Шрібаці.

The sailors took him prisoner on the boat.

Моряки взяли його в полон на човні.

And they loaded the gold onto their vessel.

І вони завантажили золото на своє судно.

They happened to imprison him close to the ugly woman.

Випадково його ув'язнили поруч із тією потворною жінкою.

Of course the husband and wife recognized each other.

Звісно, чоловік і дружина впізнали одне одного.

In spite of the change Chintamani had undergone.

Незважаючи на зміни, яких зазнала Чінтамані.

And despite their excitement they kept their composure.

І попри своє хвилювання, вони зберегли самовладання.

And they thought it prudent not to speak to each other.

І вони вважали за доцільне не розмовляти один з одним.

Instead they communicated their ideas through gestures.

Натомість вони висловлювали свої думки за допомогою жестів.

There is something you should know about the boatmen.

Є дещо, що тобі слід знати про човнярів.

These boatmen were very fond of playing at dice.

Ці човнярі дуже любили грати в кості.

Sribatsa appeared to them to be a respectable man.

Шрібаца здавався їм поважною людиною.

So they always asked him to join in the game.

Тож вони завжди просили його приєднатися до гри.

Sribatsa happened to be an expert dice player.

Шрібаца виявився досвідченим гравцем у кості.

Despite their efforts he won almost every game.

Незважаючи на їхні зусилля, він вигравав майже кожну гру.

You can imagine how the sailors felt about losing.

Ви можете уявити, як моряки переживали поразку.

And in jealousy the boatmen threw him overboard.

І човнярі з заздрощів викинули його за борт.

Chintamani saw the men throw her husband overboard.

Чінтамані бачила, як чоловіки скинули її чоловіка за борт.

Fortunately for Sribatsa, his wife had great presence of mind.

На щастя для Шрібаци, його дружина мала неабияку розсудливість.

The boatmen had allowed her a pillow to rest her head.

Човнярі дозволили їй покласти голову на подушку.

And she simultaneously threw this pillow into the water.

І вона одночасно кинула цю подушку у воду.

Sribatsa was able to grab hold of the pillow.

Шрібаца зміг схопитися за подушку.

And the pillow helped him float down the stream.

А подушка допомагала йому плисти за течією.

Up until nightfall the river carried him downstream.

Аж до настання ночі річка несла його за течією.

At nightfall he arrived at what seemed to be a garden.

З настанням сутінків він прибув до чогось, що здавалося садом.

Because it was dark there was nothing he could do.

Оскільки було темно, він нічого не міг зробити.

So all night he stayed in the garden, cold and wet.

Тож усю ніч він залишався в саду, холодний і мокрий.

I should tell you who this garden belonged to.

Я маю сказати тобі, кому належав цей сад.

This was the garden of an old widowed woman.

Це був сад старої овдовілої жінки.

This woman used to supply flowers for the king.

Ця жінка колись постачала квіти для короля.

But one day some blight had come over her garden.

Але одного дня якась гниль напала на її сад.

Almost all the trees and plants ceased flowering.

Майже всі дерева та рослини перестали цвісти.

She had therefore given up the business she had.

Тому вона відмовилася від бізнесу, який мала.

And she was no longer the royal flower supplier.

І вона більше не була постачальником королівських квітів.

However, Sribatsa's arrival had rejuvenated her garden.

Однак приїзд Шрібаци омолодив її сад.

She could scarcely believe her eyes in the morning.

Вранці вона ледве могла повірити своїм очам.

The whole garden was ablaze with flowers again.

Весь сад знову палахкотів квітами.

There was no plant that was not in bloom.

Не було жодної рослини, яка б не цвіла.

And every tree she had was begemmed with flowers.

І кожне її дерево було вкрите квітами.

She had no way of knowing the cause of the miracle.
Вона не мала жодної можливості дізнатися причину цього дива.
And so she took a walk through the garden.
І ось вона прогулялася садом.
But she soon found the cause of all the flowers.
Але вона невдовзі знайшла причину появи всіх цих квітів.
At the edge of her garden was a cold, wet man.
На краю її саду стояв холодний, мокрий чоловік.
He was shivering and almost dead from hypothermia.
Він тремтів і мало не помер від переохолодження.
She immediately brought the man into to her cottage.
Вона негайно привела чоловіка до своєї хатини.
And she lighted a fire to give him some warmth.
І вона розпалила вогонь, щоб зігріти його.
She nursed him and showed him every attention.
Вона доглядала його та приділяла йому всю увагу.
And she ascribed the miracle to his presence.
І вона приписала диво його присутності.
She made him as comfortable as she could.
Вона влаштувала його якомога зручніше.
And then she ran to the king's palace.
А потім вона побігла до королівського палацу.
She asked to speak to the king's chief servant.
Вона попросила дозволу поговорити з головним слугою короля.
And she told him the good fortune she had had.
І вона розповіла йому про свою щасливу долю.
"I can again supply the palace with flowers"
«Я знову можу постачати квіти до палацу»
Her flowers had been very much missed at the palace.
У палаці дуже сумували за її квітами.
So she was immediately restored to her former position.
Тож її негайно поновили на попередній посаді.
She was again the flower-woman of the royal household.
Вона знову стала квіткаркою королівського дому.

Sribatsa spent a few more days recovering his health.

Шрібаца провів ще кілька днів, відновлюючи своє здоров'я.

And eventually he had all his vitality back.

І зрештою до нього повернулася вся життєва сила.

He asked the woman if he could speak with a minister.

Він запитав жінку, чи може він поговорити зі священиком.

So the woman took him to the palace with her.

Тож жінка взяла його з собою до палацу.

One of the king's ministers gave him an appointment.

Один з королівських міністрів призначив йому призначення.

And he was at once found to be a man of intelligence.

І він одразу виявився людиною розумною.

So was offered a position in the king's service.

Тож йому запропонували посаду на службі у короля.

In fact, he was allowed to choose what job he wanted.

Фактично, йому дозволили обрати, яку роботу він хоче.

He asked to be collector of tolls on the river.

Він попросився бути збирачем мита на річці.

The minister was happy to give Sribatsa the job.

Міністр із задоволенням призначив Шрібацу цю посаду.

The kingdom needed someone to collect river-tolls.

Королівству потрібен був хтось, хто б збирав річкові збори.

And Sribatsa immediately started his new job.

І Шрібаца негайно розпочав свою нову роботу.

It wasn't long before his plan came to fruition.

Незабаром його план здійснився.

The boat his wife was on was coming down the river.

Човен, на якому була його дружина, плив річкою.

Under the king's authority he detained the boat.

За наказом короля він затримав човен.

And he charged the boatmen with the theft of gold-bricks.

І він звинуватив човнярів у крадіжці золотих цеглин.

The king liked the sound of a boat full of gold.

Королю сподобався звук човна, повного золота.

So the king himself came to the river-side.

Тож сам король прибув на берег річки.

Even he was amazed by the quantity of gold they had.

Навіть він був вражений кількістю золота, яке вони мали.

And every gold brick had Sribatsa's inscription.

І на кожній золотій цеглині був напис Шрібаци.

At the same time he rescued his wife from the boatmen.

Водночас він врятував свою дружину від човнярів.

Back on dry land she returned to her previous beauty.

Повернувшись на сушу, вона повернулася до своєї колишньої краси.

He told the king the story of their misfortune.

Він розповів королю історію їхнього нещастя.

And the king had them as a guest in his palace.

І цар запросив їх як гостей у свій палац.

The king gave them presents of horses and elephants.

Король подарував їм коней та слонів.

And on the horses and elephants they rode to their country.

І на конях та слонах вони поїхали до своєї країни.

The evil eye of Sani was now turned away from Sribatsa.

Зле око Сані тепер відвернулося від Шрібаци.

And he again became what he formerly was.

І він знову став тим, ким був раніше.

He was again Sribatsa; the Child of Fortune.

Він знову був Шрібатса; Дитиною Щастя.

The Boy whom Seven Mothers Suckled
Хлопчик, якого годували семеро матерів

Once on a time there reigned a king who had seven queens.

Колись давно правив король, у якого було сім королев.

He was very sad, for the seven queens were all barren.

Він був дуже засмучений, бо всі семеро цариць були безплідні.

One day, however, he met a holy mendicant.

Однак одного дня він зустрів святого жебрака.

The holy mendicant told the king about a certain forest.

Святий жебрак розповів царю про один ліс.

In this forest there grew a special kind of tree.

У цьому лісі ріс особливий вид дерева.

On a branch of this tree hung seven mangoes.

На гілці цього дерева висіло сім манго.

These mangos could restore the fertilities of his queens.

Ці манго могли відновити плодючість його королев.

But the king had to pluck the mangoes himself.

Але королю довелося самому зривати манго.

The king followed the advice of the mendicant.

Король послухався поради жебрака.

And he set off to go to the forest with the mango tree.

І він вирушив до лісу з манговим деревом.

Soon he had found the tree the mendicant spoke of.

Невдовзі він знайшов дерево, про яке говорив жебрак.

And he plucked the seven mangoes that grew upon one branch.

І він зірвав сім манго, що росли на одній гілці.

He gave a mango to each of the queens to eat.

Він дав кожній королеві по манго.

In a short time the king's heart was filled with joy.

Невдовзі серце короля сповнилося радістю.

He was told that the seven queens were all with child.

Йому сказали, що всі семеро цариць вагітні.

One day the king was out hunting.

Одного дня король вирушив на полювання.

On his path he saw a young lady of peerless beauty.

На своєму шляху він побачив молоду жінку неперевершеної краси.

He instantly fell in love with the beautiful woman.

Він миттєво закохався у красуню.

And he brought her to his palace, and married her.

І він привів її до свого палацу та одружився з нею.

This lady was, however, not a human being.

Однак ця жінка не була людиною.

But what this woman was was a Rakshasi.

Але ця жінка була ракшасі.

But the king of course did not know this.

Але король, звісно, цього не знав.

The king became dotingly fond of her.

Король безмежно полюбив її.

And he did whatever she told him to do.

І він робив усе, що вона йому казала.

One day she made a very particular request of the king.

Одного разу вона звернулася до короля з дуже особливим проханням.

"You say that you love me more than anyone else"

«Ти кажеш, що любиш мене більше за всіх»

"Let me see whether you really love me as much as you say"

«Дай мені перевірити, чи ти справді кохаєш мене так сильно, як кажеш»

"If you love me, make your seven other queens blind"

«Якщо ти мене кохаєш, зроби сліпим сімох інших своїх королев»

"And once they are blind, let them be killed"

«А коли вони осліпнуть, нехай їх уб'ють»

The king became very sad at the terrible request.

Король дуже засмутився від жахливого прохання.

He was especially sad because the queens were all pregnant.

Він був особливо засмучений, бо всі королеви були вагітні.

But he had no choice but to comply with her request.

Але в нього не було іншого вибору, окрім як виконати її
прохання.

The eyes of the queens were plucked out of their sockets.
Очі королев були вирвані з орбіт.
And the queens were delivered up to the chief minister.
А королев передали головному міністру.
It was up to the chief minister to destroy the queens.
Головний міністр мав знищити королев.
But the chief minister was a merciful man.
Але головний міністр був милосердною людиною.
In the side of the hill there was secret a cave.
У схилі пагорба була таємна печера.
Instead of killing the queens, the minister hid them.
Замість того, щоб убити королев, міністр їх сховав.
In course of time the eldest of the seven queens gave birth.
З плином часу народила старша з семи королев.
"What shall I do with the child," said she.
«Що ж мені робити з дитиною?» — сказала вона.
"We are blind and are dying for want of food."
«Ми сліпі та помираємо від голоду».
"Let me kill the child," she proposed.
«Дозвольте мені вбити дитину», – запропонувала вона.
"Let us all eat of the child's flesh," she added.
«Давайте всі з'їмо плоть дитини», – додала вона.
Just as she said she would, she killed the infant.
Як вона й обіцяла, вона вбила немовля.
She gave to each of her sister-queens a part of the child.
Вона віддала кожній зі своїх сестер-королев частинку
дитини.
And the sister queens ate their part of the child.
А сестри-королеви з'їли свою частину дитини.
But the youngest queen did not eat her share.
Але наймолодша королева не з'їла своєї частки.
Instead, she laid her part of the child beside her.
Натомість вона поклала свою частину дитини поруч із
собою.

In a few days the second queen also was delivered of a child.

За кілька днів народила дитину і друга королева.

She did with her child as her eldest sister had done with hers.

Вона зробила зі своєю дитиною так, як її старша сестра зробила зі своєю.

So did the third, the fourth, the fifth, and the sixth queen.

Так само зробили третя, четверта, п'ята та шоста королеви.

Eventually the seventh queen gave birth to a son.

Зрештою сьома королева народила сина.

But she did not follow the example of her sister-queens.

Але вона не наслідувала приклад своїх сестер-королев.

Instead, she resolved to raise the child.

Натомість вона вирішила виховувати дитину.

The other queens demanded their portions of the newly-born.

Інші королеви вимагали свою частку новонароджених.

But she still had the portions she had not eaten.

Але в неї все ще залишалися ті порції, які вона не з'їла.

And she gave her sister-queens back their children's parts.

І вона повернула своїм сестрам-королевам частини їхніх дітей.

The other queens at once perceived that their portions were dry.

Інші королеви одразу помітили, що їхні порції сухі.

Therefore the parts could not be of the newly born child.

Отже, ці частини не могли належати новонародженій дитині.

"I have decided not to kill me child," she explained.

«Я вирішила не вбивати свою дитину», – пояснила вона.

"I will not eat him, but try to raise him instead"

«Я не з'їм його, а спробую виростити»

The others were glad to hear this news.

Інші були раді почути цю новину.

They all said that they would help her in nursing the child.

Всі вони сказали, що допоможуть їй годувати дитину.

And so the child was suckled by seven mothers.

І так дитину годували семеро матерів.

And the child became the hardiest and strongest boy that ever lived.

І дитина стала найвитривалішим і найсильнішим хлопчиком, який будь-коли жив.

In the meantime the Rakshasi-queen was doing infinite mischief.

Тим часом цариця-ракшасі чинила нескінченні бешкетування.

And she got the royal household into all sorts of trouble.

І вона втягнула королівський дім у всілякі неприємності.

What she ate at the royal table did not fill her capacious stomach.

Те, що вона їла за королівським столом, не наповнювало її місткого шлунка.

She therefore, in the darkness of night, went hunting.

Тож вона, темрявою ночі, вирушила на полювання.

Gradually she ate up all the members of the royal family.

Поступово вона з'їла всіх членів королівської родини.

She ate all the king's servants, and his attendants.

Вона з'їла всіх царських слуг та його прислужників.

She ate all his horses, elephants, and cattle.

Вона з'їла всіх його коней, слонів та велику рогату худобу.

And eventually only her royal consort and the king were left.

І зрештою залишилися лише її королівський чоловік та король.

After that she used to go out in the evenings into the city.

Після цього вона почала виходити вечорами до міста.

And she ate up stray human beings wherever she found any.

І вона їла заблукалих людей скрізь, де їх знаходила.

The king was left without any servants.

Король залишився без жодної слуги.

There was no person left to cook for him.

Не залишилося нікого, хто б для нього готував.

Because no one would accept this job.

Бо ніхто б не погодився на цю роботу.

But at last someone volunteered their services.

Але нарешті хтось запропонував свої послуги.

The boy who had been suckled by seven mothers.

Хлопчик, якого годували грудьми семеро матерів.

He had now grown up to be a stalwart youth.

Тепер він виріс стійким юнаком.

He attended on the king and prepared his food.

Він служив цареві та готував йому їжу.

But he took every care while with the queen.

Але він був усіляко обережний, перебуваючи з королевою.

And he made sure that she did not swallow him up.

І він подбав, щоб вона його не проковтнула.

The Rakshasi-queen seized her victims only at night.

Ракшасі-цариця хапала своїх жертв лише вночі.

So the boy he went home long before nightfall.

Тож хлопець пішов додому задовго до настання темряви.

So she had to find another way to get rid of the boy.

Тож їй довелося знайти інший спосіб позбутися хлопчика.

The boy always boasted that he could do any work.

Хлопчик завжди хвалився, що може виконувати будь-яку роботу.

So the queen invented a disease for herself.

Тож королева вигадала собі хворобу.

She said that there was a cure for her disease.

Вона сказала, що від її хвороби є ліки.

But she said the cure was not easy to get.

Але вона сказала, що ліки було нелегко отримати.

This made the boy even more interested in the task.

Це ще більше зацікавило хлопчика завданням.

She said there was a melon which cured her disease.

Вона сказала, що існує диня, яка виліковує її від хвороби.

The melon was twelve cubits in length.

Диня була дванадцять ліктів завдовжки.

But the stone of the lemon was thirteen cubits long.

Але кісточка лимона була тринадцять ліктів завдовжки.

The fruit could only be gotten from her mother.

Фрукти можна було отримати лише від її матері.

And her mother lived on the other side of the ocean.

А її мати жила на іншому боці океану.

She gave him a letter of introduction to her mother.

Вона дала йому рекомендаційного листа для своєї матері.

But actually the note told her to eat the boy.

Але насправді в записці їй було наказано з'їсти хлопчика.

The boy had suspected there was some foul play.

Хлопчик підозрював, що тут якась нечесна гра.

So he tore up the letter and proceeded on his journey.

Тож він порвав листа та продовжив свою подорож.

The dauntless youth passed through many lands.

Безстрашний юнак пройшов через багато земель.

After much travel he stood on the shore of the ocean.

Після довгої подорожі він зупинився на березі океану.

On the other side of the ocean was the country of the Rakshasis.

По інший бік океану була країна ракшасів.

He then bawled as loud as he could, and said;

Тоді він заревів щосили й сказав:

"Granny! granny! come and save your daughter"

«Бабусю! бабусю! прийди та врятуй свою доньку»

"Your daughter, my mother, is dangerously ill"

«Ваша донька, моя мати, тяжко хвора»

On the other side of the ocean an old Rakshasi heard him.

З іншого боку океану його почув старий ракшасі.

The old Rakshasi crossed the ocean to the boy.

Старий ракшасі перетнув океан до хлопчика.

The boy told her the message of the queen.

Хлопчик передав їй послання королеви.

And the Rakshasi took the boy on her back.

І ракшасі взяла хлопчика на спину.

She re-crossed the ocean to the land of the Rakshasi.

Вона знову перетнула океан до землі ракшасів.

And the boy was at once given the medicinal melon.

І хлопчикові одразу ж дали лікувальну диню.

The Rakshasi told him to hurry back to her daughter.

Ракшасі сказала йому поспішати назад до її доньки.

But the boy said he was too tired to keep travelling.

Але хлопчик сказав, що він надто втомився, щоб продовжувати подорож.

And he begged to be allowed to rest one day.

І він благав дозволити йому хоча б один день відпочити.

The old Rakshasi consented to her grandson's wishes.

Стара ракшасі погодилася з бажанням свого онука.

The boy noticed interesting things in the Rakshasi's room.

Хлопчик помітив цікаві речі в кімнаті ракшасі.

There was a stout club and a rope hanging in the room.

У кімнаті висіли міцна палиця та мотузка.

The boy inquired what the stout club and rope were for.

Хлопчик запитав, для чого потрібні міцна палиця та мотузка.

"Child, with that club and rope I cross the ocean"

«Дитино, з цією палицею та мотузкою я перетну океан»

"One just has to take the club and the rope in his hands"

«Треба просто взяти в руки кийок і мотузку»

"And then you have to say the following magical words:"

«А потім ви повинні сказати такі чарівні слова:»

"O stout club! O strong rope!"

«О міцна палиця! О міцний канат!»

"Take me at once to the other side"

«Негайно відвези мене на інший бік»

"Then they will take him to the other side of the ocean"

«Тоді вони перевезуть його на інший бік океану»

The boy noticed another interesting thing in the room.

Хлопчик помітив ще одну цікаву річ у кімнаті.

There was a bird in a cage in the corner of the room.

У кутку кімнати в клітці сидів птах.

The boy also wanted to know what this bird was for.

Хлопчик також хотів знати, для чого цей птах.

"The bird contains a secret, my child"

«Птах приховує таємницю, дитино моя»

"But that secret must not be disclosed to mortals"

«Але ця таємниця не повинна бути розкрита смертним»

"But how can I hide this secret from my own grandchild?"

«Але як я можу приховати цю таємницю від власного онука?»

"That bird, child, contains the life of your mother.

«Цей птах, дитино, містить життя твоєї матері.»

"If the bird is killed, your mother will at once die"

«Якщо птаха вб'ють, твоя мати одразу помре»

Armed with these secrets, the boy went to bed that night.

Озброєний цими секретами, хлопчик тієї ночі ліг спати.

Next morning the old Rakshasi went to distant countries.

Наступного ранку старий Ракшасі вирушив у далекі країни.

Together with all the other Rakshasis, she went to forage.

Разом з усіма іншими ракшасами вона пішла збирати їжу.

The boy took down the bird-cage from the ceiling.

Хлопчик зняв пташину клітку зі стелі.

And the boy took the club and the rope.

І хлопець взяв палицю та мотузку.

And then he spoke the magic words to the club and rope.

А потім він промовив чарівні слова до палиці та мотузки.

"O stout club! O strong rope!"

«О міцна палиця! О міцний канат!»

"Take me at once to the other side"

«Негайно відвези мене на інший бік»

In the twinkling of an eye the boy was put on this side of the ocean.

Вмить ока хлопчик опинився по цей бік океану.

He then retraced his steps, back to the queen.

Потім він повернувся тими ж слідами, назад до королеви.

To her astonishment he really had the medicinal lemon.

На її подив, у нього справді був цілющий лимон.

But the bird in the cage he kept carefully concealed.

Але птаха в клітці він ретельно ховав.

In the course of time the people of the city came to the king.
З плином часу мешканці міста прийшли до царя.
And they told the king of their troubles.
І вони розповіли цареві про свої біди.
"A monstrous bird comes from the palace every evening"
«Щовечора з палацу вилітає жахливий птах»
"The bird seizes the people in the streets"
«Птах хапає людей на вулицях»
"And the bird swallows the people up whole"
«І птах ковтає людей цілком»
"This has been going on for a long time"
«Це триває вже давно»
"And now the city has become almost desolate"
«А тепер місто стало майже спустошеним»
The king did not know what this monstrous bird was.
Король не знав, що це за жахливий птах.
But the king's servant, the boy, said he knew.
Але слуга царя, хлопчик, сказав, що знає.
"I will kill the monstrous bird," he offered.
«Я вб'ю цього жахливого птаха», — запропонував він.
"But the queen has to stand beside us," he added.
«Але королева має стояти поруч із нами», – додав він.
The king saw no reason to object to the proposal.
Король не бачив підстав заперечувати проти цієї
пропозиції.
And so the queen was made to stand beside the king.
І ось королеву поставили поруч із королем.
The boy then took the bird out from its cage.
Потім хлопчик вийняв птаха з клітки.
On seeing the bird she fell into a fainting fit.
Побачивши птаха, вона знепритомніла.
Then the boy turned to the king, and spoke.
Тоді хлопець повернувся до короля і заговорив.
"King, you will soon perceive who the monstrous bird is"
«Королю, ти скоро зрозумієш, хто цей жахливий птах»
"You will see what devours your people every evening"

«Ти побачиш, що щовечора пожирає твій народ»

"I tear off each limb of this bird"

«Я відриваю кожну кінцівку цього птаха»

"The corresponding limb of the man-eater will fall off"

«Відповідна кінцівка людожера відпаде»

The boy then tore off one leg of the bird in his hand.

Потім хлопчик відірвав птахові одну ногу, яку тримав у руці.

All assembled were astonished at what happened next.

Усі присутні були вражені тим, що сталося далі.

One of the legs of the queen fell off.

Одна з ніг королеви відвалилася.

Then the boy squeezed the throat of the bird.

Тоді хлопчик стиснув птахові горло.

And as he squeezed the bird, the queen gave up the ghost.

І коли він стиснув птаха, королева випустила дух.

The boy then retold his history to the king.

Тоді хлопчик переповів свою історію королю.

"You used to have seven barren wives"

«У тебе було сім неплідних дружин»

"To treat their barrenness, you gave them each a mango"

«Щоб вилікувати їхню безплідність, ти дав їм кожному по манго»

"And each of your wives fell pregnant with a child"

«І кожна з ваших дружин завагітніла дитиною»

"However, you then married an eighth wife"

«Однак потім ти одружився з восьмою дружиною»

"This wife ordered you to blind your other wives"

«Ця дружина наказала тобі осліпити інших твоїх дружин»

"And she ordered you to have your other wives killed"

«І вона наказала тобі вбити інших твоїх дружин»

"Your minister blinded your seven wives"

«Ваш міністр осліпив ваших сімох дружин»

"But he was too good hearted to kill your wives"

«Але він був надто добросердечний, щоб убити твоїх дружин»

"Your seven wives were taken to a hiding place"

«Сім твоїх дружин забрали в схованку»

"And in this hiding place they each gave birth"

«І в цьому схованці кожна з них народила»

"But they were forced to eat their newly born children"

«Але їх змусили їсти своїх новонароджених дітей»

"Only my mother did not let me be eaten"

«Тільки моя мати не дала мене з'їсти»

"Instead, I was suckled by seven mothers"

«Натомість мене годували грудьми семеро матерів»

"And I grew up strong and capable"

«І я виріс сильним і здібним»

"Eventually I came to work in your palace"

«Зрештою, я прийшов працювати до вашого палацу»

"Your wife, my stepmother, sent me on a mission"

«Твоя дружина, моя мачуха, послала мене на місію»

"She sent me to her mother for a medicine"

«Вона відправила мене до своєї матері за ліками»

"However, her mother was a Rakshasi"

«Однак її мати була ракшасі»

"From her I found the secret of your wife's life"

«Від неї я дізнався таємницю життя твоєї дружини»

"And so I brought the bird that held your wife's life"

«І ось я приніс птаха, який тримав життя твоєї дружини»

The king had listened to the story his son told him.

Король вислухав історію, яку йому розповів син.

The seven queens were brought back to the palace.

Сімох королев повернули до палацу.

And their eyes were miraculously restored.

І їхні очі дивом відновилися.

The boy that was suckled by seven mothers was crowned.

Хлопчика, якого годували грудьми семеро матерів, коронували.

And he was recognized by the king as his rightful heir.

І король визнав його своїм законним спадкоємцем.

And they lived together happily.

І вони жили разом щасливо.

The Story of Prince Sobur
Історія принца Собура

Once upon a time there lived a merchant.

Колись давно жив купець.

This merchant had seven daughters.

У цього купця було семеро дочок.

One day the merchant asked them a question.

Одного разу купець поставив їм запитання.

"From whose fortune do you live?"

«З чиїх статків ти живеш?»

The eldest daughter answered first.

Старша донька відповіла першою.

"Papa, I live from your fortune"

«Тату, я живу з твого статку»

The second daughter gave the same answer.

Друга донька відповіла так само.

The same answer was given by the third daughter.

Таку ж відповідь дала й третя донька.

His fourth daughter also lived from his fortune.

Його четверта донька також жила з його статків.

His fifth daughter was no different.

Його п'ята донька нічим не відрізнялася.

And his sixth daughter was like the rest.

А його шоста донька була така ж, як і всі інші.

But his youngest daughter surprised him.

Але його здивувала молодша донька.

She had a very different answer.

У неї була зовсім інша відповідь.

"I live from my own fortune"

«Я живу з власного статку»

He did not like this answer.

Йому не сподобалася ця відповідь.

Her answer made the merchant very angry.

Її відповідь дуже розлютила купця.

"You are very ungrateful," he told her.

«Ти дуже невдячна», — сказав він їй.

"See how well you do on your own"

«Подивись, як ти впораєшся самостійно»

"I am kicking you out of my house"

«Я виганяю тебе з дому»

"You will not have a rupee in your pocket"

«У тебе не буде ні рупії в кишені»

He called his palanquins to come.

Він покликав свої паланкіни.

And he ordered them to take the girl away.

І він наказав їм забрати дівчину.

"Leave her in the midst of a forest"

«Залиште її посеред лісу»

The girl begged to be allowed one thing.

Дівчина благала дозволити їй одну річ.

"Please let me take my work-box"

«Будь ласка, дозвольте мені взяти мою робочу скриньку»

"In the box are my needles and threads"

«У коробці мої голки та нитки»

Her father allowed her to take her box.

Її батько дозволив їй взяти свою скриньку.

She got into the seat of the palanquins.

Вона сіла на місце в паланкінах.

And the bearers lifted her up.

І носії підняли її.

And they put her onto their shoulders.

І вони поклали її собі на плечі.

As the bearers ran they chanted.

Коли носії бігли, вони скандували.

"Hoon! Hoon! Hoon! Hoon! Hoon!"

"Хун! Хун! Хун! Хун! Хун!"

But they didn't get very far.

Але вони не зайшли далеко.

An old woman stood in their way.

На їхньому шляху стала літня жінка.

She came up to the carriage.

Вона підійшла до карети.

"Where are you taking my daughter?"

«Куди ви везете мою доньку?»
She was the maid of the child.
Вона була служницею дитини.
"We have been given orders by the merchant"
«Нам наказав торговець»
"He told us to take her away"
«Він сказав нам забрати її»
"We will leave her in a forest"
«Ми залишимо її в лісі»
"We are going to do his bidding"
«Ми збираємося виконувати його накази»
"I must go with her," said the old woman.
«Я мушу йти з нею», — сказала стара жінка.
But the bearers were not sure.
Але носії не були впевнені.
Bearers run when they carry a sedan chair.
Носії біжать, коли несуть носилки.
"How will you be able to keep pace with us?"
«Як ви зможете встигати за нами?»
The old woman was not deterred.
Старенька не злякалася.
"It does not matter how I do it"
«Неважливо, як я це роблю »
"I must go where my daughter goes"
«Я маю йти туди, куди ходить моя донька»
The youngest daughter begged the bearers.
Наймолодша дочка благала носіїв.
"Please carry my mother with me"
«Будь ласка, візьміть мою маму зі мною»
And the bearers gracefully agreed.
І носії люб'язно погодилися.
They carried mother and child to the forest.
Вони понесли матір з дитиною до лісу.
"Hoon! Hoon! Hoon! Hoon! Hoon!"
"Хун! Хун! Хун! Хун! Хун!"
In the afternoon they reached a dense forest.
По обіді вони дісталися густого лісу.

They went deeper and deeper into the forest.
Вони заглиблювалися все глибше й глибше в ліс.
Towards sunset they reached their goal.
Ближче до заходу сонця вони досягли своєї мети.
They stopped at the foot of an old tree.
Вони зупинилися біля підніжжя старого дерева.
They lowered the girl and the old woman.
Вони спустили дівчину та стареньку.
And they left them in the forest.
І вони залишили їх у лісі.
Then they retraced their steps home.
Потім вони повернулися додому своїми ж слідами.

The merchant's youngest daughter looked around.
Наймолодша дочка купця озирнулася навколо.
You would not have wanted to be in her shoes.
Ти б не хотіла опинитися на її місці.
Her situation was truly pitiable.
Її становище було справді жалюгідним.
She was hardly fourteen years old.
Їй ледве виповнилося чотирнадцять років.
She had grown up in luxury.
Вона виросла в розкоші.
But now there was no luxury for her.
Але тепер для неї не було розкоші.
She was in the heart of a dark forest.
Вона була в самому серці темного лісу.
She had not a rupee in her pocket.
У неї не було жодної рупії в кишені.
And she had nothing for protection.
І в неї не було нічого для захисту.
Nothing except an old, decrepit, woman.
Нічого, крім старої, старої жінки.
Even the trees of the forest pitied her.
Навіть дерева в лісі жаліли її.
The young girl and old woman sat together.
Молода дівчина та стара жінка сиділи разом.

They were at the foot of an old tree.

Вони були біля підніжжя старого дерева.

And together they cried over their situation.

І разом вони плакали над своєю ситуацією.

I should say this all happened long ago.

Мушу сказати, що все це сталося давно.

In these times the trees could talk.

У ці часи дерева могли розмовляти.

And the old tree spoke to the girl.

І старе дерево заговорило з дівчиною.

"Unhappy women, I much pity you"

«Нещасні жінки, мені вас дуже шкода»

"There are wild beasts in this forest"

«У цьому лісі є дикі звірі»

"Soon they will come out of their lairs"

«Скоро вони вийдуть зі своїх лігв»

"They will roam about for prey"

«Вони блукатимуть у пошуках здобичі»

"And they are sure to devour you two"

«І вони обов'язково зжеруть вас двох»

"But I can help you, if you want"

«Але я можу тобі допомогти, якщо хочеш»

"I will make an opening for you"

«Я зроблю для тебе прохід»

"When you see the opening, go into it"

«Коли побачиш отвір, заходь у нього»

"And then I will close the opening up"

«А потім я закрию отвір»

"As long as you are in me you'll be safe"

«Поки ти в мені, ти будеш у безпеці»

"This way the wild beasts can't touch you"

«Таким чином, дикі звірі не зможуть тебе торкнутися»

And then the tree split itself in two.

А потім дерево розкололося навпіл.

The two women went inside the tree.

Дві жінки зайшли всередину дерева.

And the old tree resumed its natural shape.

І старе дерево знову набуло своєї природної форми.

The shade of night darkened the forest.
Нічна тінь затьмарила ліс.
Everything the tree had said was true.
Все, що сказало дерево, було правдою.
The wild beasts came out of their lairs.
Дикі звірі вийшли зі своїх лігв.
The fierce tiger came out at night.
Лютий тигр вийшов вночі.
The wild bear left his lair.
Дикий ведмідь покинув своє лігво.
The rhinoceros roamed the forest.
Носоріг блукав лісом.
The bushy bear was there that night.
Пухнастий ведмідь був там тієї ночі.
The great elephant could be heard.
Було чути великого слона.
And there was the horned buffalo.
А ще там був рогатий буйвол.
They all growled as they circled the tree.
Вони всі гарчали, обходячи коло навколо дерева.
They had gotten the scent of human blood.
Вони відчули запах людської крові.
They could hear the growls of the beasts.
Вони чули гарчання звірів.
The beasts came dashing against the tree.
Звірі кинулися до дерева.
They broke the old tree's branches.
Вони зламали гілки старого дерева.
Their horns pierced the tree's trunk.
Їхні роги пронизували стовбур дерева.
They scratched its bark with their claws.
Вони дряпали його кору кігтями.
But all their efforts were in vain.
Але всі їхні зусилля були марними.
The girl and woman were safe in the tree.

Дівчина та жінка були в безпеці на дереві.

Towards dawn the wild beasts went away.

Ближче до світанку дикі звірі пішли геть.

After sunrise the good tree spoke again.

Після сходу сонця добре дерево знову заговорило.

"The wild beasts have gone back"

«Дикі звірі повернулися»

"They are in their lairs again"

«Вони знову у своїх лігвах»

"But they did their best to torment me"

«Але вони зробили все можливе, щоб мене мучити»

"The sun has risen up again"

«Сонце знову зійшло»

"So you can come out now"

«Тож тепер можеш вийти»

The tree split itself into two again.

Дерево знову розкололось на дві частини.

The girl and the old woman came out.

Вийшли дівчина та стара жінка.

They saw the extent of the damage.

Вони побачили масштаби руйнувань.

The tree's branches had been broken off.

Гілки дерева були поламані.

The tree's trunk had been pierced.

Стовбур дерева був пробитий.

The bark had been stripped off.

Кору зняли.

"Good mother, we thank you"

«Добра мамо, дякуємо тобі»

"You have been very kind to us"

«Ви були дуже добрі до нас»

"You gave us shelter from the beasts"

«Ти дав нам притулок від звірів»

"But it was at a great cost to yourself"

«Але це дорого вам обійшлося»

"You have many wounds from the wilds beasts"

«У тебе багато ран від диких звірів»

"You must be in great pain?"

«Тобі, мабуть, дуже боляче?»

Close by there was a flowing river.

Неподалік протікала річка.

The young girl went to the river bank.

Молода дівчина пішла на берег річки.

At the bank of the river she found mud.

На березі річки вона знайшла багнюку.

She covered the tree with the mud.

Вона покрила дерево грязюкою.

She especially covered the damaged parts.

Вона особливо прикривала пошкоджені ділянки.

The tree thanked her for the treatment.

Дерево подякувало їй за лікування.

"My good girl, I thank you"

«Моя хороша дівчинко, дякую тобі»

"I am greatly relieved of my pain"

«Я значно полегшив свій біль»

"I am, however, more concerned for you"

«Однак я більше хвилююся за тебе»

"You must be hungry"

«Ти, мабуть, голодний»

"You have not eaten since yesterday"

«Ти не їв з учорашнього дня»

"But what can I give you?"

«Але що я можу тобі дати?»

"I have no fruit of my own"

«У мене немає власних плодів»

"But I do have some advice"

«Але в мене є кілька порад»

"Give the old woman whatever money you have"

«Віддайте старій жінці всі гроші, які у вас є»

"Let her go into the city"

«Нехай вона йде до міста»

"In the city she can buy some food"

«У місті вона може купити трохи їжі»

They explained their situation to the tree.

Вони пояснили свою ситуацію дереву.

"We have been sent out with no money"

«Нас відправили без грошей »

But she searched through her work-box anyway.

Але вона все одно шукала у своїй робочій скриньці.

And in the box she found five cowries.

А в коробці вона знайшла п'ять каурі.

The tree continued to give its advice.

Дерево продовжувало давати свої поради.

"Go with your cowries to the city"

«Ідіть зі своїми каурі до міста»

"Use the cowries to buy some fried rice"

«Скористайтеся каурі, щоб купити смаженого рису»

So the old woman went to the city.

Тож стара жінка пішла до міста.

Fortunately the city was not far away.

На щастя, місто було недалеко.

She went to the first shopkeeper she found.

Вона пішла до першого ж продавця, якого зустріла.

"Please give me five cowries worth of rice"

«Будь ласка, дайте мені п'ять каурі рису»

The shopkeeper laughed at her.

Крамар засміявся з неї.

"Where can rice be had for five cowries?"

«Де можна знайти рис за п'ять каурі?»

"Be off, you old hag," he told her.

«Іди геть, стара відьмо», — сказав він їй.

So she tried to barter at another shop.

Тож вона спробувала вимінятися в іншому магазині.

This shopkeeper could see her distress.

Цей крамар бачив її горе.

And the shopkeeper took pity on her.

І крамар зглянувся над нею.

She gave her a large quantity of rice.

Вона дала їй велику кількість рису.

The old woman returned with the rice.

Стара жінка повернулася з рисом.

And the tree gave further instructions.

І дерево дало подальші вказівки.

"Eat less than half of the rice"

«З'їжте менше половини рису»

"Go to the embankments of the river bank"

«Ідіть на набережну річки»

"Cast the remaining rice on the river bank"

«Викиньте решту рису на берег річки»

They did not understand the sense of it.

Вони не розуміли сенсу цього.

"Why sow the riverbank with rice?"

«Навіщо засівати берег річки рисом?»

But they did as they were advised.

Але вони зробили так, як їм порадили.

And they threw their rice onto the ground.

І вони кинули свій рис на землю.

They spent the day lamenting their fate.

Вони провели день, оплакуючи свою долю.

Just as before the beasts came out at night.

Як і раніше, звірі вийшли вночі.

The tree housed them inside of its trunk again.

Дерево знову прихистило їх у своєму стовбурі.

Again they mutilated and tortured the tree.

Знову вони понівечили та катували дерево.

But that night something else happened.

Але тієї ночі сталося дещо інше.

The women only saw it the next day.

Жінки побачили це лише наступного дня.

The rice had attracted hundreds of peacocks.

Рис привабив сотні павичів.

The peacocks competed for the rice.

Павичі змагалися за рис.

And their feathers fell on the floor.

І їхнє пір'я впало на підлогу.

The tree had known what would happen.

Дерево знало, що станеться.

And the tree advised them what to do next.

І дерево порадило їм, що робити далі.

"Go back to the bank of the river"

«Повернися на берег річки»

"Go to where you cast the rice"

«Іди туди, де ти кидаєш рис»

"There you will see many feathers"

«Там ти побачиш багато пір'я»

"Collect all the feathers you can find"

«Збери все пір'я, яке зможеш знайти»

"Use the feathers to make a beautiful fan"

«Використайте пір'я, щоб зробити гарний віяло»

"And take the feather-fan to the city"

«І візьми віяло з пір'я до міста»

The two women did as they were advised.

Дві жінки зробили так, як їм порадили.

It was good the girl had taken her work-box.

Добре, що дівчина взяла свою робочу скриньку.

In her work-box was some string.

У її робочій скриньці був якийсь шнурок.

The tied the feathers together.

Вони зв'язали пір'я разом.

And she had made a fan from the feathers.

І вона зробила віяло з пір'я.

She took the feather fan to the city.

Вона взяла віяло з пір'я до міста.

The son of the king happened to be there.

Син царя випадково опинився там.

He admired the feathers greatly.

Він дуже захоплювався пір'ям.

He paid a large sum of money for the feathers.

Він заплатив велику суму грошей за пір'я.

Each morning a quantity of feathers was collected.

Щоранку збирали певну кількість пір'я.

And each day a feather fan was made and sold.

І кожного дня виготовляли та продавали віяло з пір'я.

Within a short time the two women got rich.

За короткий час обидві жінки розбагатіли.

The tree then advised them to build a house.

Тоді дерево порадило їм побудувати будинок.

"Employ men to burn bricks for you"

«Найміть чоловіків, щоб вони випалювали для вас цеглу»

"Get them to cut beams and rafters"

«Нехай вони ріжуть балки та крокви»

"Make them plaster the walls with lime"

«Нехай вони штукатурять стіни вапном»

In a few months a stately house was built.

За кілька місяців було збудовано розкішний будинок.

The tree was pleased for the women.

Дерево зраділо за жінок.

"You should add a garden to your house"

«Тобі слід додати сад до свого будинку»

"And you want to be able to store water"

«І ви хочете мати можливість зберігати воду»

"Dig a water tank in your garden"

«Викопайте резервуар для води у своєму саду»

The girl had not had much time.

У дівчини було обмаль часу.

So she didn't think of her family.

Тож вона не думала про свою родину.

The merchant's luck had taken a turn.

Удача купця змінилася.

The goddess of wealth frowned upon him.

Богиня багатства насупилася на нього.

He was struck by a sudden misfortune.

Його спіткало раптове нещастя.

All at once he lost all of his money.

Раптом він втратив усі свої гроші.

He was forced to sell his house.

Він був змушений продати свій будинок.

But he made a great loss on the property.

Але він зазнав великих збитків на майні.

He and his family were left penniless.

Він та його родина залишилися без грошей.

So they were forced to live elsewhere.

Тож вони були змушені жити в іншому місці.

They happened to move to a nearby village.

Випадково вони переїхали до сусіднього села.

The palace was not far from their new house.

Палац був недалеко від їхнього нового будинку.

But the merchant was not rich anymore.

Але купець вже не був багатим.

And he still had to support his family.

І йому все ще доводилося утримувати свою сім'ю.

He had been reduced to doing manual labor.

Він був змушений виконувати фізичну працю.

He applied for the job at the palace.

Він подав заявку на роботу в палац.

He was going to dig the hole for the water.

Він збирався викопати яму для води.

His wife also offered to work with him.

Його дружина також запропонувала йому працювати.

But they got there too late to work.

Але вони прибули туди надто пізно, щоб працювати.

The water tank had already been finished.

Резервуар для води вже був готовий.

And they did not know whose house it was.

І вони не знали, чий це будинок.

The merchant's daughter was looking out the window.

Дочка купця дивилася у вікно.

She happened to see her parents in the garden.

Вона випадково побачила своїх батьків у саду.

She could see the rags they were wearing.

Вона бачила лахміття, в яке вони були одягнені.

Her eyes filled with tears at the sight.

Її очі наповнилися сльозами від цього видовища.

She could not believe what she saw.

Вона не могла повірити побаченому.

Her parents had come to her for work.

Її батьки приїхали до неї по роботі.

She immediately called her servants.

Вона негайно покликала своїх слуг.

"Outside in the garden are my parents"

«На вулиці в саду мої батьки»

"Please offer them these fine clothes"

«Будь ласка, запропонуйте їм цей гарний одяг»

"And ask them to come into the palace"

«І попросіть їх зайти до палацу»

Her servants did as they were told.

Її слуги зробили так, як їм було наказано.

But her parents were frightened beyond measure.

Але її батьки були неймовірно налякані.

They had seen that the tank was finished.

Вони бачили, що танк завершено.

There used to be a strange tradition.

Колись існувала дивна традиція.

In those days human sacrifices were offered.

У ті часи приносили людські жертви.

One of those occasions was after digging a pool.

Один із таких випадків стався після того, як я копав басейн.

You can imagine her parents' fear.

Можете уявити страх її батьків.

They had come to dig the water tank.

Вони прийшли копати резервуар для води.

But now servants were calling them.

Але тепер їх кликали слуги.

They thought they going to be sacrificed.

Вони думали, що їх принесуть у жертву.

"Throw away your rags" they said.

«Викиньте своє ганчір'я», — сказали вони.

"Here, wear these fine clothes"

«Ось, одягни цей гарний одяг»

And their fears increased even more.

І їхні страхи ще більше посилилися.

But they did not have to fear for long.

Але їм не довелося довго боятися.

Their rich daughter came out to meet them.

Їхня багата донька вийшла їм назустріч.

She hugged and kissed her parents.

Вона обійняла та поцілувала батьків.

And she told them everything that had happened.

І вона розповіла їм усе, що сталося.

The father felt that she had been right.

Батько вважав, що вона мала рацію.

"You do live from your own fortune"

«Ти живеш зі свого власного статку»

The daughter did not blame her father.

Донька не звинувачувала батька.

And she gave him a large fortune.

І вона дала йому великий статок.

With the money he moved back to the city.

Зібравши гроші, він повернувся до міста.

Soon he became a merchant again.

Невдовзі він знову став купцем.

And he went to distant countries for trade.

І він вирушив у далекі країни для торгівлі.

One day he got ready for another business venture.

Одного дня він зібрався з силами до чергової ділової авантюри.

But that day something strange happened.

Але того дня сталося щось дивне.

The ship was ready to leave the port.

Корабель був готовий до відплиття з порту.

But for some reason the ship did not move.

Але з якоїсь причини корабель не рухався з місця.

No one could explain what was happening.

Ніхто не міг пояснити, що відбувається.

But the merchant had an idea.

Але у купця була ідея.

"Perhaps my daughters would like presents"

«Можливо, мої доньки хотіли б подарунків»

"I need to ask them what they would like"

«Мені потрібно запитати їх, чого б вони хотіли»
He went to see his daughters.
Він пішов побачитися зі своїми доньками.
He asked them what they would like.
Він запитав їх, чого б вони хотіли.
And he promised to bring them presents.
І він пообіцяв принести їм подарунки.
But the ship would still not move.
Але корабель все ще не рухався з місця.
He had not asked all his daughters.
Він не запросив усіх своїх дочок.
His youngest daughter was not there.
Його молодшої доньки там не було.
She was living in a different city.
Вона жила в іншому місті.
So he ordered his servants go to her palace.
Тож він наказав своїм слугам іти до її палацу.
The messenger came at the wrong time.
Посланець прийшов не вчасно.
The young girl was engaged in devotions.
Молода дівчина займалася молитовним життям.
But the messenger asked her anyway.
Але посланець все одно її запитав.
She just told him "sobur"
Вона просто сказала йому «собуру»
The meaning of this was "wait"
Значення цього було «чекати»
But the messenger didn't know this.
Але посланець цього не знав.
He thought she wanted something called "sobur"
Він думав, що вона хоче щось під назвою «собур»
So he went back to the city of the merchant.
Тож він повернувся до міста купця.
And he delivered the message he received.
І він передав отримане повідомлення.
"Your daughter wants something called 'sobur'"
«Ваша донька хоче щось під назвою «собур»»

This time the ship could move again.

Цього разу корабель знову зміг рухатися.

So the merchant started on his travels.

Тож купець вирушив у свою подорож.

He visited many ports on his journey.

Під час своєї подорожі він відвідав багато портів.

And he made good profits from his trades.

І він отримував непоганий прибуток від своїх торгів.

Finding the presents was not difficult.

Знайти подарунки не було складно.

He found everything his oldest daughters wanted.

Він знайшов усе, чого хотіли його старші доньки.

But his youngest daughter's wish was difficult.

Але бажання його молодшої доньки було важким.

He could not find the thing called "sobur"

Він не міг знайти річ під назвою «собур»

He asked at every port he came to.

Він питав у кожному порту, куди приходив.

"Do you have something called 'sobur'?"

«У вас є щось під назвою «собур»?»

But the merchants all shook their heads.

Але всі купці похитали головами.

"We've never heard of 'sobur'"

«Ми ніколи не чули про «собур»»

His voyage had almost come to its end.

Його подорож майже добігла кінця.

He was soon going to head back home.

Невдовзі він збирався повертатися додому.

But he wanted "sobur" for his daughter.

Але він хотів «собура» для своєї доньки.

So he went calling through the streets.

Тож він пішов гукати вулицями.

"Sobur, does anyone have sobur?!"

«Собур, у когось є собур?!»

The son of the King was in his castle.

Син короля був у своєму замку.

He happened to be looking out the window.

Він випадково дивився у вікно.
And the calls attracted his attention.
І дзвінки привернули його увагу.
Because his name happened to be Sobur.
Бо випадково його звали Собур.
He came to the merchant to speak with him.
Він прийшов до купця, щоб поговорити з ним.
"I have the Sobur that you want"
«У мене є той Собур, який ти хочеш»
"Take this box, but be careful with it"
«Візьми цю коробку, але будь з нею обережний»
"In the box is a magical feather fan and mirror"
«У коробці є чарівний віяло з пір'я та дзеркало»
"This is the Sobur your daughter wishes for"
«Це той Собур, про який мріє твоя донька»
The merchant thanked the prince for the box.
Купець подякував князю за скриньку.
And he returned back to his country.
І він повернувся назад до своєї країни.

He gave the box to his daughter.
Він віддав коробку своїй доньці.
But the daughter didn't think about it.
Але донька про це не думала.
She thought it was just a common box.
Вона думала, що це просто звичайна коробка.
She had forgotten about the messenger.
Вона забула про посланця.
But one day she decided to open the box.
Але одного разу вона вирішила відкрити скриньку.
Inside the box she found a beautiful fan.
Усередині коробки вона знайшла гарний віяло.
In the feather fan there was a beautiful mirror.
У віялі з пір'я було гарне дзеркало.
She waved the feather fan to cool herself.
Вона помахала віялом з пір'я, щоб охолодитися.
And Prince Sobur appeared before her.

І перед нею з'явився принц Собур.

"You called me, so here I am," he said.

«Ти мене покликав, тож ось я», – сказав він.

"What is it you wish for?" he asked.

«Чого ж ти бажаєш?» — спитав він.

She was astonished at what she saw.

Вона була вражена побаченим.

A handsome prince had suddenly appeared!

Раптом з'явився прекрасний принц!

"Who are you?" she asked the prince.

«Хто ти?» — спитала вона принца.

"And how did you suddenly appear?"

«І як ти раптом з'явився?»

The prince explained what had happened.

Принц пояснив, що сталося.

"Your father was looking for 'sobur'"

«Твій батько шукав «собура»»

"I am prince Sobur," he explained.

«Я принц Собур», – пояснив він.

"I gave your father a box"

«Я дав твоєму батькові коробку»

"In this box there is a feather fan and mirror"

«У цій коробці є віяло з пір'я та дзеркало»

"When you shake the feather fan I will appear"

«Коли ти потрясеш віялом з пір'я, я з'являюся»

She asked the prince to stay as a guest.

Вона попросила принца залишитися в гостях.

And for two days the prince stayed with her.

І два дні принц пробув у неї.

And she entertained him in her palace.

І вона розважила його у своєму палаці.

During that time the two fell in love.

У той час вони закохалися.

They made their vows to each.

Вони дали кожному обітниці.

And they became husband and wife.

І вони стали чоловіком і дружиною.

After this the prince returned to his father.

Після цього принц повернувся до батька.

He told him that he had selected a wife.

Він сказав йому, що обрав собі дружину.

The day for the wedding was decided.

День весілля було визначено.

All the family was invited.

Усю родину запросили.

And they had a beautiful wedding.

І у них було гарне весілля.

But there was a death in the marriage bed.

Але на подружньому ліжку сталася смерть.

The six daughters of the merchant were envious.

Шість дочок купця заздрили.

They were jealous of their sister's success.

Вони заздрили успіхам своєї сестри.

So they decided to destroy her happiness.

Тож вони вирішили зруйнувати її щастя.

They broke several glass bottles.

Вони розбили кілька скляних пляшок.

And they ground the glass into fine powder.

І вони перетерли скло на дрібний порошок.

Then they scattered the powder on the bed.

Потім вони розсипали порошок по ліжку.

The prince suspected no danger.

Принц не підозрював жодної небезпеки.

He laid himself down in the bed.

Він ліг у ліжко.

Soon he felt an acute pain.

Невдовзі він відчув гострий біль.

All of his whole body ached.

Усе його тіло боліло.

The powder had gone through his skin.

Порошок пройшов крізь його шкіру.

The prince became restless through pain.

Принц занепокоївся від болю.

And he started to kick and scream.

І він почав битися ногами та кричати.

He was taken away to his own country.

Його забрали до його ж країни.

The king and queen were very worried.

Король і королева дуже хвилювалися.

They consulted all the kingdom's physicians.

Вони порадилися з усіма лікарями королівства.

But their efforts were in vain.

Але їхні зусилля були марними.

Day and night the young prince was screaming.

День і ніч молодий принц кричав.

No one could ascertain the disease.

Ніхто не міг встановити причину хвороби.

So they had no way of knowing the remedy.

Тож вони не мали жодного способу дізнатися про ліки.

You can imagine the grief of his wife.

Ви можете уявити горе його дружини.

The marriage knot had only just been tied.

Шлюбний вузол щойно був зав'язаний.

She thought a terrible disease had attacked him.

Вона думала, що на нього напала страшна хвороба.

Then he was carried hundreds of miles away.

Потім його відвезли за сотні миль.

She had never been to his country.

Вона ніколи не була в його країні.

But she was determined to go there.

Але вона твердо вирішила туди поїхати.

And she was determined to nurse him better.

І вона була сповнена рішучості краще за ним доглядати.

She put on the garb of a Sannyasi.

Вона одягла одяг саньясі.

And she carried a dagger in her hand.

І вона тримала в руці кинджал.

And then she set out on her journey.

А потім вона вирушила у свою подорож.

The princess was still relatively young.

Принцеса була ще відносно молодою.

She was unaccustomed to long journeys.

Вона була незвична до довгих подорожей.

And she wasn't used to walking so far.

І вона не звикла ходити так далеко.

She soon got weary of walking.

Вона швидко втомилася ходити.

So she sat under a tree to rest.

Тож вона сіла під дерево відпочити.

On the top of the tree there was a nest.

На верхівці дерева було гніздо.

It was the nest of two divine birds.

Це було гніздо двох божественних птахів.

Bihangami and Bihangama lived here.

Тут жили Біхангамі та Біхангама.

They were not in their nest at the time.

У той час їх не було у своєму гнізді.

But two of their chicks were in the nest.

Але двоє їхніх пташенят були в гнізді.

Suddenly the chicks gave a scream.

Раптом курчата закричали.

This roused the half-drowsy princess.

Це розбудило напівсонну принцесу.

The little birds had seen huge serpent.

Маленькі пташки побачили величезного змія.

The snake was about to climb the tree.

Змія збиралася вилізти на дерево.

This would have been the end of the birds.

Це був би кінець для птахів.

But the Sannyasi took out her dagger.

Але санньясі дістала свій кинджал.

And she cut the serpent in two.

І вона розрубала змія навпіл.

Of course even this frightened the young birds.

Звісно, навіть це налякало молодих птахів.

And they flew from the nest screaming.

І вони з криком вилетіли з гнізда.

Bihangama and Bihangami were on their way back.

Біхангама та Біхангамі поверталися назад.

They came sailing through the air.

Вони пливли по повітрю.

They thought they already knew what had happened.

Вони думали, що вже знають, що сталося.

"I don't expect to see our children"

«Я не сподіваюся побачити наших дітей»

"The nest will be empty again"

«Гніздо знову буде порожнім»

"All our previous children were eaten"

«Усіх наших попередніх дітей з'їли»

"They were eaten by our great enemy the serpent"

«Їх з'їв наш великий ворог, змій»

"They will have met the same fate"

«Їх спіткає та сама доля»

"I do not hear the cries of my young ones"

«Я не чую криків моїх малюків»

The two birds got to their nest.

Двоє пташок дісталися до свого гнізда.

And as predicted, the nest was empty.

І як і передбачалося, гніздо було порожнім.

This seemed to confirm their suspicions.

Здавалося, що це підтвердило їхні підозри.

But soon the young birds returned.

Але невдовзі молоді птахи повернулися.

The divine birds were pleasantly surprised.

Божественні птахи були приємно здивовані.

The young birds told them what had happened.

Молоді птахи розповіли їм, що сталося.

"There was a young Sannyasi under the tree"

«Під деревом був молодий санньясін»

"He destroyed the serpent"

«Він знищив змія»

"He cut the snake in two with his dagger"

«Він розрубав змію навпіл своїм кинджалом»

The parents went to foot of the tree.

Батьки підійшли до підніжжя дерева.

Two halves of the snake were still there.

Дві половинки змії все ще були там.

"The young Sannyasi has saved our offspring"

«Молодий санньясі врятував наших нащадків»

"I wish we could do him some service in return"

«Шкода, що ми не можемо зробити йому якусь послугу у відповідь»

The divine bird Bihangama replied.

Божественний птах Біхангама відповів.

"We shall do our service to HER"

«Ми зробимо свою службу ЇЙ»

"The Sannyasi under the tree is not a man"

«Саньясі під деревом — це не людина»

"The Sannyasi under the tree is a woman"

«Саньясі під деревом — це жінка»

"Last night she got married to Prince Sobur"

«Минулої ночі вона вийшла заміж за принца Собура»

"Shortly after their marriage he was poisoned"

«Невдовзі після їхнього весілля його отруїли»

"His skin was pierced with small shards of glass"

«Його шкіру пронизали дрібні осколки скла»

"His sisters-in-law envied his wife"

«Його невістки заздрили його дружині»

"Her sisters spread the powder over the bed"

«Її сестри розсипали пудру по ліжку»

"He is still suffering from his pain"

«Він досі страждає від свого болю»

"But he is in his native land"

«Але він на рідній землі»

"And now he is at the point of death"

«І тепер він на межі смерті»

"Beneath the tree is his heroic bride"

«Під деревом його героїчна наречена»

"She is wearing the garb of a Sannyasi"

«Вона одягнена в одяг санньясі»

"And she is going to nurse him"
«І вона збирається його годувати»
The Bihangami asked the Bihangama.
Біхангамі запитав Біхангаму.
"Is there no cure for the prince?"
«Невже немає ліків для принца?»
"Yes, there is a cure" replied the Bihangama.
«Так, ліки є», – відповів Біхангама.
"There is hardened dung lying on the ground"
«На землі лежить затверділий гній»
"She must take this hardened dung"
«Вона мусить взяти цей затверділий гній»
"Then she must reduce the dung to powder"
«Тоді вона повинна перетворити гній на порошок»
"And then she must bathe the prince"
«А потім вона має викупати принца»
"She must bathe him in seven jars of water"
«Вона має викупати його в семи глечиках води»
"Then she must bathe him in seven jars of milk"
«Тоді вона має викупати його в семи глечиках молока »
"Then she must apply the powder to his body"
«Тоді вона має нанести порошок на його тіло»
"After this Prince Sobur will get well"
«Після цього принц Собур одужає»
"I have no doubts about this remedy"
«У мене немає жодних сумнівів щодо цього засобу»
The Bihangami saw a problem though.
Однак Біхангамі побачили проблему.
"The princess is but a young girl"
«Принцеса — ще зовсім молода дівчина»
"She cannot walk such a distance"
«Вона не може пройти таку відстань»
"The journey would take her many days"
«Подорож займе у неї багато днів»
"By that time the poor prince will have died"
«На той час бідний принц уже помре»
"I can," replied the Bihangama.

«Можу», – відповів Біхангама.

"I will take the young lady on my back"

«Я візьму молоду леді на спину»

"I will fly her to Prince Sobur's city"

«Я доставлю її до міста принца Собура»

"If she takes no presents, I will fly her back"

«Якщо вона не візьме подарунків, я поверну її назад літаком»

The merchant's daughter heard this conversation.

Купецька дочка чула цю розмову.

She begged the Bihangama to take her on his back.

Вона благала Біхангаму взяти її на спину.

And of course the bird willingly consented.

І, звісно, птах охоче погодився.

First she gathered some of the bird's dung.

Спочатку вона зібрала трохи пташиного посліду.

And then she reduced the dung to fine powder.

А потім вона перетерла гній на дрібний порошок.

She was armed with this potent medicine.

Вона була озброєна цими потужними ліками.

And she got on the back of the kind bird.

І вона сіла на спину доброго птаха.

The Bihangama flew as fast as lightning.

Біхангама летіла зі швидкістю блискавки.

They soon reached Prince Sobur's city.

Невдовзі вони дісталися міста принца Собура.

The young Sannyasi went up to the palace.

Молодий санньясі піднявся до палацу.

And she spoke to the guards at the gate.

І вона поговорила з охоронцями біля воріт.

"Send word to the king that I have a medicine"

«Передайте королю, що в мене є ліки»

"This medicine will save the prince's life"

«Ці ліки врятують життя принца»

"Within hours I will have cured the prince"

«За кілька годин я вилікую принца»

The king had tried all the best doctors.

Король перепробував усіх найкращих лікарів.

But no doctor had been able to cure his son.

Але жоден лікар не зміг вилікувати його сина.

So he didn't believe the Sannyasi's words.

Тож він не повірив словам санньясі.

But his councilors advised him otherwise.

Але його радники порадили йому інше.

The Sannyasi ordered for seven jars of water.

Санньясін замовив сім глечиків води.

And seven jars of milk were ordered.

І було замовлено сім банок молока.

He poured a jar of water on the prince.

Він вилив на принца глечик води.

And he poured a jar of milk on the prince.

І він вилив на принца глечик молока.

He had a feather from the divine bird.

У нього було перо від божественного птаха.

And he used the feather to apply the powder.

І він використав перо, щоб нанести пудру.

All of the prince's body was covered.

Все тіло принца було вкрите.

This was repeated another six times.

Це повторилося ще шість разів.

The last treatment did the magic.

Остання процедура зробила диво.

The prince started to feel well again.

Принц знову почав почуватися добре.

The king was happier than words can describe.

Король був щасливіший, ніж можна описати словами.

"Give the Sannyasi the finest treasures"

«Дайте санньясі найкращі скарби»

But the Sannyasi refused to take presents.

Але санньясі відмовилися приймати подарунки.

"Let me have the ring on the prince's finger"

«Дайте мені перстень на пальці принца»

The king and the prince were happy.

Король і принц були щасливі.
And they gave him what he wanted.
І вони дали йому те, чого він хотів.
The merchant's daughter hastened back.
Купецька дочка поспішила назад.
The Bihangama was waiting at the sea-shore.
Біхангама чекав на березі моря.
They reached the tree of the divine birds.
Вони дійшли до дерева божественних птахів.
The young bride walked back to her palace.
Молода наречена повернулася до свого палацу.

The following day she shook the magical feather fan.
Наступного дня вона потрусила чарівним віялом з пір'я.
Just as before, her husband appeared.
Як і раніше, з'явився її чоловік.
Of course he was happy to see his wife.
Звісно, він був радий бачити свою дружину.
But he was infinitely surprised.
Але він був безмежно здивований.
She had his ring on her finger.
У неї на пальці була його обручка.
His own wife was his doctor.
Його власна дружина була його лікаркою.
It was his wife that had cured him!
Це його дружина його вилікувала!
The prince took his bride to his palace.
Принц повів свою наречену до палацу.
He forgave his sisters-in-law.
Він пробачив своїм невісткам.
They lived happily for many years.
Вони щасливо прожили багато років.
And they were blessed with children.
І вони були благословенні дітьми.

The Origins of Opium
Походження опіуму

Once upon on a time there lived a Rishi.
Колись давно жив собі Ріші.
He lived on the banks of the holy Ganges.
Він жив на берегах священної річки Ганг.
This Rishi was a very religious man.
Цей Ріші був дуже релігійною людиною.
He spent his days performing religious rites.
Він проводив свої дні, виконуючи релігійні обряди.
From sunrise to sunset he sat on the river bank.
Від сходу до заходу сонця він сидів на березі річки.
For the whole time he sat engaged in devotion.
Весь цей час він сидів, заглиблений у молитву.
At night he took shelter in his hut.
Вночі він сховався у своїй хатині.
His hut was made from palm-leaves.
Його хатина була зроблена з пальмового листя.
The palms he had grown from saplings.
Пальми, які він виростив із саджанців.
There was no one around for miles.
Навколо нікого не було на багато миль.
However, in the hut there was a mouse.
Однак у хатині жила миша.
She lived from what the Rishi left for her.
Вона жила з того, що їй залишив Ріші.
The Rishi was a kind-hearted man.
Ріші був добросердечною людиною.
He would not hurt any living thing.
Він не завдав би шкоди жодній живій істоті.
So our mouse never ran away from him.
Тож наша миша ніколи від нього не тікала.
In fact, our mouse went to him.
Власне, наша миша до нього й пішла.
She touched his feet when he was sitting.
Вона торкнулася його ніг, коли він сидів.

And she enjoyed playing with him.

І їй подобалося гратися з ним.

The Rishi also liked the little mouse.

Ріші також сподобалася маленька мишка.

So he wanted to be kind to her.

Тож він хотів бути до неї добрим.

And he wanted someone to talk to.

І йому хотілося з кимось поговорити.

So he gave her the power of speech.

Тож він дав їй дар мови.

One night the mouse stood up.

Одного разу вночі миша встала.

She got onto her hind legs.

Вона стала на задні лапи.

And she stood in front of the Rishi.

І вона стала перед Ріші.

And she put her front paws together.

І вона склала передні лапи разом.

"Holy Sage, you have been kind to me"

«Святий мудрече, ти був добрий до мене»

"And you have given me human language"

«І ти дав мені людську мову»

"I hope it doesn't displease your reverence"

«Сподіваюся, це не образить вашу преподобність»

"But I have one more boon to ask"

«Але в мене є ще одне прохання»

The Rishi listened to his mouse.

Ріші послухав свою мишу.

"What is it?" asked the Rishi.

«Що таке?» — спитав Ріші.

"Say what you want, little mouse"

«Кажи, що хочеш, мишенятко»

The mouse answered the Rishi.

Миша відповіла Ріші.

"By day your reverence goes to the river"

«Вдень ваша шана прямує до річки »

"And there you practice your devotions"
«І там ви практикуєте свої молитви»
"During this time a cat comes to the hut"
«У цей час до хатини приходить кіт»
"This cat has been trying to catch me"
«Цей кіт намагався мене зловити»
"She still has some fear of your reverence"
«Вона все ще дещо боїться вашої преподобності»
"Otherwise she would have eaten me long ago"
«Інакше вона б мене давно з'їла»
"But I fear the cat will eat me someday"
«Але я боюся, що кіт колись мене з'їсть»
"So I have one prayer to ask of you"
«Тож у мене є одна молитва до тебе»
"Please may I be changed into a cat!"
«Будь ласка, перетворю мене на кота!»
"Then I would be a match for my foe"
«Тоді я був би рівним своєму ворогу»
The Rishi understood the mouse's plight.
Ріші розумів скрутне становище миші.
He threw some holy water on the mouse.
Він лив трохи святої води на мишу.
And the mouse instantly turned into a cat.
І миша миттєво перетворилася на кота.

She had lived as a cat for some days.
Вона кілька днів жила як кішка.
One night she went to the Rishi again.
Одного вечора вона знову пішла до Ріші.
And the Rishi spoke to his pet.
І Ріші заговорив зі своїм улюбленцем.
"Well, little kitty, how are you!"
«Ну, котику, як справи?»
"How do you like your present life!"
«Як тобі подобається твоє теперішнє життя!»
The cat thought about what to say.
Кіт задумався, що сказати.

But she didn't have to say anything.
Але їй не довелося нічого казати.
The Rishi could tell by her expression.
Ріші міг це зрозуміти з її виразу обличчя.
"Why don't you like it?" asked the sage.
«Чому тобі це не подобається?» — спитав мудрець.
"Are you not as strong as the other cats!"
«Хіба ти не такий сильний, як інші коти!»
"Yes, I am strong enough," answered the cat.
«Так, я достатньо сильний», – відповів кіт.
"Your reverence has made me a strong cat"
«Ваша пошана зробила мене сильним котом»
"As strong as any cat in the world"
«Сильний, як будь-який кіт у світі»
"Now I do not fear cats anymore"
«Тепер я більше не боюся котів»
"But now I have got a new foe"
«Але тепер у мене з'явився новий ворог»
"By day your reverence goes to the river"
«Вдень ваша шана прямує до річки»
"During this time dogs come to the hut"
«У цей час до хатини приходять собаки»
"These dogs have been barking at me"
«Ці собаки гавкали на мене»
"And I have been frightened for my life"
«І я боявся за своє життя»
"So I have one more prayer to ask of you"
«Тож у мене є ще одна молитва до тебе»
"Please may I be changed into a dog!"
«Будь ласка, перетворіться на собаку!»
The Rishi understood the cat's plight.
Ріші розумів скрутне становище кота.
He threw some holy water on the cat.
Він лив на кота святою водою.
And the cat instantly became a dog.
І кіт миттєво перетворився на собаку.

She lived as a dog for some days.
Вона кілька днів жила як собака.
But one night she spoke to the Rishi.
Але одного вечора вона розмовляла з Ріші.
"I cannot thank your reverence enough"
«Я не можу достатньо подякувати вашій преподобності»
"You have been most kind to me"
«Ви були до мене дуже добрі»
"I was but a poor mouse"
«Я був лише бідною мишею»
"You not only gave me speech"
«Ти не лише дав мені слово»
"But you also turned me into a cat"
«Але ти також перетворив мене на кота»
"And your kindness didn't end there"
«І на цьому ваша доброта не закінчилася»
"Then you changed me into a dog"
«Тоді ти перетворив мене на собаку»
"As a dog, however, I suffer greatly"
«Однак, як собака, я дуже страждаю»
"I do not get enough to eat"
«Я не отримую достатньо їжі»
"My only food is what you leave me"
«Моя єдина їжа — це те, що ти мені залишаєш»
"That was fine when I was a mouse"
«Це було добре, коли я був мишею »
"But you have made me much larger"
«Але ти зробив мене набагато більшим»
"And it is not enough to fill my mouth"
«І цього недостатньо, щоб наповнити мій рот»
"OH your reverence, how I envy those monkeys"
«О, ваша преподобність, як я заздрю цим мавпам»
"They jump about from tree to tree"
«Вони стрибають з дерева на дерево»
"They eat all sorts of delicious fruits!"
«Вони їдять усілякі смачні фрукти!»
"Please may reverence not get angry"

«Будь ласка, нехай благоговіння не гнівається»
"I pray to be changed into a monkey"
«Я молюся, щоб перетворитися на мавпу»
The sage was a very understanding man.
Мудрець був дуже розуміючою людиною.
His heart was filled with patience.
Його серце було сповнене терпіння.
He was happy to grant his pet's wish.
Він із радістю виконав бажання свого улюбленця.
He threw some holy water on the dog.
Він облив собаку святою водою.
And the dog instantly became a monkey.
І собака миттєво перетворився на мавпу.

Our monkey was at first wild with joy.
Наша мавпа спочатку шалено раділа.
She leaped from one tree to another.
Вона стрибала з одного дерева на інше.
She sucked every luscious fruit.
Вона скуштувала кожен соковитий плід.
But her joy was short-lived again.
Але її радість знову була недовгою.
Summer had brought with it its drought.
Літо принесло з собою посуху.
Monkeys find it hard to climb down.
Мавпам важко спускатися вниз.
So she couldn't drink from the river.
Тож вона не могла пити з річки.
She saw how the wild boars lived.
Вона бачила, як живуть дикі кабани.
All day they splashed in the water.
Цілий день вони плескалися у воді.
She envied their life now.
Вона заздрила їхньому життю тепер.
"Oh how happy those wild boars are!"
«О, які ж щасливі ці кабани!»
"All day their bodies are cooled"

«Увесь день їхні тіла охолоджуються»

"All day they are refreshed by water"

«Всі дні вони освіжаються водою»

"How I wish I were a wild boar"

«Як би я хотів бути диким кабаном»

That night she went to the Rishi.

Тієї ночі вона пішла до Ріші.

She recounted her troubles to him.

Вона розповіла йому про свої біди.

She told him all about the wild boars.

Вона розповіла йому все про диких кабанів.

"Oh how pleasant their lives must be"

«О, яке ж приємне, мабуть, їхнє життя»

And she begged to be changed again.

І вона знову благала, щоб її переодягнули.

"I pray to be changed into a wild boar"

«Молюся, щоб перетворитися на дикого кабана»

The sage's kindness knew no bounds.

Доброта мудреця не знала меж.

and he complied with his pet's request.

і він виконав прохання свого улюбленця.

He threw some holy water on the monkey.

Він лив мавпу святою водою.

And the monkey instantly became a wild boar.

І мавпа миттєво перетворилася на дикого кабана.

Our boar was now very content.

Наш кабан був тепер дуже задоволений.

She kept her body soaking wet.

Вона постійно мокріла від холоду.

Every day she went to the river.

Щодня вона ходила на річку.

She splashed about in her favorite element.

Вона плескалася у своїй улюбленій стихії.

But life is not safe for wild boars.

Але життя для диких кабанів небезпечне.

One day the king was out hunting.

Одного дня король вирушив на полювання.
He was riding on an adorned elephant.
Він їхав верхи на прикрашеному слоні.
Only by luck did our wild boar escape.
Лише завдяки щасливому випадку наш кабан втік.
She thought a lot about her experience.
Вона багато думала про свій досвід.
She dwelt on the dangers of her life.
Вона зосередилася на небезпеках свого життя.
And she envied the stately elephant.
І вона заздрила величному слону.
The elephant was more fortunate than her.
Слону пощастило більше, ніж їй.
He got to carry the king on his back.
Йому довелося нести короля на спині.
Now she longed to be an elephant.
Тепер вона прагнула стати слоном.
And at night she besought the Rishi.
А вночі вона благала Ріші.

Our elephant was roaming the wilderness.
Наш слон блукав пустелею.
On her adventures she saw the king.
Під час своїх пригод вона побачила короля.
Our elephant went towards the king's suite.
Наш слон попрямував до королівських апартаментів.
She had every intention of being caught.
Вона мала всі наміри бути спійманою.
The king saw the elephant from a distance.
Король побачив слона здалеку.
He couldn't help but admire her beauty.
Він не міг не захоплюватися її красою.
He gave his orders to his servants.
Він віддав накази своїм слугам.
"Catch and tame this elephant"
«Спіймай і приборкай цього слона»
Our elephant was easily caught.

Нашого слона легко спіймали.
She was taken into the royal stables.
Її відвели до королівських стайень.
And she was tamed without any trouble.
І її приручили без жодних проблем.

One day the queen had a wish.
Одного разу у королеви з'явилося бажання.
She wished to go to the holy Ganges.
Вона хотіла потрапити до святої Ганги.
She wished to bathe in the holy waters.
Вона хотіла скупатися у святих водах.
The king wanted to accompany his wife.
Король хотів супроводжувати свою дружину.
So he made his orders to his servants.
Тож він віддав наказ своїм слугам.
"Bring us the newly caught elephant"
«Принесіть нам щойно спійманого слона»
The king and queen mounted on her back.
Король і королева сіли їй на спину.
Our elephant had gotten her wish.
Наша слониха отримала своє бажання.
Well... she seemed to have gotten her wish.
Ну... здається, її бажання здійснилося.
The king had mounted on her back.
Король сів їй на спину.
But no, the elephant didn't get her wish.
Але ні, бажання слонихи не здійснилося.
She looked upon herself as a lordly beast.
Вона вважала себе панським звіром.
She could not a woman riding on her back.
Вона не могла бачити жінку, яка їздить верхи на її спині.
It wasn't enough that she was a queen.
Їй було недостатньо того, що вона була королевою.
She could not bear the idea of it.
Вона не могла знести цієї думки.
She felt she had been degraded.

Вона відчувала, що її принизили.

She jumped up as violently as elephants can.

Вона підстрибнула так різко, як тільки можуть слони.

Both the king and queen fell to the ground.

І король, і королева впали на землю.

The king carefully picked up the queen.

Король обережно підняв королеву.

He took the queen in his arms.

Він взяв королеву на руки.

He asked her whether she had been hurt.

Він запитав її, чи вона постраждала.

He wiped off the dust from her clothes.

Він витер пил з її одягу.

And he tenderly kissed her a hundred times.

І він ніжно цілував її сто разів.

Our elephant witnessed the king's caresses.

Наш слон став свідком царських ласк.

And she scampered off to the woods.

І вона миттю побігла до лісу.

She ran as fast as her legs could carry her.

Вона бігла так швидко, як тільки могли її нести ноги.

As she ran, she thought within herself;

Біжучи, вона думала про себе:

"I have experienced many different lives"

«Я пережив багато різних життів»

"And I have experienced different happiness"

«І я пережив різне щастя»

"But those lives cannot be compared"

«Але ці життя не можна порівнювати»

"A queen is the happiest creature of all"

«Королева — найщасливіша істота з усіх»

"Of what infinite regard is she the object of!"

«Яку ж безмежну повагу вона викликає!»

"The king lifted her off the ground"

«Король підняв її з землі»

"And he carefully took her in his arms"

«І він обережно взяв її на руки»

"He made many tender inquiries to her"

«Він ставив їй багато ніжних запитань»

"And he wiped off the dust from her clothes"

«І він витер пил з її одягу »

"And he kissed her a hundred times!"

«І він цілував її сто разів!»

"Oh, the happiness of being a queen!"

«О, щастя бути королевою!»

"I must ask the Rishi to make me a queen!"

«Я мушу попросити Ріші зробити мене королевою!»

The sun was just about to set.

Сонце якраз збиралося сідати.

Our elephant made it back to the hut.

Наш слон повернувся до хатини.

The Rishi had just finished his devotions.

Ріші щойно закінчив свої молитви.

She fell on the ground at his feet.

Вона впала на землю до його ніг.

She was still the little mouse.

Вона все ще була маленькою мишею.

And he was still the holy sage.

І він все ще був святим мудрецем.

"What's the news?" inquired the Rishi.

«Які новини?» — запитав Ріші.

"Why have you left the king's palace!"

«Чому ти покинув королівський палац!»

Our elephant thought about her words.

Наша слониха задумалася над своїми словами.

"What shall I say to your reverence!"

«Що ж мені сказати вашій преподобності!»

"You have been very kind to me"

«Ви були дуже добрими до мене»

"You have granted every wish of mine"

«Ти виконав кожне моє бажання»

"I was a mouse and you gave me speech"

«Я був мишею, а ти дав мені дар мови»

"But as a mouse my life was in danger"
«Але як миша моє життя було в небезпеці»
"You saved me by turning me into a cat"
«Ти врятував мене, перетворивши на кота»
"But as a cat my life was no safer"
«Але як кішка моє життя не було безпечнішим»
"And you helped me become a dog"
«І ти допоміг мені стати собакою»
"But as a dog I had not enough to eat"
«Але як собака я не мав чим насититися»
"You provided for me again"
«Ти знову мене забезпечив»
"And you turned my into a monkey"
«А ти перетворив мене на мавпу»
"I had all I could wish to eat"
«Я з'їв усе, що міг забажати»
"But I had no way of cooling my body"
«Але в мене не було можливості охолодити своє тіло»
"You helped me with this too"
«Ти мені теж у цьому допоміг»
"And you turned me into a wild boar"
«А ти перетворив мене на дикого кабана»
"Wild boars have a comfortable life"
«Дикі кабани мають комфортне життя»
"But they don't live without danger"
«Але вони не живуть без небезпеки»
"And again you protected me"
«І знову ти мене захистив»
"And you turned me into an elephant"
«А ти перетворив мене на слона»
"Being an elephant has increased my bulk"
«Бути слоном збільшило мою масу»
"But being an elephant has not increased my happiness"
«Але те, що я слон, не збільшило моє щастя»
"I have one more boon to ask of you"
«У мене є ще одне прохання до тебе»
"It will be the last boon I ask for"

«Це буде останній дар, про який я прошу»
"I see now who the happiest creature is"
«Тепер я бачу, хто найщасливіша істота»
"A queen is the happiest in the world"
«Королева — найщасливіша у світі»
"Holy father, please make me a queen"
«Святий отче, будь ласка, зроби мене королевою»
"Silly child," answered the Rishi.
«Дурненька дитина», – відповів Ріші.
"How can I make you a queen!"
«Як я можу зробити тебе королевою!»
"Where can I get a kingdom for you!"
«Де ж тобі царство дістати?»
"Where would I find a royal husband!"
«Де б мені знайти королівського чоловіка!»
But the Rishi was still patient.
Але Ріші все ще був терплячим.
"There is one thing I can do for you"
«Є одне, що я можу для тебе зробити»
"I can change you into a beautiful girl"
«Я можу перетворити тебе на прекрасну дівчину»
"You will be as beautiful as a queen"
«Ти будеш прекрасна, як королева»
"You will possess all the charms you need"
«Ти володітимеш усіма необхідними чарами»
"Your charms can captivate a prince's heart"
«Твої чари можуть полонити серце принца»
"But you must wait for what the gods decide"
«Але ти мусиш почекати, що вирішать боги»
"They will grant you an interview"
«Вони дадуть вам інтерв'ю »
"Tou will have your chance with a prince!"
«У тебе буде шанс з принцом!»
Our elephant agreed to the change.
Наш слон погодився на зміну.
The beast was transformed by the Rishi.
Звір був перетворений Ріші.

And now she was a beautiful young lady.

А тепер вона була прекрасною молодою леді.

The holy sage named her Postomani.

Святий мудрець назвав її Постомані.

Her name meant 'the poppy-seed lady'.

Її ім'я означало «пані з маком».

Postomani lived in the Rishi's hut.

Постомані жив у хатині ріші.

She spent her time tending the flowers.

Вона проводила свій час, доглядаючи за квітами.

And she watered the plants in the garden.

І вона поливала рослини в саду.

One day she was sitting at the hut.

Одного дня вона сиділа біля хатини.

The Rishi was at the holy Ganges.

Ріші був біля святої Ганги.

A richly dressed man came towards the cottage.

До хатини підійшов багато одягнений чоловік.

She stood up to welcome the man.

Вона встала, щоб привітати чоловіка.

And she asked the stranger who he was.

І вона спитала незнайомця, хто він.

"What have you come for?" she asked.

«Чого ти прийшов?» — спитала вона.

"I have been on a hunt"

«Я був на полюванні»

"But we chased the deer in vain"

«Але ми марно ганялися за оленями»

"Now I am thirsty from the heat"

«Тепер я від спеки хочу пити»

"I thought that a Rishi lives here"

«Я думав, що тут живе Ріші»

"I had come to ask him for water"

«Я прийшов попросити в нього води»

"But now I see you live here"

«Але тепер я бачу, що ти живеш тут»

Postomani answered the stranger.

Постомані відповів незнайомцю.

"Look upon this hut as your own"

«Сприймай цю хатину як свою»

"I am sorry, but we are poor"

«Вибачте, але ми бідні»

"We cannot offer you any entertainment"

«Ми не можемо запропонувати вам жодних розваг»

"But let me make your visit comfortable"

«Але дозвольте мені зробити ваш візит комфортним»

"Because, I believe you are a king"

«Тому що я вірю, що ти король»

"If I am not mistaken," she added.

«Якщо я не помиляюся», – додала вона.

The stranger smiled in recognition.

Незнайомець усміхнувся на знак впізнання.

Postomani then brought a pot of water.

Тоді Постомані приніс горщик води.

She went to wash her royal guest's feet.

Вона пішла помити ноги своєму королівському гостю.

But the visitor did not let her do this.

Але відвідувач не дозволив їй цього зробити.

"Holy maid, do not touch my feet"

«Свята діво, не торкайся моїх ніг»

"I am only a Kshatriya," he confessed.

«Я лише кшатрій», – зізнався він.

"And you are the daughter of a holy sage"

«А ти дочка святого мудреця»

"Noble sir;" Postomani begun to confess.

«Вельмишановний пане», — почав зізнаватися Постомані.

"I am not the daughter of the Rishi"

«Я не дочка Ріші»

"And am I not a Brahmani girl either"

«І хіба я теж не брахманка?»

"There is no harm in me touching your feet"

«Немає нічого поганого в тому, що я торкнуся твоїх ніг»

"Besides, you are my guest"

«Крім того, ти мій гість»

"And I am bound to wash your feet"

«І ноги вам умию»

"Forgive my impertinence," the king wished.

«Пробачте мою зухвалість», — побажав король.

"What caste do you belong to?" he asked.

«До якої касти ти належиш?» — спитав він.

"I only know what the sage told me"

«Я знаю лише те, що мені сказав мудрець»

"I heard my parents were Kshatriyas"

«Я чув(ла), що мої батьки були кшатріями»

The stranger wanted to know more.

Незнайомець хотів дізнатися більше.

"May I ask whether your father was a king!"

«Чи можу я запитати, чи ваш батько був королем?»

"You have an uncommon beauty," he said.

«У тебе незвичайна краса», — сказав він.

"And you possess a stately demeanor"

«І у вас є велична манера поведінки»

"These qualities cannot be worked for"

«Ці якості неможливо розвинути працею»

"It shows that you were born a princess"

«Це показує, що ти народилася принцесою»

Postomani avoided answering the question.

Постомані уникнув відповіді на запитання.

Instead she went inside the hut.

Натомість вона зайшла всередину хатини.

She brought out a tray of delicious fruits.

Вона принесла піднос зі смачними фруктами.

And she set the fruits before the king.

І вона поставила фрукти перед царем.

The king, however, did not touch the fruits.

Король, однак, не торкнувся фруктів.

He waited until his question was answered.

Він чекав, поки на його запитання дадуть відповідь.

"I only know what the holy sage says"

«Я знаю лише те, що каже святий мудрець»
"He says that my father was a king"
«Він каже, що мій батько був королем»
"But he was overcome in a battle"
«Але він був переможений у битві»
"So he, with my mother, fled into the woods"
«Тож він разом з моєю матір'ю втік у ліс»
"My poor father was eaten by a tiger"
«Мого бідного батька з'їв тигр»
"My mother closed her eyes as I opened mine"
«Моя мама заплющила очі, коли я відкрив свої»
"There was a bee-hive on the tree"
«На дереві був бджолиний вулик»
"I lay at the foot of that tree"
«Я лежав біля підніжжя того дерева»
"Drops of honey fell into my mouth"
«Краплі меду впали мені в рот»
"The honey maintained the spark inside me"
«Мед підтримував іскру в мені»
"And then the kind Rishi found me"
«А потім мене знайшов той добрий Ріші»
"The holy sage brought me into his hut"
«Святий мудрець привів мене до своєї хатини»
"This is the simple story of this wretched girl"
«Це проста історія цієї нещасної дівчини»
"The girl who now stands before the king"
«Дівчина, яка зараз стоїть перед королем»
"Call not yourself wretched," replied the king.
«Не називай себе нещасним», – відповів король.
"You are the most beautiful of women"
«Ти найпрекрасніша з жінок»
"And you are the loveliest of women"
«А ти найпрекрасніша з жінок»
"You would adorn the grandest palaces"
«Ти б прикрашав найвеличніші палаци»

Postomani had gotten her interview.

Постомані отримала інтерв'ю.

She fell in love with the king.

Вона закохалася в короля.

And the king fell in love with her.

І король закохався в неї.

The Rishi joined them in marriage.

Ріші поєднав їх шлюбними стосунками.

Postomani became the king's favourite queen.

Постомані стала улюбленою королевою короля.

And the former queen was in disgrace.

А колишня королева була в немилості.

But Postomani's happiness was short-lived.

Але щастя Постомані було недовгим.

One day as she was standing by a well.

Одного разу, коли вона стояла біля криниці.

She was overcome by a moment of giddiness.

На мить її охопило запаморочення.

Fortune had her fall into the water.

Фортуна впустила її у воду.

And she died in the water of the well.

І вона померла у воді криниці.

The Rishi then came to the king.

Тоді Ріші прийшов до царя.

"O king, grieve not over the past"

«О царю, не сумуй за минулим»

"What is fixed by fate must come to pass"

«Що призначено долею, має збутися»

"The queen drowned in your well"

«Королева втопилася у твоїй криниці»

"But she was not of royal blood"

«Але вона не була королівської крові»

"She was born to a family of mice"

«Вона народилася в родині мишей»

"Each evening she came to my hut"

«Щовечора вона приходила до моєї хатини»

"And I gave her the power of speech"

«І я дав їй дар мови»

"With speech she could express her wishes"

«За допомогою мови вона могла висловлювати свої бажання»

"I changed her according to her wishes"

«Я змінив її відповідно до її бажання»

"As a mouse she feared the cat"

«Як миша, вона боялася кота»

"And so I changed her into a cat"

«І ось я перетворив її на кішку»

"As a cat she feared the dogs"

«Як кішка, вона боялася собак »

"And so I changed her into a dog"

«І ось я перетворив її на собаку»

"As a dog she had not enough to eat"

«Як собака, вона не мала чим насититися»

"And so I changed her into a monkey"

«І ось я перетворив її на мавпу»

"As a monkey she couldn't bear the heat"

«Як мавпа, вона не витримувала спеки»

"And so I changed her into a wild boar"

«І ось я перетворив її на дикого кабана»

"As a boar her life was not safe"

«Її життя, як кабана, було небезпечним»

"And so I changed her into an elephant"

«І ось я перетворив її на слона»

"That was the elephant you caught"

«Це був слон, якого ти спіймав»

"But as an elephant she was not loved"

«Але як слониху її не любили»

"And so I changed her one last time"

«І ось я змінив її востаннє»

"I changed her into a beautiful girl"

«Я перетворив її на прекрасну дівчину»

"That is the girl that you married"

«Це та дівчина, з якою ти одружився»

"And that is the girl that drowned"

«А це та дівчина, яка втопилася»

"Take into favor your former queen"

«Візьміть прихильність до своєї колишньої королеви»

"And don't worry for my daughter"

«І не хвилюйся за мою доньку»

"I will make her name immortal"

«Я зроблю її ім'я безсмертним»

"Let her body remain in the well"

«Нехай її тіло залишається в криниці»

"Fill the well up with earth"

«Заповніть криницю землею»

"In her flesh there is a seed"

«У її плоті є насіння»

"From her bones a tree will grow"

«З її кісток виросте дерево»

"We will name this tree after her"

«Ми назвемо це дерево на її честь»

"The tree shall be called 'Posto'"

«Дерево називатиметься «Посто»»

"This means 'the Poppy tree'"

«Це означає «макове дерево»»

"From this tree there will come a drug"

«З цього дерева з'являться ліки»

"This drug will be called opium"

«Цей наркотик називатиметься опіумом»

"Opium will be a powerful drug"

«Опіум буде потужним наркотиком»

"People will consume opium in every epoch"

«Люди споживатимуть опіум у кожну епоху»

"Opium will either be swallowed or smoked"

«Опіум або ковтатимуть, або куритимуть»

"And opium will be a wonderful narcotic"

«І опіум буде чудовим наркотиком»

"Opium will be used till the end of time"

«Опіум використовуватиметься до кінця часів»

"You will recognize the opium smoker"

«Ви впізнаєте курця опіуму»

"He will have many different qualities"

«Він матиме багато різних якостей»
"One quality for each of the animals"
«Одна якість для кожної тварини»
"The animals which Postomani had lived as"
«Тварини, якими жив Постомані»
"He will be mischievous, like a mouse"
«Він буде бешкетним, як миша»
"He will be fond of milk, like a cat"
«Він любитиме молоко, як кіт»
"He will be quarrelsome, like a dog"
«Він буде сварливим, як собака»
"He will be filthy, like a monkey"
«Він буде брудним, як мавпа»
"He will be savage, like a boar"
«Він буде диким, як кабан»
"He will be confident, like an elephant"
«Він буде впевнений у собі, як слон»
"And he will be high-tempered, like a queen"
«І він буде запальний, як королева»

Strike, but Listen First
Страйкуй, але спочатку слухай

There was once a king who had three sons.

Жив колись цар, у якого було троє синів.

His royal subjects came to him one day and said;

Одного дня до нього прийшли його королівські піддані та сказали:

"Oh incarnation of justice! hear our plea"

«О, втілення справедливості! почуй наше благання!»

"The kingdom is infested with thieves and robbers"

«Королівство кишить злодіями та розбійниками»

"Our property is not safe from their thievery"

«Наше майно не захищене від їхнього розкрадання»

"We pray your majesty to catch hold of these thieves"

«Благословляємо Вашу Величність спіймати цих злодіїв»

"We beg you punish them to the full extent of the law"

«Ми благаємо вас покарати їх за всією суворістю закону»

The king said to his sons, "Oh, my sons, I am old"

Цар сказав своїм синам: «О, сини мої, я старий».

"But you are all in the prime of manhood"

«Але ви всі у розквіті мужності»

"How is it that my kingdom is full of thieves?"

«Як це так, що моє королівство повне злодіїв?»

"I look to you to catch hold of these thieves"

«Я сподіваюся, що ви спіймаєте цих злодіїв»

The three princes then made up their minds.

Тоді троє принців вирішили.

They were going to patrol the city every night.

Вони збиралися патрулювати місто щоночі.

They set up a watch out in the outskirts of the city.

Вони встановили сторожовий пост на околиці міста.

The early part of the night had arrived.

Настала рання частина ночі.

So the eldest prince took on his duties.

Тож старший принц взявся за свої обов'язки.

He rode upon his horse through the whole city.

Він проїхав верхи на коні через усе місто.
But did not see a single thief anywhere he looked.
Але куди б він не глянув, він не побачив жодного злодія.
He came back to the policing station.
Він повернувся до відділку поліції.
The middle part of the night had arrived.
Настала середина ночі.
So the second prince took on his duties.
Тож другий принц взявся за свої обов'язки.
And he too rode through every part of the city.
І він також проїхав верхи через усі частини міста.
But he did not see or hear of a single thief.
Але він не бачив і не чув жодного злодія.
He came also back to the policing station.
Він також повернувся до відділку поліції.
The latter part of the night had arrived.
Настала остання половина ночі.
So the youngest prince took on his duties.
Тож наймолодший принц взявся за свої обов'язки.
He went near the gate of his father's palace.
Він підійшов до брами палацу свого батька.
There he saw a beautiful woman leaving the palace.
Там він побачив прекрасну жінку, яка виходила з палацу.
The prince asked the woman, "who are you?"
Принц спитав жінку: «Хто ти?»
"Where are you going at this hour of the night?"
«Куди ти йдеш о цій нічній порі?»
The woman answered the young prince.
Жінка відповіла молодому принцу.
"I am Rajlakshmi, the guardian deity of this palace"
«Я — Раджлакшмі, божество-охоронець цього палацу»
"The king will be killed this night"
«Короля вб'ють цієї ночі»
"I am therefore not needed here"
«Тому я тут не потрібен»
"And that is why I am going away"
«І саме тому я йду геть»

The prince did not know what to make of this message.
Князь не знав, що й думати про це повідомлення.
After a moment's reflection he said to the goddess;
Після хвилинних роздумів він сказав богині:
"But, suppose the king is not killed tonight"
«Але, припустимо, що короля не вб'ють сьогодні вночі»
"Have you any objection to return to the palace?"
«Ви маєте якісь заперечення проти повернення до палацу?»
"I have no objection," replied the goddess.
«Я не заперечую», – відповіла богиня.
The prince then begged the goddess to go back.
Тоді принц благав богиню повернутися.
And he promised to do his best to protect the king.
І він пообіцяв зробити все можливе, щоб захистити короля.
Then the goddess entered the palace again.
Потім богиня знову увійшла до палацу.
Within a moment she disappeared into the palace.
За мить вона зникла в палаці.

The prince went straight into the palace too.
Принц також одразу ж пішов до палацу.
And he went into the bedroom of his royal father.
І він пішов до спальні свого королівського батька.
There his father lay immersed in deep sleep.
Там лежав його батько, занурений у глибокий сон.
The king had a second, younger wife.
У короля була друга, молодша дружина.
This woman was the stepmother of our prince.
Ця жінка була мачухою нашого принца.
She was sleeping in another bed in the room.
Вона спала в іншому ліжку в кімнаті.
There was a light that was burning dimly.
Там тьмяно горіло світло.
But then the prince saw something that surprised him!
Але потім принц побачив дещо, що його здивувало!

A huge cobra going round and round the golden bedstead.

Величезна кобра кружляла навколо золотого ліжка.

The bedstead on which his father was sleeping.

Ліжко, на якому спав його батько.

The prince with his sword cut the serpent in two.

Князь своїм мечем розрубав змія навпіл.

But he was not satisfied with killing the cobra.

Але його не влаштувало вбивство кобри.

So he cut the cobra up into a hundred pieces.

Тож він розрубав кобру на сто шматків.

And he put the pieces of the cobra inside a pan.

І він поклав шматки кобри в каструлю.

But while cutting the cobra a misfortune happened.

Але під час різання кобри сталося нещастя.

A drop of blood fell on the breast of his stepmother.

Крапля крові впала на груди його мачухи.

The prince was in great distress by what had happened.

Князь був дуже засмучений тим, що сталося.

"I have saved my father, but killed my stepmother"

«Я врятував батька, але вбив мачуху»

How could he remove the drop of blood from her breast?

Як він міг видалити краплю крові з її грудей?

He wrapped round his tongue a piece of cloth sevenfold.

Він обмотав собі язик шматком тканини сім разів.

And with the cloth he licked up the drop of blood.

І він злизав краплю крові ганчіркою.

But his stepmother's sleep was not so deep.

Але сон його мачухи був не таким міцним.

And in his attempt to save her he awoke her.

І, намагаючись врятувати її, він розбудив її.

When opening her eyes she saw it was her stepson.

Коли вона розплющила очі, то побачила, що це її пасинок.

The young prince rushed out of the room.

Молодий принц вибіг з кімнати.

The queen, hated her stepson, the youngest prince.

Королева ненавиділа свого пасинка, наймолодшого принца.

And she had every intention to ruin his reputation.
І вона мала всі наміри зіпсувати його репутацію.
She called out to her husband, "My lord, my lord"
Вона гукнула до свого чоловіка: «Пане мій, пане мій»
"Are you awake? are you awake? Rouse yourself up"
«Ти не спиш? Ти не спиш? Прокинься»
"Here is a nice piece of news for you"
«Ось вам гарна новина»
The king on awaking inquired what the matter was.
Прокинувшись, король запитав, що трапилося.
"What the matter is, my lord, let me tell you"
«У чому справа, мій пане, дозвольте мені розповісти вам»
"Your worthy son was just here in this room"
«Ваш шановний син щойно був тут, у цій кімнаті»
"The youngest prince, of whom you speak so highly"
«Наймолодший принц, про якого ви так високо оцінюєте»
"I caught him in the act of touching my breast"
«Я спіймала його, коли він торкався моїх грудей»
"I don't doubt he came with wicked intents"
«Я не сумніваюся, що він прийшов зі злими намірами»
The king was horror-struck by what he heard.
Король був вражений почутим.
The prince went back to where his brothers kept watch.
Принц повернувся туди, де його брати стежили за ним.
But he told them nothing of what had happened.
Але він нічого їм не розповів про те, що сталося.

Early in the morning the king called his eldest son.
Рано-вранці цар покликав свого старшого сина.
"I entrust my life and my honor to men"
«Я довіряю людям своє життя і свою честь»
"But what if one of these men prove faithless?
«Але що, як один із цих чоловіків виявиться невірним?»
"How should such a man be punished?"
«Як слід покарати таку людину?»
The eldest prince replied to his father, the king.
Найстарший принц відповів своєму батькові, королю.

"Doubtless such a man's head should be cut off"

«Безсумнівно, такій людині голову слід відрубати»

"But first you should establish the facts"

«Але спочатку вам слід встановити факти»

"You must see whether the man is really faithless"

«Ви повинні побачити, чи справді ця людина невірна»

"What do you mean?" inquired the king.

«Що ви маєте на увазі?» — запитав король.

"Let your majesty be pleased to listen"

«Нехай Ваша Величність буде рада вислухати»

Once upon on a time there lived a goldsmith.

Колись давно жив-був ювелір.

This goldsmith had a son who had a wife.

У цього ювеліра був син, який мав дружину.

His wife had the rare faculty of understanding beasts.

Його дружина мала рідкісну здатність розуміти звірів.

But she never told anyone about her uncommon gift.

Але вона ніколи нікому не розповідала про свій незвичайний дар.

Not even her husband knew she could understand animals.

Навіть її чоловік не знав, що вона розуміє тварин.

One night she was lying in bed beside her husband.

Однієї ночі вона лежала в ліжку поруч зі своїм чоловіком.

From the river by their house she heard a jackal howl.

З річки біля їхнього будинку вона почула виття шакала.

"There goes a carcass floating on the river"

«По річці пливе туша»

"There's a diamond ring on the dead man's finger"

«На пальці мерця діамантова каблучка»

"Will anyone take the ring and give me the corpse?"

«Хтось візьме перстень і віддасть мені тіло?»

The woman understood the jackal's language.

Жінка розуміла мову шакала.

She got up from bed and went to the river-side.

Вона встала з ліжка та пішла до берега річки.

The husband had not been in deep sleep.

Чоловік не спав глибоко.

So with his wife's movements he woke up too.

Тож, від рухів дружини, він теж прокинувся.

And he followed his wife to see where she went.

І він пішов за дружиною, щоб побачити, куди вона пішла.

But he kept his distance, so that he could observe her.

Але він тримався на відстані, щоб мати змогу спостерігати за нею.

The woman went into the water next to their house.

Жінка зайшла у воду біля їхнього будинку.

She tugged the floating corpse towards the shore.

Вона потягнула пливучий труп до берега.

And she saw the diamond ring on the finger.

І вона побачила діамантову каблучку на пальці.

She was unable to loosen the ring with her hand.

Вона не змогла послабити кільце рукою.

Because the fingers of the dead body had swelled.

Бо пальці мертвого тіла опухли.

So she bit off the finger with her teeth.

Тож вона відкусила палець зубами.

And she put the dead body upon land, for the jackal.

І вона поклала мертве тіло на землю для шакала.

Then she returned to bed, where her husband already was.

Потім вона повернулася в ліжко, де вже лежав її чоловік.

The young goldsmith lay almost petrified with fear.

Молодий ювелір лежав майже скам'янілий від страху.

He was convinced he was lying next to a Rakshasi.

Він був переконаний, що лежить поруч із ракшасі.

He spent the rest of the night tossing in his bed.

Решту ночі він провів, перевертаючись у ліжку.

And early in the morning spoke to his father.

А рано-вранці розмовляв зі своїм батьком.

"The woman thou hast given me is not a real woman"

«Жінка, яку ти мені дав, не справжня жінка»

"The woman thou hast given me to wife is a Rakshasi"

«Жінка, яку ти дав мені за дружину, — ракшасі»

"Last night I was lying in bed with her"

«Минулої ночі я лежав з нею в ліжку»

"By the river I heard the howl of a jackal"
«Біля річки я почув виття шакала»
"My wife too, heard the howl of the jackal"
«Моя дружина теж чула виття шакала»
"Thinking I was asleep; she went towards the howl"
«Думаючи, що я сплю, вона пішла на виття»
"I was surprised to see her go out of bed alone"
«Я був здивований, побачивши, як вона сама встала з ліжка»
"Suspecting some sort of evil, I followed her outside"
«Підозрюючи якесь зло, я пішов за нею надвір»
"But she could not see that I had followed her"
«Але вона не бачила, що я стежив за нею»
"What did she do, do you think? O horror of horrors!"
«Що ж вона накоїла, як ти думаєш? О жах із жахів!»
"From the stream she dragged a dead body out"
«Зі струмка вона витягла мертве тіло»
"And what do you think she did with the dead body?"
«І що, на твою думку, вона зробила з трупом?»
"She wasted no time devouring the dead man!"
«Вона не гаяла часу, пожираючи мерця!»
"All this I had the misfortune to see with my own eyes"
«Все це я мав нещастя бачити на власні очі»
"While she feasted on the carcass I went back to bed"
«Поки вона бенкетувала тушкою, я повернувся спати»
"In a few minutes she also returned to bed"
«За кілька хвилин вона також повернулася в ліжко»
"She bolted the door shut, and lay beside me"
«Вона зачинила двері на засув і лягла поруч зі мною»
"Oh my father, how can I live with a Rakshasi?"
«О, батьку мій, як я можу жити з ракшасі?»
"She will certainly kill me and eat me up one night"
«Вона неодмінно вб'є мене та з'їсть якоїсь ночі»
You can imagine the shock of the old goldsmith.
Можете уявити собі шок старого ювеліра.
Both father and son agreed about what should be done.
І батько, і син зійшлися на думці, що треба робити.

The woman should be taken deep into the forest.

Жінку слід відвести глибоко в ліс.

And she should be left for wild beasts to devoured.

І її слід залишити на розтерзання диким звірам.

Accordingly, the young goldsmith spoke to his wife.

Відповідно, молодий ювелір звернувся до своєї дружини.

"My dear love," he said to his wife.

«Люба моя», — сказав він своїй дружині.

"You had better not cook much this morning"

«Краще тобі цього ранку багато не готувати»

"Boil a little rice and burn a brinjal"

«Звари трохи рису та підпаліть бринджал»

"Because today we are going to see your parents"

«Тому що сьогодні ми збираємося побачити твоїх батьків»

"Your mother and father are dying to see you"

«Твої мати й батько дуже хочуть тебе побачити»

The woman was full of joy at the unexpected news.

Жінка була сповнена радості від несподіваної новини.

She loved returning to her father's house.

Вона любила повертатися до батьківської оселі.

And she finished the cooking in no time.

І вона закінчила готувати вмить.

The husband and wife snatched a hasty breakfast.

Чоловік і дружина поспішно поснідали.

And soon after breakfast they started their journey.

І невдовзі після сніданку вони вирушили в дорогу.

The way to her father's house was through dense jungle.

Шлях до будинку її батька лежав через густі джунглі.

It was the perfect place to abandon his wife.

Це було ідеальне місце, щоб покинути дружину.

She was bound to be eaten up by wild beasts there.

Там її обов'язково з'їли дикі звірі.

But while they were walking the woman heard a snake.

Але поки вони йшли, жінка почула змію.

"Oh passer-by, in yonder hole there is a frog"

«Ой, перехожий, он там у норі жаба»

"How thankful I would be if you caught the frog"

«Який би я був вдячний, якби ти спіймав жабу»
"And the hole is full of gold and precious stones"
«А отвір повний золота та дорогоцінного каміння»
"Give me the frog, and take the treasure for yourself"
«Дай мені жабу, а скарб забери собі»
The woman forthwith went to the frog's hole.
Жінка негайно пішла до жаб'ячої нори.
And she began digging the hole with a stick.
І вона почала копати яму палицею.
The young goldsmith was now quaking with fear.
Молодий ювелір тепер тремтів від страху.
He thought his Rakshasi-wife was about to kill him.
Він думав, що його дружина-ракшасі ось-ось його вб'є.
And then his wife called for him to help her.
І тоді його дружина покликала його на допомогу.
"Take all this gold and these precious stones"
«Візьміть усе це золото та це дорогоцінне каміння»
The goldsmith did not understand her request.
Ювелір не зрозумів її прохання.
Timidly he went to where she had dug the hole.
Він несміливо підійшов до місця, де вона викопала яму.
But he was infinitely surprised by what he saw.
Але він був безмежно здивований побаченим.
The hole was full of gold and precious stones.
Яма була повна золота та дорогоцінного каміння.
"How did you know there was a treasure here?"
«Звідки ти знав, що тут захований скарб?»
And finally his wife told him of her gift.
І нарешті дружина розповіла йому про свій дар.
"I can understand all the beasts in the forest"
«Я можу зрозуміти всіх звірів у лісі»
"Just over there, there is a snake coiled up"
«Ось он там змія згорнулася клубком»
"She had told me there was a treasure here"
«Вона сказала мені, що тут є скарб»
The husband now felt very blessed with his wife.

Тепер чоловік почувався дуже щасливим зі своєю дружиною.

"My love, it has gotten very late today"

«Люба моя, сьогодні вже дуже пізно»

"I don't think we will reach your father's house"

«Не думаю, що ми доїдемо до будинку твого батька»

"Nightfall will catch us before we get there"

«Сутінь застане нас раніше, ніж ми туди доберемося»

"If we stay we might be devoured by wild beasts"

«Якщо ми залишимося, нас можуть пожерти дикі звірі»

"I propose therefore that we both return home"

«Тому я пропоную нам обом повернутися додому»

You can imagine the wife's disappointment.

Можете уявити розчарування дружини.

But she agreed with her husband's assessment.

Але вона погодилася з оцінкою чоловіка.

It took them a long time to reach home.

Їм знадобилося багато часу, щоб дістатися додому.

They were laden with a large quantity of gold.

Вони були навантажені великою кількістю золота.

And they were carrying many precious stones.

І вони несли багато дорогоцінного каміння.

But eventually the got close to their home.

Але врешті-решт вони наблизилися до свого дому.

"My dear, go by the back door," said the goldsmith.

«Люба моя, йди через задні двері», — сказав ювелір.

"I will go by the front door and see my father"

«Я піду через парадний вхід і побачу свого батька»

"And I will show him all this treasure"

«І я покажу йому всі ці скарби»

So she entered the house by the back door.

Тож вона зайшла до будинку через задні двері.

But the old goldsmith had reason to be there too.

Але старий ювелір теж мав причину бути там.

He had gone there to collect a hammer.

Він пішов туди, щоб забрати молоток.

The old goldsmith saw his Rakshasi daughter-in-law.

Старий ювелір побачив свою невістку-ракшасі.
He concluded she had swallowed up his son.
Він дійшов висновку, що вона проковтнула його сина.
And he therefore struck her with the hammer.
І тому він ударив її молотком.
The blow immediately killed his daughter-in-law.
Удар одразу ж убив його невістку.
At that moment the son came into the house.
У цей момент до будинку зайшов син.
But it was too late for him to explain.
Але для нього було вже надто пізно пояснювати.
And so the eldest prince's story concluded.
І так закінчилася історія старшого принца.
"You might have to cut a man's head off"
«Можливо, доведеться відрубати людині голову»
"But first you should establish the facts"
«Але спочатку вам слід встановити факти»
"You must see whether the man is really faithless"
«Ви повинні побачити, чи справді ця людина невірна»

The king then called his second son to him.
Тоді король покликав до себе свого другого сина.
"I entrust my life and my honor to men"
«Я довіряю людям своє життя і свою честь »
"But what if one of these men prove faithless?
«Але що, як один із цих чоловіків виявиться невірним?»
"How should such a man be punished?"
«Як слід покарати таку людину?»
The second prince replied to his father, the king.
Другий принц відповів своєму батькові, королю.
"Doubtless such a man's head should be cut off"
«Безсумнівно, такій людині голову слід відрубати»
"But first you should establish the facts"
«Але спочатку вам слід встановити факти»
"What do you mean?" inquired the king.
«Що ви маєте на увазі?» — запитав король.
"Let your majesty be pleased to listen"

«Нехай Ваша Величність буде рада вислухати»

Once upon a time there reigned a king.

Колись давно правив один король.

This king was very fond of going out hunting.

Цей король дуже любив полювати.

One day his horse took him into a dense forest.

Одного разу кінь завіз його в густий ліс.

He went far from his followers, deep into the woods.

Він пішов далеко від своїх послідовників, глибоко в ліс.

He rode on and on through the endless, quiet forest.

Він їхав все далі й далі крізь безкрайній, тихий ліс.

He saw neither villages nor towns, only trees.

Він не бачив ні сіл, ні міст, лише дерева.

On the long, lonely journey he became very thirsty.

Під час довгої, самотньої подорожі він дуже відчув спрагу.

He could see no pond, nor lake, nor stream.

Він не бачив ні ставка, ні озера, ні струмка.

But then he saw something dripping from a tree.

Але потім він побачив, як щось капає з дерева.

He concluded it was rainwater resting in a cavity.

Він дійшов висновку, що це дощова вода, що застрягла в западині.

He stood on horseback beneath the tree, cup in hand.

Він стояв верхи на коні під деревом, тримаючи чашку в руці.

He caught the drops slowly dripping into the small cup.

Він ловив краплі, що повільно стікали в маленьку чашку.

The water, however, was not rain from the sky.

Однак вода не була дощем з неба.

A huge cobra sat on top of the tall tree.

Величезна кобра сиділа на верхівці високого дерева.

The snake had struck the tree in rage with its sharp fangs.

Змія в люті вдарила дерево своїми гострими іклами.

The snake's poison came out and fell downward in heavy drops.

Отрута змії витікла і падала вниз важкими краплями.

The king thought the falling liquid was simple rainwater.

Король вважав, що падаюча рідина — це звичайна дощова вода.

The horse sensed the danger and tried to warn him.

Кінь відчув небезпеку і спробував попередити його.

The cup was nearly filled with the deadly snake-poison.

Чаша була майже наповнена смертельною зміїною отрутою.

The king raised the cup and prepared to drink.

Король підняв чашу і приготувався пити.

But the horse moved wildly, with the king on its back.

Але кінь шалено мчав, а король сидів на його спині.

The cup fell from his hand, and the poison spilled.

Чаша випала з його руки, і отрута розлилася.

The king became angry and struck the horse's neck.

Король розгнівався і вдарив коня по шиї.

The blow from the sword immediately killed his horse.

Удар меча одразу ж убив його коня.

And so the second prince's story concluded.

І так завершилася історія другого принца.

"You might have to cut a man's head off"

«Можливо, доведеться відрубати людині голову»

"But first you should establish the facts"

«Але спочатку вам слід встановити факти»

"You must see whether the man is really faithless"

«Ви повинні побачити, чи справді ця людина невірна»

The king then called to him his third youngest son.

Тоді король покликав до себе свого третього наймолодшого сина.

"I entrust my life and my honor to men"

«Я довіряю людям своє життя і свою честь»

"But what if one of these men prove faithless?

«Але що, як один із цих чоловіків виявиться невірним?»

"How should such a man be punished?"

«Як слід покарати таку людину?»

"Doubtless such a man's head should be cut off"

«Безсумнівно, такій людині голову слід відрубати»

"But first you should establish the facts"

«Але спочатку вам слід встановити факти»

"What do you mean?" inquired the king.

«Що ви маєте на увазі?» — запитав король.

"Let your majesty be pleased to listen"

«Нехай Ваша Величність буде рада вислухати»

Once long ago there reigned a wise and noble king.

Колись давно правив мудрий і благородний король.

In his palace he kept a bird of Suka species.

У своєму палаці він тримав птаха виду Сука.

One day the bird went out flying into the fields.

Одного дня птах полетів у поле.

There he saw his father and mother calling from above.

Там він побачив, як його батько й мати кликали згори.

They asked him to come visit them in their nest.

Вони попросили його провідати їх у їхньому гнізді.

The nest was far away in a distant hidden land.

Гніздо було далеко, у далекій прихованій країні.

The Suka said, "I'll come if I get king's leave"

Шука сказав: «Я прийду, якщо отримаю дозвіл короля».

"I'll speak to the king today and return tomorrow"

«Я поговорю з королем сьогодні і повернуся завтра»

"Please wait at this same spot in the morning"

«Будь ласка, зачекайте на цьому ж місці вранці»

That very day, Suka spoke with the gentle, kind king.

Того ж дня Шука розмовляв з лагідним, добрим королем.

The king gave permission for the bird to leave.

Король дозволив птахові полетіти.

Although he was sad to part with his bird.

Хоча йому було сумно розлучатися зі своїм птахом.

The next morning, Suka met his parents again.

Наступного ранку Сука знову зустрівся зі своїми батьками.

He flew with them to their nest on a tall tree.

Він полетів з ними до їхнього гнізда на високому дереві.

The three birds lived together happily in peaceful joy.

Три птахи жили щасливо разом у мирній радості.

They stayed like this for a fortnight of lovely days.

Вони залишалися так протягом двох тижнів чудових днів.
But even those quiet and pleasant days had to end.
Але навіть ці тихі та приємні дні мали закінчитися.
Suka said, "Beloved parents, the king gave me two weeks"
Шука сказав: «Любі батьки, король дав мені два тижні»
"That time is now over, so I must return tomorrow"
«Цей час минув, тому я маю повернутися завтра»
His father and mother agreed and blessed his decision.
Його батько й мати погодилися та благословили його рішення.
They told him to carry a gift for the king.
Вони сказали йому віднести подарунок для царя.
After some talk, they chose some fruit as a gift.
Після невеликої розмови вони обрали кілька фруктів у подарунок.
The fruit had grown from the Immortality Tree.
Плід виріс на Дереві Безсмертя.
Early the next morning, Suka went to the tree.
Рано-вранці наступного дня Сука пішов до дерева.
And he plucked a magical glowing fruit.
І він зірвав чарівний сяючий плід.
He held the fruit gently in his beak, full of care.
Він ніжно тримав плід у дзьобі, сповнений турботи.
The fruit was heavy and slowed his swift flying pace.
Плід був важкий і уповільнював його швидкий темп польоту.
He could not reach the city before night arrived.
Він не зміг дістатися міста до настання ночі.
Suka stopped to rest in a tree along the way.
Сука зупинився відпочити на дереві дорогою.
He feared the fruit might drop while he slept.
Він боявся, що фрукт може впасти, поки він спатиме.
If he kept the fruit in his beak, it could fall.
Якби він тримав плід у дзьобі, той міг би впасти.
But he saw a hole in the trunk of the tree.
Але він побачив дірку в стовбурі дерева.
He placed the fruit safely inside the dark tree.

Він безпечно поклав плід всередину темного дерева.
But inside the hole, there lived a poisonous black snake.
Але всередині нори жила отруйна чорна змія.
In the night, the snake bit the fruit with venom.
Вночі змія вкусила плід з отрутою.
And the fruit became smeared with deadly poison.
І плід став вимазаний смертельною отрутою.
At dawn Suka took the fruit back in his beak.
На світанку Сука знову взяв плід у дзьоб.
He flew again on his journey to the king's palace.
Він знову полетів у свою подорож до королівського палацу.
As he reached the palace the king was sitting with ministers.
Коли він дістався палацу, король сидів з міністрами.
The king was overjoyed to see Suka return once more.
Король був неймовірно радий знову побачити Суку.
He greatly admired the beautiful, shining fruit gift.
Він дуже захоплювався прекрасним, сяючим фруктовим подарунком.
The fruit was lovely to look at and admire.
На фрукти було приємно дивитися та милуватися ними.
It was the finest fruit found across the earth.
Це був найкращий фрукт, який тільки можна знайти на всій землі.
And anyone who ate the fruit was granted immortality.
І кожен, хто з'їв цей плід, отримував безсмертя.
The king was about to eat the beautiful fruit.
Король збирався з'їсти прекрасний плід.
But his ministers warned him the fruit might be poisoned"
Але його міністри попередили його, що фрукт може бути отруєний.
"It would be better to test the fruit before you eat it"
«Краще спробувати фрукт, перш ніж їсти його»
He threw the fruit to a crow sitting on the wall.
Він кинув фрукт вороні, яка сиділа на стіні.
The crow ate from the fruit, and dropped dead instantly.
Ворона скуштувала фрукт і миттєво впала мертвою.

The king, thinking Suka tried to kill him, grew furious.
Король, думаючи, що Шука намагався його вбити,
розлютився.
He seized the bird and killed him with his bare hands.
Він схопив птаха та вбив його голими руками.
He ordered the seed to be planted outside the city.
Він наказав посіяти насіння за містом.
The seed became a tree with the same glowing fruit.
Насіння стало деревом з такими ж сяючими плодами.
The king feared the fruit would bring more death.
Король боявся, що плід принесе більше смертей.
So he had the tree fenced off and guarded.
Тож він обгородив дерево парканом і поставив його під
охорону.

There lived in that city an old, poor Brahman man.
Жив у тому місті старий, бідний брахман.
He and his wife survived only on the town's charity.
Він та його дружина виживали лише на благодійність
міста.
One day the Brahman mourned his long, miserable, life.
Одного дня брахман оплакував своє довге, жалюгідне
життя.
He said, "Instead of begging, I will eat poison fruit."
Він сказав: «Замість жебракування я їстиму отруєні
фрукти».
"I'll end my life beneath that deadly tree in silence."
«Я закінчу своє життя під тим смертоносним деревом
мовчки».
That very night, he rose quietly and left his home.
Тієї ж ночі він тихо встав і вийшов з дому.
His wife suspected and followed behind in silence.
Його дружина щось запідозрила і мовчки пішла за ним.
She had decided to die too, alongside her sad husband.
Вона теж вирішила померти разом зі своїм сумним
чоловіком.
She loved him deeply and didn't wish to stay behind.

Вона глибоко його кохала і не хотіла залишатися позаду.

The palace guard was asleep that night, unaware of visitors.

Палацова варта спала тієї ночі, не підозрюючи про відвідувачів.

The Brahman reached the garden and plucked a hanging fruit.

Брахман дістався саду та зірвав висить плід.

He looked at it once and ate the entire fruit.

Він глянув на нього один раз і з'їв увесь плід.

His wife cried, "If you die, my life becomes nothing"

Його дружина плакала: «Якщо ти помреш, моє життя стане ніщо».

"I will also eat and die here with you now"

«Я також буду їсти і помру тут, з тобою, зараз»

So saying she plucked a fruit and ate it.

Сказавши це, вона зірвала плід і з'їла його.

They thought the poison would act slowly through the night.

Вони думали, що отрута діятиме повільно протягом ночі.

So they both went home and quietly lay down in bed.

Тож вони обоє пішли додому й тихенько лягли в ліжко.

They believed they would never again rise from sleep.

Вони вірили, що ніколи більше не прокинуться від сну.

To their surprise, they woke up feeling full of life.

На їхній подив, вони прокинулися, почуваючись сповненими життя.

Not only were they alive, but they were young again.

Вони були не лише живі, а й знову молоді.

And they were strong and had new found energy.

І вони були сильними та мали нову енергію.

Neighbors hardly recognized them, so changed they looked.

Сусіди ледве впізнали їх, настільки змінилися вони на вигляд.

The old Brahman was now handsome and full of youth.

Старий брахман тепер був гарний і сповнений молодості.

His grey hair vanished, and had colour again.

Його сиве волосся зникло і знову набуло кольору.

His wrinkled cheeks turned smooth, and his skin shone.
Його зморшкуваті щоки стали гладенькими, а шкіра сяяла.
And as for his wife, she became extremely beautiful.
А що стосується його дружини, то вона стала надзвичайно гарною.
She looked as beautiful as any lady of the kingdom.
Вона виглядала так само прекрасно, як і будь-яка інша леді королівства.
The king heard of their miraculous transformation.
Король почув про їхнє дивовижне перетворення.
He asked his guards to send the Brahman to him.
Він попросив своїх охоронців надіслати до нього Брахмана.
And he asked the Brahman the source of his youth.
І він запитав брахмана про джерело своєї молодості.
The Brahman told the king every detail of the story.
Брахман розповів цареві всі подробиці цієї історії.
The king then wept for his poor, loyal pet bird.
Тоді король заплакав за своєю бідною, вірною пташкою.
He deeply regretted killing his faithful bird.
Він глибоко шкодував, що вбив свого вірного птаха.
And he wished he had known the bird's loyalty.
І він шкодував, що не знав про відданість птаха.
And so the second prince's story concluded.
І так завершилася історія другого принца.
"You might have to cut a man's head off"
«Можливо, доведеться відрубати людині голову»
"But first you should establish the facts"
«Але спочатку вам слід встановити факти»
"You must see whether the man is really faithless"
«Ви повинні побачити, чи справді ця людина невірна»
"I know Your Majesty suspects me of evil last night"
«Я знаю, що Ваша Величність підозрювала мене у злі минулої ночі»
"Please allow me to explain myself before punishing me"

«Будь ласка, дозвольте мені пояснити свої позиції, перш ніж карати мене»

"While making rounds I saw a woman leave the palace"

«Обходячи палац, я побачив жінку, яка там виходила»

"I stopped her, and she said her name was Rajlakshmi"

«Я зупинив її, і вона сказала, що її звати Раджлакшмі»

"She claimed to be the guardian deity of the palace"

«Вона стверджувала, що є божеством-охоронцем палацу»

"She said she was leaving because death was near"

«Вона сказала, що йде, бо смерть близько»

"The king," she said, "would be killed later that night"

«Короля, — сказала вона, — уб'ють пізніше тієї ж ночі»

"I begged her to go back into the palace"

«Я благав її повернутися до палацу»

"And I promised to do my best to protect you."

«І я пообіцяв зробити все можливе, щоб захистити тебе».

"I ran quickly into Your Majesty's chamber without delay."

«Я швидко та без зволікання побіг до покоїв Вашої Величності».

"There I saw a cobra circling your golden bedstead."

«Там я бачив кобру, що кружляла навколо твого золотого ліжка».

"I fought the snake and killed it with my blade."

«Я бився зі змією і вбив її своїм мечем».

"I chopped the body into many exactly one hundred pieces."

«Я розрубав тіло на безліч, рівно сто шматків».

"I placed those pieces inside the pan for proof."

«Я поклав ці шматочки всередину сковороди для доказу».

"But something occurred as I was cutting up the snake."

« Але щось трапилося, коли я різав змію».

"A drop of blood fell onto the breast of your wife."

«Крапля крові впала на груди вашої дружини».

"I feared I had saved my father, but killed my stepmother."

«Я боявся, що врятував батька, але вбив мачуху».

"I wrapped my tongue tightly with cloth seven times."

«Я сім разів щільно обмотав свій язик тканиною».

"Then I licked up the drop of venomous blood."

«Потім я злизав краплю отруйної крові».

"While I was licking the blood, my stepmother awoke."

«Поки я лизав кров, моя мачуха прокинулася».

"She saw me and opened her eyes with confusion."

«Вона побачила мене і здивовано відкрила очі».

"This is the truth of what I did last night."

«Це правда про те, що я зробив минулої ночі».

"If Your Majesty commands, then cut off my head now."

«Якщо Ваша Величність накаже, то відрубайте мені голову зараз же».

The king, full of love and joy, embraced his son.

Король, сповнений любові та радості, обійняв свого сина.

From that moment, he loved him more than ever before.

З того моменту він полюбив його більше, ніж будь-коли раніше.